Willkommen bei den Freakgirls !

Berry Brix fühlte sich schon als Kind unbeliebt. Sie wuchs bei ihrer alkoholkranken Mutter auf und musste mit ihren täglichen Launen, ihren versoffenen Dauerzustand und ihren grenzlosen Hass ihr gegenüber leben.

Ihre angeblich beste Freundin Christina, die Berry seit Kindestagen immer schon ausgenutzt hatte, behandelte Berry wie ihre persönliche Sklavin.
Als Berry nach einem körperlichen Zusammenbruch aus dem Krankenhaus entlassen wird, findet sie ihre Wohnung völlig verwüstet vor.
Christina hatte eine Art Abrissparty mit ihren Freunden geschmissen und dabei Berrys Wohnungseinrichtung komplett zerstört.

Durch einen Zufall lernt sie die blauhaarige Künstlerin Indigo kennen.
Indigo und ihre Assistenin Kimberly helfen Berry, sich bei Christina zu rächen und ändern auch so gleichzeitig ihren kompletten Blickwinkel auf ihr Leben. Und einen Umzug in die besagte Freakstreet.

Dies ist der zweite Teil aus der Freakserie von Daniel Grow

1

Vorwort vom Autor

Zu meiner neuen Figur Berry Brix:

Jeder Autor zieht sich seine Ideen bewusst oder unbewusst aus dem Umfeld, was er oder sie täglich sieht oder erlebt. Meine Einfälle kommen mir persönlich beim Einkaufen, in der Innenstadt, wenn ich durch Lübecks Breite Straße schlendere und die Leute beobachte. Oder mit Freunden im Caféhaus sitze und wir uns über Gott und die Welt unterhalten. Dabei blicke ich in die Gesichter von den Leuten, die an uns vorbei schlendern.
Die Frage, die ich mich meistens immer stelle:

Sind diese Personen glücklich mit ihrem Leben?

Aber was ich persönlich in den letzten Jahren gelernt habe, ist, dass man nur glücklich wird, wenn man es selbst zulässt. Und keine anderen Leute, dein Leben versuchen zu bestimmen. Darum habe ich Berry Brix in die *Freakstreet* einziehen lassen.

Das ist praktisch Berrys Botschaft:

Lebe so wie es dir dein Herz vorgibt! Und nicht, wie andere Leute es gerne von dir erwarten. Du bist die Hauptfigur in einem Leben, spiele die Hauptrolle! Finde dein Glück, verliebe dich so oft wie nur möglich. Und schenke jeden Menschen ein freundliches Lächeln. Und die Welt wird dir gehören.

Liebe ist das kostbarste Gut dieser Welt.

Kinder ohne Liebe haben keine richtige Kindheit.

Dieses Buch widme ich allen ungeliebten Kindern.

Liebe ist wichtig.
Lernt zu Lieben und gibt dieses Geschenk, diese positiven Gefühle weiter,
damit anderen Herzen erblühen und viele Seelen zum Leuchten bringen.

Dass macht diese Welt etwas friedvoller, so lange wir diese besuchen dürfen.

Daniel Grow

Für Schnuff – Mein Herz – Meine Liebe – Mein Leben

Für meine Leser:

Namen und Orte wurden geändert, um Missverständnisse zu vermeiden:

Falls sich Jemand in meinen Worten wieder finden und sich persönlich angesprochen fühlten.
Dieser Roman hat mit echten lebenden und toten Menschen nichts zu schaffen.

Wen ein Leser Parallelen zu meinen Figuren erkennen, dann sollte er mal darüber nachdenken, ob diese besonderen Charakterzüge von seinem Umfeld geliebt werden.

Daniel Grow

Kapitel 1

Berry konnte nicht schlafen. Sie wälzte sich von einer Seite auf die andere. Aber egal, welche Position sie im Bett einnahm, sie lag wach und fand keine Ruhe. Zuviel hatte sie in den letzten Tagen erlebt. Und ihre Gedanken kreisten immer in ihrem Kopf. Als sich plötzlich ihr ganzes Leben sich komplett veränderte. Ihr Blick fiel auf ihren Wecker, der ein rotes Licht in der Dunkelheit abgab. Es kam ihr vor, als würde er sie verhöhnen, weil sie keinen Schlaf fand.

Das war ihre erste Nacht in ihrer neuen Umgebung. Aber ihre Gedanken fanden keinen Stillstand. Wieder ein kurzer Blick auf die Uhrzeit, die sie durch das Dunkel zurück anstarrte. Genervt suchte sie mit ihrer linken Hand nach dem Lichtschalter ihrer Nachttischlampe und knipste das Licht an. Sie warf ihre Bettdecke zur Seite und stieg aus ihrem Bett. Sie griff nach ihrer weichen grauen Wolljacke und zog sich die über. Sie würde eh nicht schlafen, dann könnte sie sich runter in die Küche schleichen, und sich eine heiße Schokolade zubereiten. Das war besser, mit offenen Augen in ein dunkles Zimmer zu starren und auf den Schlaf zu warten, der nicht kommen wollte. Sie öffnete vorsichtig ihre Schlafzimmertür. Im Haus war es komplett still. Berry schritt leise den Flur entlang und schlich die Treppe hinunter. Die vierte Treppenstufe knarrte plötzlich unter ihren Füßen und es kam ihr unnatürlich laut vor. Sie verzog leicht ihr Gesicht bei dem Geräusch und hielt kurz inne, ob man sie jemand gehört hatte. Aber es blieb still. Sie schlich weiter nach unten. Leise huschte sie durch den kleinen Flur und betrat die gemütliche Küche. Sie drückte die Tür auf und suchte mit ihrer linken Hand den Lichtschalter auf der rechten Seite.

Berry kniff die Augen zusammen, als der Raum in ein helles Licht getaucht wurde. Sie ging schnell zum Herd und schaltete das Licht an der Abzugshaube an. Das war nicht so grell. Sie knipste das Deckenlicht wieder aus. Sie suchte in den Schränken nach einen kleinen Topf. Sie brauchte jetzt einen heißen Kakao. Mit diesem Heißgetränk würde sie dann hoffentlich etwas abschalten und endlich mal ein paar Stunden schlafen.

Berry öffnete die Oberschränke und entdeckte ein Packung Kekse. Sie riss die Papschachtel auf und steckte sich einen davon in den Mund. Schokoladenkekse, genau die Sorte, die sie gerne aß. Kauend schlenderte sie zum Kühlschrank und holte sich die Flasche mit der Milch heraus und schüttete sie in den Topf.

„Kannst du nicht schlafen?" Hörte sie plötzlich eine Stimme hinter sich. Berry zuckte vor Schreck zusammen und konnte gerade verhindern, dass ihr die Glasflasche aus den Händen fiel.

Sie drehte sich zur Küchentür, wo Jen stand und sie freundlich anlächelte. Sie stellte die Milchflasche auf der Arbeitsfläche ab.

„Gott hast du mich erschreckt. Ich hoffe, ich habe dich nicht geweckt?"

Jen, die eigentlich Jennifer hieß, schüttelte ihren Kopf.

„Nein keine Sorge. Ich habe einen sechsten Sinn dafür, wenn man Kekspackungen in diesem Haus öffnet. Da kann ich selber nicht widerstehen."

„Das verstehe ich. Das ist meine Lieblingssorte." Berry schaute auf die Packung und bekam sofort ein schlechtes Gewissen. Sie hatte sich die Kekse genommen, ohne zu fragen.

„Ich kaufe dir morgen Neue. Aber ich hatte so einen Appetit darauf."

„Mach dir mal keinen Kopf darüber. Übrigens habe ich noch eine Packung davon versteckt. Sie steht hinter dem Biomüsli, das niemand von uns isst. Kai rührt das Zeug nicht an. Es ist dass das perfekte Versteck für meine Kekse. Sonst würde er diese immer aufessen und ich nie etwas abgekommen."

Jen hatte Berry schon von sich erzählt. Sie hatte einen turbulenten Sommer hinter sich. Sie hatte das Haus von ihrer Tante Rosa geerbt. Beim ersten anschauen trafen Jen und ihre beste Freundin Indigo auf Kai, der bei ihrer Tante als Untermieter wohnte und sich nackt im Garten sonnte, als die beiden Freundinnen sie das erste Mal auf ihn stießen. Jen und Kai verliebten sich in einander und waren seitdem zusammen. Kai arbeitete meistens nachts, als Gogo Tänzer und als Barkeeper in einem verruchten Club in der Innenstadt. Dann zog Bianca hier ein, die dringend ein Zimmer brauchte, da sie ihren Ex-Mann mit einer Prostituierten in ihrem Schlafzimmer erwischte, wie sie ihm mit meiner Handpuppe einen runterholte. Bianca hatte dann eine Affäre mit ihrem Chef, von dem sie jetzt ein Kind erwartete. Dann stolperte Jen zufällig über ein Familiengeheimnis, das ihre Welt erschüttern ließ. Beim einen Fund auf dem Dachboden fand sie alte Briefe und Unterlagen von ihrer Tante Rosa. In einem Brief stand drin, dass Rosa ihre Mutter sei und sie seit ihrer Kindheit bei ihrer eigentlichen Tante groß geworden war, die sie ihr lebenslang für ihre leibliche Mutter hielt. Ihr Vater hatte etwas mit der Schwester seiner Frau. Und dieses und andere Geheimnisse versuchte sie vor Jen zu verbergen. Niemand wusste, dass Rosa diese Briefe auf dem Dachboden hinterlassen hatte, damit Jen sie eines Tages finden würde. Sie hatte alles in Vorwege geplant. Dazu kamen die merkwürdigen Nachbarn, was Jen Berry erzählte. Darum wurde diese Straße von ihr und Indigo die *Freakstreet* genannt. „Eine kleine Seitenstraße in *Lübeck* wo viele merkwürdige Menschen leben." Erklärte ihr Jen, als sie ihr Zimmer in dieser Wohngemeinschaft anschaute.

„Völlig bekloppt trifft es eher!" Gab Indigo ihr Kommentar dazu ab. Indigo hatte ihr den Tipp mit dem freien Zimmer gegeben, da Bianca zu ihrem neuen Freund gezogen war und Jen ein freies Zimmer wieder zur Verfügung hatte und eine neue Mitbewohnerin suchte.

„Ich mache mir einen heißen Kakao. Trinkst du einen Becher mit?"

Jen setzt sich an den Küchentisch und rieb sich kurz über ihre verschlafendes Gesicht.

„Oh ja gerne. Mach gleich ein wenig mehr. Ich denke mal, Indigo wird hier demnächst auftauchen."

„Um drei Uhr morgens?" Berry schaute Jen fragend an.

„Indigo ist ein Nachtmensch. Meistens arbeitet sie in ihrer Werkstatt. Nachts ist sie kreativer und kann sich besser entfalten, wenn die Welt um sie herum schläft. Wie sie immer selber sagt."

„Sollten wir sie dann nicht besser anrufen?"

„Das brauchen wir nicht. Meistens holt sie sich etwas zu Essen um die Uhrzeit. Und wenn bei uns in der Küche Licht brennt, dann weiß sie, dass jemand wach ist, und kommt dann spontan vorbei."

Berry öffnete den oberen Küchenschrank vor sich und suchte nach dem Kakao. Sie schob ein paar Packungen zur Seite.

„Schau mal in den rechten Schrank, da sollte er drinnen stehen."

*

Indigo stand in ihrer Werkstatt und griff mit ihrer linken Hand nach ihrem Kaffeebecher und nahm einen großen Schluck zu sich. Der Kaffee war inzwischen kalt geworden und sie verzog leicht ihr Gesicht, bei dem bitteren Geschmack. Sie stellte den Becher wieder zurück an seinen alten Platz. Sie arbeitet an einem neuen Kunstwerk. Diesmal hatte sie ihre neuste Version auf die Leinwand gemalt. Sie trat ein paar Schritte zurück, um es besser zu betrachten. Es sah perfekt aus. Genauso wie die Skulptur, die sie davor lebensgroß angefertigt hatte. Diese stand direkt daneben. Es würden vier kräftige Männer benötigt, um das monströse Ding in den LKW zu tragen, wenn sie ihre komplette Ausstellung zusammen hatte. Aber diese Skulptur würde ihr für Wochen wieder den Platz auf den Titelseiten der Zeitungen freihalten. Sie nannte ihr neues Werk Mann und Zwerg. Zu sehen war ein fast Zweimeter muskulöser geformter Mann mit einem großen erigierter Penis, auf dem ein Zwerg stand und ihm das Herz aus der Brust herausriss. Der Zwerg hatte ein grimmiges Gesicht und hielt das Herz in seiner rechten Krallenhand. Beide Figuren waren, von Indigo, mit blutroter Farbe übergossen wurden. Nur die schwarzen Krallen von dem Zwerg hatte sie schwarz gelassen. Für normale Leute ein schauriger Anblick. Indigo stellte sich schon die entsetzten Gesichter ihrer Besucher vor, wenn sie zum ersten Mal dieses Werk betrachteten. Das amüsierte sie jetzt schon. Und ein Lächeln schlich sich in ihr Gesicht. Sie schaute auf die Uhr, über den Eingang ihrer Werkstatt. Es war schon drei Uhr morgens. Langsam erwachte sie aus ihrer künstlerischen Trance, in der sie immer war, wenn sie ein von ihr ausgedachtes neue Kunstwerk erschuf. Sie arbeite so lange, dass sie selber um sich herum alles vergas. Sie hatte kein Zeitgefühl mehr und bekam nichts mit, was um sie herum passierte. Jetzt wo sie langsam wieder mit ihren Gedanken in der Realität zurückkam, begriff sie erst, dass sie fast zwölf Stunden durchgearbeitete hatte. Sie hatte nichts gegessen, sondern sich nur von Kaffee ernährt. Sie schaute sich ihren Arbeitsplatz an. Auf ihren großen Holztisch standen offene Farbeimer. Dazu der weiße Plastikeimer, wo sie stundenlang versucht hatte den perfekten Ton für ihr Skulpturblut herzustellen. In einem Radius von knapp fast zwei Metern, war der Boden in diesem grausamen Farbton eingefärbt worden. Es sah aus, als hätte Indigo in den letzten Stunden hier ein Lebewesen abgeschlachtet und es ausbluten lassen. Ihr Magen knurrte und brauchte dringend etwas zu essen. Sie strich sich ihren blauen Haare nach hinten und band diese zu einem Pferdeschwanz zusammen. Sie drehte sich um und marschierte durch ihre Werkstatt in ihrem Wohnbereich. Sie hinterließ rote Fußspuren auf dem Boden.

Ihre Werkstatt, was gleichzeitig ihr zu Hause war. Mit sechzehn hielt es Indigo in ihrem Elternhaus nicht mehr aus. Zuerst hatte sie ihre Werke im Keller ihrer Eltern angefertigt. War aber immer in einer Dauerdiskussion mit ihrer Mutter, die ihre Kunstwerke als grausam und fragwürdig hielt. Aber Indigo hatte einen unbrechbaren Willen und war davon überzeugt, mit ihrer Kunst irgendwann Erfolg zu haben. Was ein paar Jahre später eintrat. Jede Galerie im Land liefen ihr die Tür ein und ihre Kunstwerke verkauften sich in einem Preislevel, die Indigo sich vor ihrem Durchbruch gar nicht hätte ausmalen können. Der ewige Dauerstreit mit ihrer Mutter zerrte an ihren Nerven. Darum suchte sie nach einem passenden Ort für ihr Atelier, da die drei Kellerräume in ihrem Elternhaus zu klein geworden waren. Und sie dringend ihren Freiraum von ihrer Mutter brauchte. Sie plante, größere Kunstwerke zu erschaffen, und benötigte mehr Platz, um sich endlich frei entfalten zu können. Durch einen Zufall fand sie eine Lagerhalle, die sich direkt neben einem Gasthof befand. Sie arrangierte kurzer Hand ein Treffen mit dem Eigentümer und überredete ihren Vater mitzukommen, da sie mit ihren sechzehn Jahren keinen Mietvertrag unterschreiben durfte. Es war ein warmer Herbsttag, als Vater und Tochter sich die alte Lagerhalle mit dem Eigentümer anschauten. Erik war entsetzt, als er die herunterbekommende Halle sah. Er konnte sich nicht vorstellen, dass seine Tochter diese Bruchbude schön finden würde. Er blieb gelassen, als die große Flügeltür hinter ihnen ins Schloss fiel und staubige Lagerhalle wieder in ein halbdunkles Licht getaucht wurde.

„Ist das ihr ernst?" Eriks Stimme klang nicht begeistert. Die Frage galt dem Eigentümer. Der sich seinen dicken Bauch Kratze, der sich unter dem rotweißkarierten Hemd offensichtlich abzeichnete und einige Knöpfe die maximale Spannkraft erreicht hatten.

„Was haben Sie bitte erwartet? Es ist eine alte Lagerhalle. Die schon seit Jahren nicht mehr genutzt wurde." Er zuckte nur kurz mit seinem Schultern und beobachtete Indigo, die aufgeregt durch die Lagerhalle wanderte. Es roch muffig und er mochte sich gar nicht ausmalen, wie kalt es hier im Winter sein würde in diesem Gebäude, komplett ohne irgendwelche Wärmedämmungen.

Aber seine Tochter kam nach ihm. Das sagte jeder in der Familie. Sie hatte genau den Dickschädel wie er. Er überlegte kurz und machte sich schlagartig sorgen, dass der Stuhrkopf von seiner Tochter dicker war, als sein Eigener.

„Und? Was meinst du?" Rief Erik durch die Lagerhalle zu Indigo. Mit dem kleinen Funken Hoffnung, dass sie den Ort genauso grausam fand wie er selber.

Indigo drehte sich zu im um und zeigte ihr strahlendes Gesicht. Da wusste Erik, dass dieser kleine Funken Hoffnung sich im Nichts aufgelöst hatte. Sie kam zu ihm angelaufen.

„Es ist perfekt. Hier kann ich mich so richtig austoben. Hier kann ich überall meine Kunstwerke in Ruhe bearbeiten. Sogar an mehreren gleichzeitig arbeiten, wenn ich das Verlangen danach habe."

Der Eigentümer witterte das Geschäft seines Lebens und trat dichter an die beiden Interessenten heran. Doch der Blick von Indigos Vater ließ seine Freude etwas sinken.

„Die Summe, die sie meiner Tochter genannt hatten, für die monatliche Miete, das kann doch nicht ihr Ernst sein?"

„Wieso nicht?" Fragte er unschuldig und kratzte sich wieder an seinen dicken Bauch. Erik schaute ihn für ein paar Sekunden mit einem angewiderten Blick an, was auf sein zwanghaftes Kratzverhalten zurückzuführen war.

„Ich zahle Ihnen zwei Hundert im Monat. Und ich verlange einen richtigen Mietvertrag." Er ließ den Eigentümer gar nicht zu Wort kommen. „Das ist nur ein faires Angebot für dieses Objekt. Sonst bleibt diese Bude die nächsten einhundert Jahre unvermietet. Es sei denn, Sie lassen das Gebäude abreißen."

„Abgemacht!" Sagte der Bauchkratzer und reichte Erik seine große behaarte Pranke von Hand. Er schaute kurz zu Indigo, die er schon so lange nicht mehr so glücklich erlebt hatte. Erik schlug ein und das Geschäft war besiegelt.

„Hier junge Dame!" Sagte der Eigentümer und warf Indigo den Schlüssel zu, den sie geschickt mit ihrer rechten Hand auffing. „Ich wünsche dir viel Spaß in deiner neuen

Kunsthalle." Lachend, tippte sich zum Abschied an die Stirn und verließ das Gebäude durch die große Flügeltür. Indigo kreischte vor Freude laut los und fiel ihren Vater um den Hals.

„Ich weiß nicht, wie ich, dass deine Mutter beibringen soll." Sagte er und drückte seine Tochter fester an sich.

Indigo lächelte bei dieser Erinnerung. Ihr Vater hatte den hinteren Bereich für sie komplett um gebaut. Ein kleines Badezimmer mit Dusche. Einen modernen Küchenblock baute Erik ihr ein. Dazu den Schlaf – und Wohnbereich stattete er mit vielen Heizstrahlern aus. Das lag schon zwar ein paar Jahre zurück und Indigo war inzwischen so erfolgreich, dass sie hier nur schlief, wenn sie eine neue Ausstellung vorbereitete. Sie hatte sich mittlerweile eine luxuriösere Loftwohnung sich gekauft und ihren Eltern eine große Summe geschenkt. Praktisch als Dankeschön, dass sie ihr damals die Freiheit gegeben hatten und sie sich entfalten konnte.

Ihr Magen gab wieder ein lautes Grummeln von sich. Sie riss den roten Retrokühlschrank von der Firma *Bosch* auf und schaute auf den fast leeren Inhalt. Bis auf eine halbaufgegessene Tafel Schokolade, einer Dose *Redbull*, und eine alte Pappschachtel mit alten Nudeln vom Lieferdienst, war nichts mehr vorhanden. Sie warf die Tür wieder zu.

„So ein Dreck!" Sagte sie zu sich selber uns schnappte sich ihre Autoschlüssel und ihre Handtasche vom Küchentresen und verließ ihre Werkstatt. Indigo lenkte ihren alten *VW Bulli* durch die Nacht. Sie hatte den Wagen einen neuen blauen Anstrich verpasst. Ihr Vater war erschüttert, bei diesem Anblick.

„Du kannst doch nicht so einen Klassiker mit so einem Anstrich ruinieren." Er schüttelte verständnislos seinen Kopf. Indigo hatte das nur belächelt. Dieser Anblick holte alte vergangene Zeiten von Ihrem Vater wieder an die Oberfläche, wo er jung war und unbeschwert durchs Leben schritt. Ohne jede Sekunde an die Zukunft zu denken, die vor ihm lag. Indigo hatte den alten *VW* über eine Anzeige in den Kleineinzeigen in der Zeitung entdeckt. Dass es sich um einen antiken Wagen handelte, wusste sie nicht. Sie kaufte ihn einer älteren Frau ab, die geistig in der Flowerpowerzeit festhing. Dies ließen ihr siebziger Jahre Outfit, orangefarbene Schlaghose und ihr quietschbuntes Oberteil darauf schließen, dass sie in ihrem Leben nie eine *H&M Filiale* von innen gesehen hatte. In ihren verzottelten Haaren steckten bunte Plastikblumen und ihre Redegeschwindigkeit hörte sich an, als war sie dabei zu vergessen, was sie vor drei Sekunden gesagt hatte. Sie tauschte den Wagen gegen eine Stange Zigaretten und drei alten LPS, The Best of 70's, die sie aus dem Keller ihrer Eltern hat mitgehen lassen.

Indigo fuhr langsam an der Seitenstraße, wo Jen wohnte, vorbei. Jens Haus stand zwar in der Mitte von der Straße, aber diese machte einen leichten Knick nach rechts und Indigo konnte von der Ferne aus erkennen, dass noch Licht in der Küche brannte. Es war jemand wach. Dieses feste geheime Zeichen, hatte sich die letzten Monate so eingeschlichen. Wenn nachts Licht in der Küche brannte, war jemand garantiert wach und war praktisch eine Einladung zum Quatschen. Und Indigo kam dann spontan vorbei. Aber heute hatte sie selber Hunger. Daher machte sie vorher einen kurzen Abstecher zu ihrer Tankstelle, die rund um die Uhr auf hatte. Ohne diese geniale Erfindung wäre sie schon verhungert, oder hätte sich jede Nacht bei ihrer besten Freundin durchnassauern müssen.

Indigo parkte direkt neben den Eingang. Sie zog ihre Kreditkarte aus ihrer Handtasche und betrat die Verkaufsräume von der Tankstelle. Ein Paradies für Nachtschwärmer oder Schlaflose, die sich nachts dringend mit Lebensmitteln ausstatten mussten. Aber es war auch ein Zufluchtsort von Leuten, die man tagsüber so gut wie nie zu Gesicht bekam. Indigo kannte dort eine Mitarbeiterin seit Jahren, die wie sie selber nachts am liebsten arbeitete. Sie hatte Lolas rubinrote Mähne schon durch die Glasscheibe schimmern sehen. Indigo lächelte und schritt direkt auf den Verkaufstresen zu. Lolas Alter war schwer zu schätzen. Trotz ihrer bewegten Vergangenheit sah sie immer perfekt gestylt aus. Ihre langen rubinrote Haare nach oben gesteckt. Dazu ihr perfekt sitzendes Make-up. Ihre vollen geschwungen Lippen und die stechenden grünen Augen, in den man sich verlor, wenn man nicht aufpasste. Sie hielt ihren Körper mit Pilates und regelmäßigen Sex fit, wie sie immer selber erzählte. Lola trug heute große goldene Creolen, die schon fast ihre Schultern berührten. Ihre engen schwarzen Jeans und den das hautenge weiße Top, die ihre gigantischen Brüste betonten. Lola scherzte immer: „Das einzige Positive, was mir mein Exzuhälter gebracht hatte, sind meine großen Möpse hier." Indigo lächelte immer bei ihrem Satz. Wusste aber, dass dieser teil ihrer Vergangenheit einen bitteren Nachgeschmack bei Lola hinterlassen hatte.
Lola war gerade dabei einen Kunden abzukassieren, als der sich umdrehte und vor Indigos Anblick, entsetzt einen Schritt zur Seite trat und dabei fast einen Warenträger mit Chipstüten umriss. Mit schnellen Schritten lief er in Richtung

Ausgang. Indigo schaute ihm etwas verwirrt nach, zuckte kurz mit ihren Schultern und drehte sich wieder zu Lola um, die direkt vor ihr hinter dem Tresen stand und sie mit einem erstaunten Blick anstarrte.

„Liebchen? Sagte sie und ihre leicht rauchige Stimme klang etwas besorgt. *Wen* hast du denn abgeschlachtete?"

Indigo schaute sie fragend an. „Was meinst du genau?" Erst jetzt bemerkte sie die drei fremden Leute, die an dem Stehtisch standen und ihre Unterhaltungen unterbrochen hatten und sie mit weit aufgerissenen Augen anstarrten. Vor ihnen standen ein paar kleine Flaschen mit Alkohol und Bechern mit heißen Kaffee. Aber in diesem Moment war das Einzige, was sich bewegte, die Dämpfe von den heißen Kaffees, die unbeeindruckt von Indigos Erscheinungsbild gemütlich vor sich her dampften.

Indigo blickte auf ihre rot verschmierten Hände. Ein kleiner Schock durchfuhr sie. Und sie erblickte panisch in ihr Spiegelbild, was die Glasscheibe unscharf von dem hellen Neonlicht zurückwarf.

„Oh Gott! Sie schaute panisch auf ihre Kleidung. Ich sehe aus, als hätte sie aktiv in einem Horrorflim mitgewirkt."

„Schätzchen, von uns erfährt keiner was." Hörten sie eine weibliche Stimme in ihre Richtung lallen. „Er … hat … bekommen, was er verdient hat." Lallte sie weiter und hob ihre Bierflasche hoch und prostete in Lolas und Indigos Richtung.

„Gott! Die Alte ist ja völlig dicht!" Mutmaßte Indigo. Lola schaute sie nur von oben bis unten an. Aber ihr skeptischer Blick sprach Bände.

„Und du schaust wie eine Massenmörderin aus. Verurteile nicht gleich ein paar Leute, nur weil die ein wenig betrunken sind."

„Schon gut!" Indigo hob durch Lolas Worte entwaffnet ihre Hände kurz nach oben.

„Du hast ja Recht. Das war nicht in Ordnung von mir."

Lola drehte sich mit den Rücken zu ihren anderen Gästen. Sie grinste Indigo frech an.

„Das sind die einzigen Kunden heute Nacht. Ich muss ein wenig nett sein. Sonst fällt überhaupt kein Trinkgeld für mich ab. Aber witzig, dass du meine Anspielung auf die Gefühle dieser Menschen ernst genommen hast."

Indigo schaute Lola entgeistert an.

„Du hattest gerade meine letzten Funken Schuldgefühle in mir geweckt. Du kleine Ratte!" Indigo wollte ihr einen freundschaftlichen Klaps auf die Schulter geben, aber Lola wich ihr geschickt aus.

„Äh, Entschuldigung!" Sagte sie und zeigte auf Indigo. „Wasch dir erstmal deine Bluthände sauber, dann darfst du auch meine Kleidung berühren. Aber jetzt stelle ich dir mal die drei Penner hier vor." Sprach sie und drehte sich wieder zu den drei Fremden an dem Stehtisch, die bei dem Wort Penner, in ein fröhliches Gegröle verfielen.

„Gott! Ist dass dein Ernst jetzt?"

„Ja ist es. Nun stelle dich nicht so an. Das wird sicher lustig."

Indigo zeigte ihr bestes Kunstlächeln, was sie bei ihrem jetzigen Erscheinungsbild, wie eine Wahnsinnige im Blutrausch rüberkommen ließ.

„Hey Leute. Ich möchte euch eine Freundin von mir vorstellen! Das ist Indigo. Aber heute mal als Bloody Mary unterwegs." Lola stellte sie der Reihe nach vor.

„Indigo, das ist Bier Biggi."

„Angenehm!" Lallte sie zurück und hielt sich an dem runden Stehtisch fest, damit sie nicht das Gleichgewicht verlor. Bier Biggi trug einen ausgewaschenen grünen Jogginganzug aus einem Nickistoff. Unter ihren zu engen Oberteil zeichneten sich ihre fleischigen Brüste ab, die wegen dem nicht vorhandenen BH auf halb acht hingen. Ihre fettigen grauen Haare waren in rote Lockenwickler gedreht und an ihren fleischigen Ohrläppchen war jeweils ein rosa Plastikohrring angeklippt. Lola stellte gleich den nächsten Gast vor, der direkt neben Bier Biggi stand. Es handelte sich um einen ungepflegter älterer Mann.

„Das hier ist Buddel Bernd."

„Freut mich." Sagte Indigo mit einem kurzen Nicken. Aber Buddel Bernd rülpste nur laut in Indigos Richtung. Ein leichter Geruch von Thunfisch wehte zu Indigo hinüber. Buddel Bernd saß auf seinem Rollator und kratze sich unbekümmert die Eier zwischen seinen Beinen. Das faustgroße Loch in der aufgerissenen grauen Jogginghose war dafür sehr hilfreich. Damit erreichte er mit seinen gelben Raucherfingern auch jeden nur erdenklichen Winkel seiner juckenden hängenden Männlichkeit, die halb aus der kaputten Jogginghose hing. Ansonsten trug er nur alte Sportschuhe und eine gelbe Öljacke, die offen stand, und man darunter den nackten alten Oberkörper, mit vereinzelten grauen Brusthaaren, bewundern konnte.

„Und Buddel Bernd ist seit Jahren schon Single." Erwähnte Lola so nebenbei, als würde sie über das aktuelle Wetter reden.

„Ich *kann* gar nicht verstehen wieso." Gab Indigo sarkastisch zurück und schaute Lola mit großen Augen an.

„Und der Dritte im Bunde, ist Whisky Walter." Das Alter von Walter konnte Indigo schlecht schätzen. Das leichte aufgedunsene Gesicht. Die braunen Haare, die zu allen Seiten abstanden, als waren verrückte Wissenschaftler regelmäßig dabei, starke Elektroschocks mit dem Mann durchführten. Die dunklen Augenränder, der sieben Tagebart im Gesicht, den braunen Grind an seinem Mundwinkeln und der gleichgültige Blick, denn er Indigo zuwarf, als hätte der gute Walter sein Leben in die Hände von seinem besten Freund Whisky gelegt und selber einfach aufgegeben. Indigo erschauerte bei seinem Anblick und zog Lola an ihren Oberarm von dem Alkoholclub ein paar Schritte weg und drehten denen den Rücken zu.   „Ist das dein ernst hier?" Fragte Indigo und nickte kurz in deren Richtung, wo Buddel Bernd seinen nächsten lauten Rülpser durch den Verkaufsraum losließ. Lola schaute sie verdutzt an. „Was bitte meinst du genau?"

„Ach jetzt stelle dich nicht dümmer, als du bist." Indigo drehte sich wieder zu den drei Gestalten um und machte eine kurze Geste in deren Richtung. „Na das hier! Ich meine, begann sie und machte eine kurze Pause, als sie weiter sprach. Ist das dein Traumjob? Die ganzen Nächte verpeilten Gestalten zu ertragen, die sich da an diesen Stehtisch krallen, damit sie nicht bewusstlos auf den Boden aufschlagen."

Das Lächeln aus Lolas Gesicht verschwand sofort und sie blickte kurz auf den Boden. Indigo kannte sie einfach zu gut. Ihre fröhliche Laune war so falsch aufgesetzt, dass sie ihre kleine Charade schon an der Eingangstür bemerkt hatte.

„Wir sind kein … kein… keine Gestalten. Wir sind wunderschön. Klar!" Lallte Bier Biggi laut zu Indigo hinüber und hob kurz ihre rechte Hand, die sie als Drohung zur Faust ballen wollte, sich dann aber wieder am Tisch festhielt, weil sie gefährlich schwankte, um nicht die letzte Kontrolle über ihr letzten Funken Gleichgewicht zu verlieren.

Indigo wendete den Blick von ihrer Freundin ab und guckte zu Biggi.

„Ach, halte einfach die Schnauze! Okay!"

„Ich weiß selber, dass der Job Scheiße ist. Aber was soll ich machen? Ich bekomme nichts anderes. Du kennst meine Vergangenheit und so etwas schreibt man nicht in einem Lebenslauf hinein."

„Ich werde mich mal umhören. Aber hier kannst du unmöglich bleiben Lola. Das ist echt nicht deine Welt hier. Und dafür kenne ich dich zu lange, dass du hier nicht glücklich bist."

„Ich kann ja schlecht mit gefälschten Tagebüchern mein Geld verdienen." Sagte sie mit einem kleinen Grinsen im Gesicht. Indigo verstand sofort ihre Anspielung. Sie hatte Lola gebeten ein Tagebuch vollzuschreiben, mit ihren ganzen sexuellen Eskapaden, als sie noch als Hobbynutte arbeitete. Dieses vollgeschriebene Tagebuch platzierte Indigo geschickt in Jens alter Wohnung. Jen wohnte damals in ihrem Elternhaus, in einer separaten Wohnung, die sich im ersten Stock lag. Und regelmäßig schnüffelte ihre krankhafte neugierige Mutter in Jens Privatsachen herum. Als Jens Mutter das Tagebuch fand und die wilden Geschichten von Lola darin lass, die sie sauber mit einem Füller dort aufgeschrieben hatte, war bei Jen der Teufel los. Ihre Mutter dachte, Jen würde ihren Körper verkaufen und ihre perversesten Abenteuer schriftlich festhalten. Jens Mutter bekam einen wilden Heulkrampf und konnte sich überhaupt nicht mehr beruhigen, dass ihr Vater einen Notarzt rufen musste, der sie mit einer Beruhigungsspritze ruhigstellte. Indigo lachte laut auf, als sie die Erinnerungen überflutete.

„Glaub mir Lola, dieses Tagebuch war echt der Renner letzten Sommer gewesen." Sie lächelte verwegen.

„Das glaube ich dir gerne. Auf diesen Seiten habe ich ja meine krasse Vergangenheit aufgeschrieben. Das war ja eine der Gründe, warum ich mir einen anständigen Job gesucht habe. Das alles aufzuschreiben und dann alles noch einmal zu lesen, hatte mich echt zum Nachdenken gebracht."

„Das glaube ich dir gerne." Indigo beobachte Lolas ernste und gleichzeitig nachdenkliche Miene genau. „Und hast du irgendwas schon bereut?"

„Was denn? Mein jetziges neues Leben? Oder dass ich früher mal eine Nutte war?"

„Keine Ahnung Lola. Aber so wie ich dich kenne, warst du immer bodenständig und abgeklärt."

„Ich bereue nichts. Als Nutte habe ich echt gut verdient." Sie hörten einen dumpfen Aufprall. Indigo und Lola schauten gleichzeitig zum besoffenen Trio hinüber, wo Whisky Walter bewusstlos mit seinem Kopf auf der Tischplatte aufgeschlagen war.

„Allerdings hatte ich nicht *so einen* Kundenstamm, wie hier." Redete Lola ruhig weiter, als wäre Walters Ohnmacht nichts Außergewöhnliches.

„Das glaube ich dir sofort. Die könnten dich nur mit Pfandflaschen bezahlen."

„Ich bezweifle, dass sie überhaupt diese Preisklasse je aufbringen könnten."

*

Indigo war länger als geplant bei Lola in der Tankstelle geblieben. Sie packte alle nötigen Getränke und Lebensmittel zusammen, die sie heute Nacht bei Jen verputzen wollte. Sie kaufte ein wenig mehr ein, weil sie nicht wusste, ob Berry mit von der Partie war. Pizza, Wein, Cola und eine große Auswahl an Süßigkeiten und Kuchen und landete in Indigos große permanent Tragetasche, die sie bei ihren nächtlichen Einkäufen immer griffbereit in ihrem Auto liegen hatte.

Indigo wollte Lola vorschlagen, dass sie zusammen einen Kaffee trinken könnten, bevor sie aufbrach, als Buddel Biggi ihren kompletten Mageninhalt quer durch den Verkaufsraum kotzte.

„Oh das glaube ich jetzt nicht!" Sagte Lola laut und schaute auf die dicke Biggi, wie sie auf allen vieren auf dem Fußboden hockte und sich die dickflüssigen Kotzfäden aus den Mundwinkeln in ihren Ärmel wischte. Sie blickte kurz auf den braunen stinkenden sämigen See, der vor ihr lag und blickte dann zu Lola.

„Ich glaube, wir brauchen hier noch eine Flasche Bier!"

Indigo hielt sich ihre Hand kurz vor ihren Mund und kämpfte gegen ihren eigenen Würgereflex.

„Wohl eher einen Exorzisten." Sagte Indigo laut und drehte sich von widerlicher Szenerie ab.

Lola war in den Nebenraum verschwunden. Es dauerte nicht lange und sie kam mit einem Eimer heißen Wasser und einem Wischmob wieder in den Verkaufsraum. Das Putzmittel verströmte einen angenehmen Geruch und vertrieb den säuerlichen Gestank, der sich langsam im ganzen Verkaufsraum ausgebreitet hatte.

„Du machst deinen Dreck alleine weg!" Lola stellte den vollen Eimer neben Biggi, die sich vom Boden wieder an den Stehtisch hochgezogen hatte. Sie schaute etwas verwirrt, als ihr der Mob in die Hand gedrückt wurde.

„Das war ich nicht!" Ihr Blick fiel in die kleine Runde. „Er war es!" Sie zeigte auf Buddel Bernd. „Ich hab es genau gesehen."

„Sicher!" Lolas Stimme klang gereizt. „Mach das hier weg! Sonst bekommst du Hausverbot!"

Biggi schaute sie mit ihren versoffenen Augen an. „Für wie lange?"

Lola schenkte ihr einen vernichteten Blick.

„Zwei Wochen nach deinem Tod. Und nun fang an zu wischen!" Biggi wollte etwas erwidern, aber der strenge Blick von Lola hielt sie davon ab. Sie stützte sich auf den Mob und fing an ihre stinkende Kotze in verschiedene Richtungen zu verteilen. Dabei schwankte ihr Körper immer gefährlich zu allen Seiten aus. Sie verteilte ihren Mageninhalt mehr auf den Boden, als diesen zu reinigen. Indigo griff sich ihre volle Einkaufstüte.

„Darling, ich lasse dich ja nur ungern in diesem Chaos zurück. Aber wenn ich hier noch weiter bleibe, dann brauchen wir gleich einen zweiten Mob."

„Das verstehe ich nur zu gut. Ich melde mich bei dir. Passe auf dich auf."

Indigo schaute kurz zu Biggi, die ihre Tätigkeit zum schreiend komisch fand und mittlerweile in einem Dauerlachen angekommen war, der immer wieder von einem lauten Schluckauf unterbrochen wurde.

„Ja du auch." Sagte Indigo zum Abschied und flüchtete aus dem Gebäude. Die Türen glitten lautlos auseinander und sie schloss kurz ihre Augen, als sie draußen in der frischen Luft stand.

*

„Nun erzähl mal." Jen stellte zwei dampfende Becher, mit heißen Kakao auf den Esstisch uns setzte sich Berry gegenüber. „Wieso kannst du nicht schlafen?"

Berry blickte auf ihren Becher und genoss die dunkle Wohltat, die köstlich roch. Sie schaute zu Jen auf, die sie freundlich anlächelte. Indigo hatte ihr dieses Zimmer in diesem Haus organisiert. Weit weg von ihrer alten Heimat.

Weg von ihren alten Leben und ihren ganzen Problemen, die sie quasi fast schon innerlich aufgefressen hatten.

„Es geht mir einfach zuviel durch meinen Kopf. Eine neue fremde Stadt. Dann dass du ohne bedenken mich hier als Mieterin, in deiner Wohngemeinschaft einziehen lassen hast. So viel Freundlichkeit auf einmal, habe ich nie in meinen ganzen Leben erfahren dürfen."

„Nun ja, ich persönlich habe ja auch einen Nutzen davon. Ich bekomme ein wenig Miete für dein Zimmer und du beteiligst ja mit im Haushalt." Sie nahm vorsichtig einen Schluck von ihrem heißen Kakao und verzog sofort ihr Gesicht. „Autsch. Der ist verdammt heiß."

„Ja ich bin immer noch dankbar, dass ich Indigo kennen gelernt habe. Das war echt mein Glück, mein altes Leben hinter mir lassen zu können."

„Ich vertraue Indigo. Sie meine beste Freundin und hat ein Gespür für Leute. Sie erkennt sofort, ob man es mit ihr ehrlich meint oder nicht."

„Diese Gabe hätte ich auch gerne. Dann wäre mein Leben sicherlich anders verlaufen."

Jen griff über den Tisch und tätschelte Berrys Handgelenk.

„Glaub mir. Wenn du dich erst einmal eingelebt hast, sieht die Welt besser aus."

Jen schaute an Berry vorbei. Sie hatte ein Geräusch gehört. Es war die Terrassentür. Gleich danach hörte sie Schritte, die langsam in vom Wohnzimmer in den Flur kamen.

„Hi Mädels!" Rief Indigo laut und betrat die Küche mit ihrer voll bepackten Einkaufstüte. Berry drehte sich zu Indigo um, weil sie mit dem Rücken zur Tür saß. Bei Indigos Anblick zuckte sie erschreckt zurück.

„Oh mein Gott! Wie siehst du denn aus?" Jens Stimme überschlug sich fast, als sie Indigos Erscheinung genau betrachtete.

„Ich bin eine kreative Künstlerin." Sie blickte an sich herunter. „Ja gebe zu, heute war ich wohl etwas zu lebhaft mit der roten Farbe gewesen."

„Ich will mir gar nicht vorstellen, wofür du so viel rote Farbe gebraucht hast." Jen stand von ihrem Stuhl auf und füllte den dritten Becher mit heißen Kakao.

„Ich dachte schon das wäre Blut." Sagte Berry und entspannte sich wieder.

„Echtes Blut wäre selbst für mich zu schrill. Aber ich kann euch sagen, dass es dem echten Blut ähnlich ist und ich das für mein neustes Projekt benötigt hatte. Es ist eine Kopie von meiner letzten Ausstellung. Berry hatte es ja schon gesehen."

„Jen war ja leider nicht auf deiner letzten Ausstellung dabei gewesen. Du musst dir die Skulptur dir mal live anschauen. Die ist gigantisch groß."

Jen grinste in die Runde.

„Ich habe es in den Nachrichten gesehen. Sie haben nur immer ein Teil von dieser Skulptur gezeigt. Und der war mehr als gigantisch."

Jen blickte auf die volle Einkaufstüte, die Indigo auf den Boden neben den Esstisch abgestellt hatte.

„Du bist so, zum Einkaufen gefahren?" Wollte Jen wissen und konnte sich ein freches Grinsen nicht verkneifen. Sie wusste zwar, dass Indigo schon immer machte, was sie wollte. Aber selbst die Vorstellung, Indigo so beim Einkaufen zu begegnen, konnte sie sich kaum vorstellen.

„Nun ja es waren nur drei betrunkene Gestalten in der Tankstelle. Und Lola hatte die Nachtschicht. Also habe ich niemanden wirklich einen Schock versetzten können mit meinem Aussehen."

„Sei froh, dass du in keine Polizeikontrolle geraten bist." Gab Berry zu bedenken.

„Das wäre doch mal eine außergewöhnliche interessante neue Erfahrung für mich gewesen." Indigo fing an ihre Einkäufe auszupacken und legte alles auf den Esstisch.

„Wer soll denn das alles essen?" Jen sah zu, wie sich langsam die komplette Fläche des Tisches füllte.

„Ich denke mal, wir haben diese Nacht viel zu bereden. Immerhin haben wir eine Neue am Bord. Obendrein ist morgen Sonntag. Wir können ausschlafen. Und dafür habe ich dann auch noch etwas Stärkeres für uns mitgebracht." Indigo stellte die Alkoholflaschen auf den Tisch.

„Du hast gar nichts verpasst. Berry wollte gerade anfangen aus ihrem alten Leben zu erzählen, wie ihr euch bei deiner letzten Ausstellung kennen gelernt habt."

„Das nenne ich perfektes Timing. Ich wasche mir nur kurz die rote Farbe von meinen Händen und werfe danach die Pizzen in den Ofen." Indigo verließ die Küche und ging Richtung Gästetoilette, die sich gleich neben der Treppe befand, die in den ersten Stock führte.

„Bitte versuche diesmal meine Handtücher nicht mit deiner Farbe zu versauen." Rief Jen ihr laut nach.

„Ich werde mir Mühe geben." Hörten sie Indigo aus dem Flur zurückrufen. Jen drehte sich zu Berry um und verdrehte ihre Augen.

„Was ich schon an Handtüchern verloren habe, die jetzt als Putzlappen in Indigos Werkstatt gelandet sind. Ich kann diese gar nicht mehr zählen."

„Das habe ich gehört!" Hörten sie wieder Indigos Stimme in die Küche hallen.

„Das war beabsichtigt!" Rief Jen laut zurück und musste dabei selber lachen.

„Ich werde mich dann mal nützlich machen und den Tisch decken." Sagte Berry und durchquerte den Raum, um Teller und Besteck aus den Schränken zu holen. Indigo stand wieder im Türrahmen. Jen schaute ihr skeptisch auf ihre Finger, die mittlerweile etwas sauberer waren als vorher. Aber immer einen leichten rosa Farbstich hatten.

„Rege dich nicht auf. Ich habe mir meine Hände mit Klopapier abgetrocknet. Deine Handtücher geht es gut."

„Da bin ich ja beruhigt."

Berry legte Teller und Besteck auf den Tisch für sie bereit.

„Ach Jen. Ich soll dich ganz lieb von Lola grüßen. Sie lässt dir ausrichten, falls du mal wieder ein neues voll geschriebenes Tagebuch von ihr brauchst. Ist sofort wieder mit dabei."

„Danke. Und nein danke! Mein Bedarf an vorgefertigten Tagebüchern ist für die nächsten Jahre gedeckt."

„Was für ein Tagebuch?" Berry schaute fragend in die Runde.

Jen wurde etwas rot im Gesicht. „Frag nicht! Das war so eine peinliche Geschichte gewesen."

„Wo wir ja schon mal beim Thema sind. Erzähl und doch mal deine Geschichte. So richtig viel wissen Jen und ich über dich ja noch nicht."

Indigo und Jen nahmen an dem Esstisch platz. Berry seufzte kurz und überlegte.

„Wo fange ich am besten mal an?"

Indigo riss eine Tüte mit Gummibären auf und stopfte sich eine Handvoll in den ihren Mund.

„Am besten am Anfang. Wir haben genug Nervennahrung hier, um dir zuzuhören." Sagte Indigo etwas undeutlich mit ihren vollen Mund.

Kapitel 2
Willkommen im Licht

Das Letzte, an das ich mich erinnern konnte, war meine Chefin, die auf mich zu kam und mich irgendetwas fragte. Aber ich nahm nur ihre Lippenbewegung wahr und ihren besorgten Gesichtsausdruck. Ich fühlte mich nicht gut. Ich hatte weiche Knie und klammerte mich mit der linken Hand an den Kassentresen fest. Ich wischte mir mit meinen rechten Handrücken über die Stirn, die sich kalt und feucht anfühlte. Aus den Augenwinkeln flimmerten leicht goldene Sterne auf. Besorgt kam meine Chefin auf mich zu. Der Kassentresen trennte uns nur ein paar Zentimeter von einander.

„Frau Brix", sagte sie mit sorgenvoller Stimme. „Ist alles in Ordnung mit Ihnen? Sie sehen nicht gut aus."

Mein Blick glitt an meiner Chefin vorbei und zog sich langsam in die Länge. Als würde ich in einem langen Tunnel hineinschauen. Ich nahm eine Frau wahr, die ein paar Meter von mir entfernt stand und mich anlächelte. Sie nickte mir kurz zu und lächelte mich warmherzig an.

Ich schüttelte leicht den Kopf und kämpfte gegen dieses ungute Gefühl an, die Kontrolle über meinen Körper zu verlieren.

„Mir ist etwas schwindelig."

Das waren meine letzten Worte und die Sterne explodierten vor meinen Augen und rissen mich in eine tiefe Dunkelheit.

Ich war sofort bewusstlos. Man erzählte mir später, dass ich mit dem Hinterkopf gegen den Kassentresen geknallt und wie ein Baum umgefallen war. Meine Beine lagen etwas angewinkelt von mir und meine Chefin rief laut hysterisch nach Hilfe, als sie um den Kassentresen lief und sich an meine Seite kniete. Sie versuchte mich, wieder aus der Bewusstlosigkeit zu schüttelt. Leider ohne Erfolg. Drei Ersthelfer aus den anderen Verkaufsabteilungen kamen, um mich zu versorgen. Man begann mit der Mund zu Mund Beatmung, weil sich mein Gesicht von Rot sich leicht ins bläuliche verfärbte. Der andere Ersthelfer, der meinen Puls die ganze Zeit kontrollierte, versetzte die andren Kollegen noch mehr in Panik, da er schrie, dass er kaum einen Puls von mir fühlte. Die dritte Helferin begann mit der Herzdruckmassage.

Es dauerte nicht lange, und das Team vom Rettungswagen übernahm und löste meine vier Helfer ab. Mein Körper wurde an Geräte und Sauerstoff angeschlossen. Und sie verpassten mir mit einem Defibrillator ein paar Stromschläge. Ein anderer Rettungssanitäter zog ein paar Spritzen auf und setzte diese mir gezielt in meine Venen.

Ich bekam von dem ganzen Spektakel um mich herum nichts mit. Ich war weit weg...

*

Langsam öffnete ich meine Augen. Ich stand in einem hellen angenehmen Licht. Es war heller als die Sonne. Nur ich brauchte meine Augen nicht zusammenzukneifen, als ich direkt hineinblickte. Das war zwar merkwürdig, aber es beunruhigte mich nicht. Das Licht schien von allen Seiten zu kommen. Dazu diese glasklare Melodie, die durch das Licht floss. Waren das Instrumente oder zarte Stimmen, die ein Lied sangen? Ich konnte mich nicht entscheiden. Es hörte sich nach einer Mischung aus beidem an. Ich fühlte mich leicht und ausgeglichen. Das erste Mal seit Jahren lächelte ich. Es fühlte sich fantastisch an. Ich fühlte mich schwerelos und leicht. Als würde ich selber aus Licht bestehen. Es war warm und freundlich. Ich wurde in diesem Moment geliebt und verstanden. Ich fühlte mich einfach glücklich. Jede nur erdenklichen Fragen, die ich in mir trug oder die ich Fragen würde, wurden gleichzeitig beantwortet. Es war ein wundervolles Gefühl der Vollkommenheit. Ich war komplett. Nicht zerrissen von Gefühlen oder Selbstzweifeln. Hier und jetzt war ich vollständig. Ich war sicher, wurde geliebt und fühlte mich in diesem hellen freundlichen Licht so geborgen und verstanden. Dieses perfekte Gefühl durchflutete mich und ich lächelte zufrieden. Ich lauschte der wunderschönen Melodie, die mich umgab und fühlte mich glücklich uns schwerelos.

„Hallo meine Süße." Hörte ich eine freundliche Stimme sagen. Ich riss meinen Kopf nach rechts und schaute in ein Gesicht von einer jungen Frau. Sie trug ein mittellanges sonnengelbes Kleid und in ihren langen goldenen Haaren hingen weiße Margeriten Blüten. Ich schaute sie mir genauer an. Sie lächelte freundlich und mir fiel auf, dass sie barfuß war. Automatisch schaute ich an mir herunter. Auch ich hatte keine Schuhe an. Aber es war ja nicht kalt. Der Boden aus Licht war angenehm warm und weich.
„Kennst du mich noch?" Ihre Stimme klang sanft und sie berührte mich mit ihrer Hand an meiner linken Wange. Sie fühlte sich so zart wie Seide an.

„Ich weiß nicht. Du kommst mir so vertraut vor." Antwortete ich und lächelte sie zufrieden an.

„Ich bin deine Cousine Katrin. Das letzte Mal hatten wir uns an deinem Geburtstag gesehen. Ich glaube, da bist du sechs Jahre alt geworden."

Vor erstaunen hielt ich mir meine linke Hand auf den Mund. An Katrin konnte ich mich gut erinnern. Sie war diejenige, die sich mit mir als Kind beschäftigte, wenn sie bei uns zu Hause war. Auch wenn sie nur ein paar Häuserblocks von meinem Elternhaus lebte. Sie war die große Schwester, die ich immer gebraucht hätte. An meinem sechsten Geburtstag aßen wir gemeinsam Schokoladentorte und sie las mit mir ein Buch vor, was man mir geschenkt hatte. Das war meine letzte Erinnerung an Katrin. Ein paar Wochen später wurde sie krank. Drei Monate später starb sie dann im Krankenhaus.

Ich machte einen großen Schritt auf sie zu und umarmte sie stürmisch. Mir liefen die Tränen über das Gesicht. Ich hätte nie gedacht, Katrin noch einmal zu treffen. Ich versteifte mich kurz und löste mich aus unserer Umarmung und schaute Katrin erschrocken an.

„Bin ich tot?" Fragte ich sie. Und war gleichzeitig überrascht, dass mir diese Frage so leicht über die Lippen ging.

Sie wischte mir die Tränen aus dem Gesicht.

„Berry, sagte sie freundlich. Es ist deine Entscheidung."

*

Ich aß als Kind am liebsten Himbeeren. Meine Finger waren von dem Beerensaft immer rot verfärbt. Katrin und ich saßen bei ihr im Garten in der Sonne und naschten die saftigen Beeren direkt aus der Schale.

„Wenn du noch mehr von diesen Himbeeren ist, wirst du selber bald eine Beere sein", scherzte sie. Sie betrachtete ihre Hände. Die waren, nicht annähert so rot, wie meine. Dafür durfte Katrin schon Nagellack auf ihre Fingernägel auftragen. Der schöne rosa Nagellack glänze in der Sommersonne. Sie hielt ihre Hand neben meiner.
„Ich glaube, ich habe den perfekten Spitznamen für dich. Ab sofort nenne ich dich nur noch Berry." Ich grinste sie breit an.

„Das gefällt mir", sagte ich. „Berry" wiederholte ich meinen neuen Namen halblaut vor mich hin. So bekam ich meinem Spitznamen Berry.

*

„Da brauche ich gar nicht lange überlegen. Mein Leben ist einfach scheiße. Da fällt mir die Entscheidung leicht."
Katrin schaute mich mit einem traurigen Blick an und schüttelte leicht ihren Kopf.
„So darfst du nicht denken. Wenn dir dein Leben nicht gefällt, dann gestalte es so lange um, bis es dir zusagt." Ich schaute kurz nach unten auf meine nackten Füße. Ich spürte sofort die weiche Hand von Katrin unter meinem Kinn, die sanft meinen Kopf wieder nach oben führte.
„Das ist alles nicht so einfach." Ich schaute sie wieder an.
„Ach Berry, mein Leben war einfach zu schnell vorbei. Und glaube mir, ich habe bis zum Schluss gekämpft. Aber mein Körper hat das alles nicht mehr mitgemacht. Und ich hatte einiges vorgehabt. Werfe dein Leben nicht weg. Es ist zu wertvoll. Egal wie es gerade in deinem Leben aussieht."
„Aber wie stelle ich das an?"

Katrin lächelte. „Kämpfe um dein Leben. Du spielst die Hauptrolle darin. Und nun wird es an der Zeit, dass du zurückgehst."

Sie gab mir einen Kuss auf die Stirn. Mir liefen wieder die Tränen über die Wangen. Ich wollte nicht weg. Ich wollte meine beste Freundin nicht ein zweites Mal verlieren.

„Kann ich nicht einfach hier bei dir bleiben?"

„Das könntest du. Aber das wäre doch zu leicht. Außerdem warten neue Leute auf dich, die dich kennen lernen wollen."

„Ich vermisse dich so schrecklich." Sagte ich und das war die Wahrheit. Aber das schlimmste für mich war, dass ich Angst hatte, sie wieder zu vergessen.

„Ich werde immer an deiner Seite sein. Und nun musst du zurück."

Katrin streckte ihre Hände aus und gab mir einen kleinen Schubs gegen meine Schultern. Sofort wurde ich nach hinten gerissen und das angenehme Licht und die klare Melodie verschwanden sofort um mich herum. Es wurde wieder schwarz um mich herum und ich hatte das Gefühl, als stürzte ich zurück in mein altes Leben.

Kapitel 3
Willkommen zurück!

Ich fiel.
Dann kam ich auf und mein ganzer Körper zuckte kurz und ich riss die Augen auf. Ich schaute in ein Schummerlicht, das von der Decke herab strahlte. In der rechten Oberseite meiner Hand steckte eine Kanüle. Ich spürte den Fremdkörper in meinem Handrücken und mein Blick glitt langsam an dem Plastikschlauch entlang, der an einem Tropf endete. Dann hörte ich das rhythmische Piepsen meines Herzschlages von einem Monitor auf meiner linken Seite. An meinem linken Zeigefinger war ein Pulsmessgerät angeklemmt, der die genauen Daten an den Bildschirm weiterschickte. In meiner Nase steckte ein Sauerstoffschlauch. Es war recht angenehm und erleichterte mir das atmen. Ich versuchte, mich zu bewegen, aber jeder Knochen in meinem Körper schmerzte. Als wäre ich einen Marathon mitgelaufen. Ich war so erschöpft. Ich konnte mich nicht richtig bewegen. Selbst das Denken war für mich eine Qual. Mein Hinterkopf schmerzte und pochte es. Ich schloss wieder meine Augen und fiel in einem traumlosen Schlaf.

*

Als ich aufwachte, war ein neuer Tag. Und ich wachte in einem anderen Zimmer auf. Es war ein Zweibettzimmer. Aber ich hatte das Glück, dass ich es mit keinen anderen Patienten teilen musste. Monitor, und Luftschlauch waren verschwunden. Nur der Tropf war mir nicht von meiner rechten Seite gewichen. Langsam setzte ich mich im Bett auf. Mein Blick fiel auf die Glasflasche mit Wasser und dem passenden Glas daneben. Ich hatte so ein Durst und griff zur Flasche. Ohne lange zu zögern, trank ich gierig direkt aus der Flasche. Ich spürte, wie das Wasser durch meine trockene Kehle floss. Ich stellte die Flasche zurück an ihren alten Platz und lehnte mich zurück. Ich hatte jedes Zeitgefühl verloren. Ich drückte den Knopf, und rief somit die Krankenschwester.

Ich wollte wissen, was passiert war. Mir fehlten ein paar Stunden. Oder Tage? Ich hatte keine Ahnung. Erschöpft fiel mein Kopf zurück auf das Kopfkissen. Ich schloss wieder die Augen. Ich war so kraftlos, dass ich am liebsten weitergeschlafen hätte. Aber ich wollte nicht die Krankenschwester verpassen. Schließlich hatte ich ja nach ihr geklingelt. Es dauerte nicht lange, als die Tür vom Krankenzimmer aufging und eine Frau mittleren Alters ins Zimmer trat und mich anlächelte. Ich lächelte kurz zurück.

„Oh wie schön. Sie sind wach." Sagte sie und ging zum Fenster und öffnete es einen kleinen Spalt.

„Ich lasse einmal ein wenig frische Luft hier rein." Sie schaute auf die fast leere Wasserflasche und nahm sie gleich von dem kleinen Tischen. „Die werde ich, sofort mal ersetzten. Soll ich ihnen einen Tee bringen? Oder etwas anderes warmes zu Trinken?"

„Wasser und Tee klingt schon mal gut. Ich weiß gar nicht, was für einen Tag wir heute haben. Wie lange habe ich überhaupt geschlafen?"

„Heute ist Montag. Sie haben seit ihren Unfall bis jetzt durchgeschlafen."

Ich schluckte und ließ mich wieder zurück in mein Kopfkissen sinken. Ich hatte fast zwei Tage verschlafen. Ich schaute wieder zur Krankenschwester.

„Ich weiß ehrlich gesagt gar nicht mehr so richtig was passiert ist. Ich weiß, dass ich in der Arbeit war und dann hier plötzlich aufgewacht bin. Können Sie mir sagen, was mit mir passiert ist?" Ich blickte auf ihr Namensschild, wo Julia stand. Schwester Julia schüttelte nur leicht ihren Kopf.

„Ich weiß nur, dass sie körperlich völlig erschöpft waren, als Sie bei uns ankamen. Aber ich kann sie beruhigen, alle Ihre Vitalfunktionen sind okay. Aber der Chefarzt lässt ein großes Blutbild im Labor von ihnen anfertigen. Wir möchten ja wissen, ob alles mit Ihnen in Ordnung ist."

„Ich bin immer noch müde." Sagte ich und fühlte mich etwas niedergeschlagen. Schwester Julia nickte verständnisvoll.

„Dann ruhen sie sich aus. Ich hole Ihnen jetzt etwas Neues zum Trinken. Dann schlafen Sie ein wenig. Und ich wecke Sie dann pünktlich zum Essen. Können Sie alleine aufstehen?"

Ich überlegte kurz. „Ich denke schon. Wieso?"

„Falls Sie mal auf Toilette müssen. Ihre Toilette ist hier gleich mit im Zimmer. Einfach durch diese Tür." Sie zeigte auf die Tür, die das Zweibettzimmer vom kleinen Badezimmer trennte.   „Oh, okay. Vielen Dank." Sagte ich kurz. Das letzte was ich wollte, dass mir eine fremde Person beim Pinkeln zusah.

„Ich komme gleich mit ihren Tee und ihren Wasser wieder." Sagte Schwester Julia und war schon aus dem Zimmer verschwunden. Ich hatte gar keine Chance, ihr zusagen, was für einen Tee ich gerne gewollt hätte.

Kaum war Schwester Julia aus dem Zimmer raus, musste ich auch schon dringend auf die Toilette. Ich schlug die Bettdecke zur Seite und setzte mich vorsichtig auf. Langsam ließ ich meine Beine aus dem Bett glitten. Ich schaute auf meine Beine, man hatte mir diese weißen Thrombosestrümpfe angezogen. Dazu ein blaues Flügelhemd, was hinten offen war. Der Fußboden war kalt unter meinen Füßen. Ich nahm die Tropfstange mit und rollte sie mit in das kleine Badezimmer.

*

Ich war wieder eingeschlafen. Als ich aufwachte, stand auf meinem Tisch zwei Flaschen Wasser und ein kleines Tablett mit einer Thermoskanne mit heißem Wasser, einen leeren weißen Becher und auf einem kleinen Teller, eine Auswahl von verschiedenen Teesorten. Ich entschied mich für einen Kamillentee und warf den ausgepackten Teebeutel in den Becher und füllte diesen mit heißem Wasser. Sofort roch, ich den beruhigen Duft der Kamille. Ich versuchte meine Gedanken zu ordnen. Aber meine Erinnerungen ließen mich in Stich. Das Letzte was mir einfiel, wie die Welt um herum in tausend Sterne explodierte. Ich holte gedankenverloren den Teebeutel aus dem Wasser und legte ihn auf dem Tellerrand ab. Ich nahm einen heißen Schluck zu mir. Der Tee tat mir gut.

Plötzlich fiel es mir wieder ein und ich setzte mich kerzengerade im Bett hin.

Katrin! Meine tote Cousine Katrin. Ich hatte mit ihr gesprochen. Oder war es nur ein Traum gewesen? Ich überlegte kurz. Ich nahm ein Schluck Tee zu mir. Aber es war so real gewesen. Dieses schöne Licht. Diese Wärme, Liebe und Vertrautheit. Es war einfach nur wundervoll. Ich fühlte mich so geliebt und geborgen. Ich schaute mich im kalten Krankenhauszimmer um. Hier war alles so kalt und streng. Ich fühlte mich schlapp und müde. Ich wäre lieber bei ihr im Licht geblieben. Dort war ich glücklich. Ich stellte meinen Becher zurück an seinen Platz und konnte nicht verhindern, dass mir die Tränen über mein Gesicht liefen und ich anfing zu weinen. Ich hielt mir meine Hände vor dem Mund, weil ich mein lautes Aufschluchzen selbst für mich einfach zu laut war. Niemand sollte es mitbekommen. Ich konnte mich aber nicht beruhigen. Krampfhaft und stoßweise versuchte ich zu Atmenden. Mir tat mein ganzer Körper tat weh. Mein Herz schmerzte und ich hatte das Gefühl, als würde mein Körper versuchen meine kompletten seelischen Schmerzen, über mein Herz, durch meine Tränen aus meinen Körper zu spülen.

Ich bemerkte nicht, dass Schwester Julia plötzlich neben meinem Bett stand und mich sorgenvoll anblickte. Sie hatte das Abendessen dabei. Sie stellte das Tablett mit dem Essen auf dem Tisch ab und setzte sich neben mir auf die Bettkante.

Sie brauchte nicht viele Worte. Sie nahm mich einfach in die Arme und ich heulte wie ein kleines Kind ihrer linken Schulter voll. Ich spürte ihre liebevolle Umarmung und wie sie mir sanft über meinen Rücken strich. Ich zitterte am ganzen Körper und ich konnte meine Tränen und mein heftiges Schluchzen nicht mehr zurückhalten. Ihre ruhige Stimme beruhigte mich nach einiger Zeit.

„Alles wird wieder gut werden. Lassen Sie nur alles raus. Ihre Seele muss mal den ganzen Müll rauslassen, was sie in der letzten Zeit alles aufgenommen hat."

Langsam löste ich mich aus ihrer Umarmung und schaute peinlich berührte auf ihre nass geweinte Schulter.

„Es tut mir so leid! Ich weiß gar nicht, was mit mir los ist." Ich wischte mir die letzten Tränen aus dem geröteten Gesicht und schaute Schwester Julia an.

„Machen Sie sich mal keine Sorgen darüber."

„Ich habe Ihre Arbeitskleidung voll geheult."

„Glauben Sie mir. Ich habe schon schrecklicher Dinge auf meiner Kleidung gehabt. Da sind Tränen mal eine Abwechslung. Und wie fühlen Sie sich jetzt?"

„Etwas besser. Danke."

Schwester Julia griff nach meiner linken Hand und drückte sie.

„Ich denke, dass war mal nötig. Und nun, Essen Sie etwas. Und dann fühlen Sie noch besser. Und Morgen Vormittag haben Sie einen Termin beim Chefarzt."

„Morgen Vormittag schon?" Fragte ich nervös.

„Ja da werden Ihre Testergebnisse aus dem Labor besprochen."

Jetzt war mir mein Heulkrampf egal. Und auch die Tatsache, dass ich die Schulter von Schwester Julia, wie ein kleines Baby, ertränkt hatte mit meinen Tränen. Sie musste meinen besorgten Gesichtsausdruck bemerkt haben.

„Machen Sie sich mal keine Sorgen. Wenn irgendwas Schlimmes oder auffälliges bei den Laborwerten dabei gewesen wäre, dann hätte unser Chefarzt es Ihnen schon persönlich besprochen."

Erleichtert atmete ich etwas aus. Ich schaute auf die braune Plastikhaube, die mein Essen warm hielt. Schwester Julia stand von meiner Bettkante auf und stellte das Tablett auf das kleine Tischen. Sie drückte das Tischchen mit dem Schwenkarm in meine Richtung und nahm die braune Plastikhaube ab.

Ich schaute auf den typischen Krankenhausfraß. Ein paar mickrige Kartoffeln, Erbsen und Möhren, und ein trockenes Stück Fleisch, Herkunftsland Schuhsohle. Auch der kleine Klecks Soße am Tellerrand konnte dass nicht rausreißen. Das Stückfleisch würde den Soßenklecks wie ein trockener Schwamm in sich aufsaugen.

„Nun essen Sie mal auf. Und ich schaue später noch einmal nach Ihnen."

Ich nickte ihr nur zu. Immer noch etwas peinlich berührt von meinem Heulkrampf. Schwester Julia sah ich an diesem Abend nicht mehr. Ich schlief nach dem Essen sofort ein und wachte erst auf, als eine andere Krankenschwester in der Frühschicht das grelle Licht anknipste und die Fenster aufriss.

„Guten Morgen!" Dröhnte ihre laute Stimme durch den Raum. Ich blinzelte gegen das helle Licht an und zog bei der kalten Luft die Decke hoch bis zum Kinn.

Die Zimmertür schlug wieder zu, und der Wirbelwind von Krankenschwester war aus dem Zimmer verschwunden.

*

Ein paar Stunden später, nach dem schrecklichen spartanischen Frühstück in meinem Krankenzimmer, saß ich beim Chefarzt Dr. med. Winter in seinem Sprechzimmer gegenüber. Uns trennte nur ein Schreibtisch. Ich spielte nervös mit meinen Händen, als der Gott in Weiß sich meine Laborwerte anschaute. Er linste über seine feine Goldbrille auf den Bericht, als würde er nach einen bestimmten Fehler suchen, den er bis jetzt noch nicht gefunden hatte. Ich betrachtete diesen Mann, der mir gleich sagen würde, was mit mir nicht stimmte. Seine braunen Haare waren an den Seiten ergraut und um die Mundwinkel hatten sich zwei tiefe Falten hineingefressen. Ob es sich um Sorgenfalten oder Lachfalten handelte, konnte ich nicht erkennen. Er hatte einen Schnauzbart, an dem er gedankenverloren mit seiner linken Hand spielte, als er den Bericht vor ihm überflog. Diese sympathische Angewohnheit schien er selber gar nicht

41

wahrzunehmen. Es hatte jedenfalls etwas beruhigten auf mich. Dieser Raum war kein richtiges Büro für einen Chefarzt. In den Krankenhausserien waren diese immer pompös eingerichtete mit ganzen Bücherwänden und die Wände mit wichtigen Auszeichnungen zugepflastert. Hier dagegen war dieser weiße Schreibtisch mit einem Bürostuhl, mit einem PC und einen Drucker ausgestattet. Davor standen zwei unbequeme schwarze, dünn gepolsterte Stühle für Patienten. Links an der Wand stand eine weiße Liege mit einer Papierrolle am Kopfende.

„Wie fühlen Sie sich heute, Frau Brix?" Fragte mich der Chefarzt mit seiner tiefen Stimme und klappte die Mappe zu und schaute mir mit seinen dunkelbraunen Augen an.

Ich zuckte kurz mit den Schultern. Am liebsten hätte ich geantwortet, dass ich außer Essen und Schlafen zu nichts mehr zu gebrauchen bin zurzeit. Aber ich formulierte das ganze etwas um.

„Ich fühle mich etwas schlapp. Und ich habe leichte Kopfschmerzen." Sagte ich und schickte ein kurzes Lächeln über den Schreibtisch.

Das war gelogen und völlig untertrieben. Ich fühlte mich, als hätte man mich auf die Gleise einer Zugschnellstrecke gelegt und den ganzen Tag ICE über mich fahren lassen. Kurz um, ich war einfach im Arsch. Sein Schnauzbart zuckte kurz und er erhob für eine kleine Millisekunde seine rechte Augenbraue, als würde er meine Antwort durch einen unsichtbaren Lügendetektor schicken lassen.

„Man hat Ihnen nicht erzählt, was genau passiert ist?"

Ich schüttelte kurz meinen Kopf.

„Ich bin auf meiner Arbeit ohnmächtig geworden und bin dann hier im Krankenhaus wieder aufgewacht. Das ist alles was ich bis dato weiß."

„Fangen wir mal mit ihrem Laborbericht an. Wir haben ein großes Blutbild anfertigen lassen. Alle Tests, die wir gemacht haben sind negativ." Er tippte mit seiner linken Hand auf die Unterlagen vor sich.

„Vor mir sitzt laut des Laborergebnisses eine junge gesunde Frau."

„Und wieso bin ich dann ohnmächtig geworden?"

Er nahm seine goldene Brille ab und legte sie vor sich auf dem Schreibtisch.

„Frau Brix, sie sind nicht ohnmächtig geworden. Sie sind bewusstlos zusammengebrochen. Bei ihrem Zusammenbruch sind sie mit ihrem Hinterkopf an den Verkaufstresen aufgeschlagen. Davon kommen auch ihre Kopfschmerzen."

Automatisch fasste ich mir an meinen Hinterkopf, wo die kleinste Berührung schon wehtat. „Ich verstehe das nicht. Wie konnte denn so etwas passieren?"

„Als die Sanitäter eintrafen, hatte sich ihre Gesichtsfarbe dunkelblau verfärbt. Ihr Puls war fast nicht mehr vorhanden. Die schnelle Versorgung der Sanitäter haben wir zu verdanken, dass sie wir beide dieses Gespräch überhaupt führen können."

Ich schluckte hart und versuchte den dicken Kloß, der sich in meinem Hals bildet wieder loszuwerden. In meinen Augenwinkeln liefen mir die ersten Tränen wieder über mein Gesicht.

Er reichte mir eine Box mit Taschentüchern rüber und ich zog mir drei davon aus der Verpackung. Ich putze mir die Nase und wischte die neuen Tränen aus meinem Blickfeld.

„Was ich sagen möchte, Frau Brix. Sie sind gerade so den Tod von der Schippe gesprungen. Aber laut ihrer Blutwerte völlig gesund. Erzählen Sie mir bitte mal ihren Tagesablauf. Oder besser noch. Wie sieht eine ganz normale Woche aus."

Ich überlegte kurz.

„Welche Woche soll ich Ihnen denn vorlegen?" Fragte ich und ging in Gedanken schon meine Listen durch, die ich über die Woche brauche, um ja nichts zu vergessen.

„Am besten Sie nehmen die Woche vor Ihrem Unfall. Das wäre doch schon mal ein Anfang. Wenn das nicht reicht blicken wir ein wenig weiter zurück. Ich möchte nur verstehen, was diesen Anfall ausgelöst hat. Leidet in Ihrer Familie jemand unter Epilepsie?"

„Nein. Jedenfalls, dass ich nicht wüsste."

Der Chefarzt lehnte sich in seinem Stuhl zurück und unterbrach dabei nicht unseren Blickkontakt. Seine linke Hand fand wieder seinen Schnauzbart und begann daran zu zwirbeln.

„Gut. Dann gehen wir mal die Woche vor ihren Unfall durch. Beginnen Sie bitte am Montag."

„Wo soll ich da am besten Anfangen?"

„Ihren kompletten Tagesablauf. Vom Aufstehen bis zum Bettgehen."

In Gedanken spulte ich die Zeit zurück.

Kapitel 4

„**B**rauchen Sie etwas zum Schreiben? Vielleicht erinnern sie sich leichter, wenn Sie ihre Woche genau aufschreiben. Und dann schauen wir gemeinsam über ihre Aufzeichnungen."
„Danke. Aber das ist wirklich nicht nötig. Ich hab meinen Terminkalender immer bei mir. Damit ich auch ja nichts vergesse." Berrys Hand griff rechts neben den Stuhl und zog ihre große schwarze Lederhandtasche auf ihren Schoß. Sie zog aus der Handtasche ein schwarzes A4 Kalenderbuch heraus, der mit vielen bunten Post-it Zetteln voll geklebt war. Jede Farbe von den Merkzetteln hatte für Berry eine andere Bedeutung. Diese schauten aus dem Kalender heraus und verformten diesen Jahreskalender dermaßen, dass ihr wichtige Buch mit einem roten Gummiband geschlossen hielt, damit es nicht von alleine aufklappte, wenn man es hinlegte. Bei den Gedanken, einen wichtigen Zettel zu verlieren, die Berrys ganze Wochenplanung durcheinanderbringen würde, war für sie ein innerlicher Aufschrei. Schon dieser kleine Gedanke, brachte ihr Herz wie wild zum Schlagen, dass sie etwas wichtiges vergessen könnte.
Berry zog vorsichtig das dicke rote Gummiband vom Kalenderbuch, das durch die ganzen Klebezettel völlig aufgedunsen wirkte.
Sie legte es vor sich auf den Schreibtisch und blätterte die Seiten um. Es war wie ein Spaziergang durch ihr ganzes Jahr. Auch wenn jetzt erst im September war. Die letzten Wochen und Tage waren bereits schon von ihr markiert worden. Sie schlug die richtige Woche auf und schaute erst jetzt zum Chefarzt, der sie schon die ganze Zeit anstarrte.

„Soll ich beginnen?"

Er nickte ihr kurz zu.

„Ich nehme an. Jede Farbe von den Post-it haben für Sie eine bestimmte Bedeutung?" Seine Stimme klang ruhig und er schaute auf das bunte Zettelgewirr, dass er kopfüber von seiner Seite aus betrachtete.

„Ja das stimmt. Ich habe da so in den letzten Jahren mein eigenes System entwickelt. So kann ich mich wirklich darauf verlassen, dass ich auch ja keinen wichtigen Termin vergesse." „Würden Sie mir die Bedeutung jeder Farbe erklären?"

Berry schaute ihn verwundert an.

„Das ist nur zum Verständnis. Damit ich besser im Thema bin, wenn Sie mir ihre komplette Woche vor ihren Unfall vortragen."

Berry fühlte sich ein wenig kribbelig. Bis jetzt hatte sich noch nie jemand für ihr persönliches Terminsystem interessiert.

„Also gut", begann sie und klappte das Kalenderbuch bis zur letzten Seite auf. Dort hatte sie immer ein paar Notzettel eingeklebt, falls sich doch mal ein Termin veränderte oder ihre Planung in der Woche komplett umgestalten musste, damit nicht das Chaos in ihrem Leben ausbrach.

„Sie haben immer Post-it Zettel am Ende des Kalenders deponiert?" Die Stimme klang ein spur zu überrascht.

„Ja für den Notfall. Es gibt Tage, da muss man die Termine der kompletten Woche abändern, damit es wieder passt. Aber ich sage Ihnen, wenn einmal der Wurm drinnen ist, dann dauert dass schon eine kleine Zeit, um dass alles genau wieder auszupendeln, bis die Termine ineinander greifen."

„Wenn ich so Ihren Kalender betrachte, sieht jede Woche ereignisreich bei Ihnen aus, Frau Brix?"

„Na ja, ich denke mal, es hält sich in Grenzen. Diese Woche ist sogar noch etwas Luft, da ich nach meiner Arbeit eine Putzstelle habe. Aber diese Woche habe ich mir Urlaub davon genommen, weil ich ja diese wichtige Party organisieren muss. Und da wären mir diese vier Stunden Putzen nach meinem Hauptjob einfach in die Quere gekommen. Aber ich denke jeder von uns hat mal so ein paar harte Wochen hinter sich."

Sie schwiegen sich für ein paar Sekunden an. Ihr letzter Satz hallte Berry irgendwie im Gedächtnis nach.

„Ich fang dann mal an." Sagte Berry vorsichtig und hob den Kalender etwas an, damit der Chefarzt ihr genau auf die Finger schauen konnte, wenn sie ihm ihr Kalendersystem genau erklärte.

„Sehr gerne Frau Brix. Ich bin ganz Ohr." Er lächelte kurz und wartete auf ihre kleine Präsentation.

*

Post-it Bedeutungsfarben:

Roter Post-it - wichtiger Termin! Muss heute erledigt werden!

Gelber Post-it - Termin! Mit besonderen Vorbereitungen am Vortag - siehe Datum! Rot!

Blauer Post-it - Einkäufe! Für Gelb beziehungsweise für Rot

Grüner Post-it - Geburtstage! Kombination mit Blau/Gelb/Rot

Rosa Post-it - Termine mit festen Zeiten / Fixe Termine, die nicht zu ändern sind.

Lila Post-it - Bestellungen online / Abholungen / siehe auch Gelb und Rot.

Weißer Post-it - Sonderaufgaben, die zwischen den Terminen noch eingeschoben werden.

*

Sie erklärte dem Chefarzt ihr komplexes System, wie sie ihren Buchkalender das ganze Jahr mit Leben füllte. Er hörte, ohne ihr, ohne sie ein einziges Mal zu unterbrechen, aufmerksam zu.

„Und der weiße Post-it ist eher für Sonderaufgaben, die ich dann meistens zwischen den Terminen mit reinschieben kann. Aber das kommt fast nie vor. Es sei, denn die Weihnachtszeit beginnt. Da kann das schon einmal passieren, dass sich solche weißen Schlingel sich schon mal durch die ganze Woche mit hineinschleichen. Weil einfach nicht vorhersehbare Ereignisse sich mir und meiner Planung in den Weg stellen."

„Ich verstehe. Sagte er völlig gelassen. Bevor wir beginnen, ihre Woche vor ihrem Unfall genau unter die Lupe zu nehmen, gestatten sie mir noch ein persönliche Frage?"

Berry klappte das Kalenderbuch wieder zu. Und öffnete es mit dem roten Lesezeichenpfaden, wo ich die richtige Woche vorher markiert hatte, die sie beide gleich genauer erörtern wollten.

„Aber natürlich. Fragen Sie ruhig."

„Wie lange arbeiten Sie schon so genau mit diesem Hilfsmittel? Ich habe so den Verdacht, bevor ich überhaupt mal so eine normale Woche von Ihrem Leben betrachtet habe, dass Sie ständig unter einen gewissen Zeitdruck stehen."

„Ich schätze mal so fünf Jahre. Vorher habe ich mir immer meine ganzen wichtigen Notizen an den Kühlschrank mit Magneten gehängt. Und dann habe ich irgendwann angefangen, mir ein Kalenderbuch zu kaufen. Und dann ist nach und nach dieses bunte Zettelsystem dabei entstanden."

Sie schaute ihren Arzt etwas skeptisch an. „Wieso fragen Sie mich das alles?"

„Ich habe da einen Verdacht. Allerdings möchte ich gerne erst ihre Woche vor ihren Unfall von Ihnen vorgetragen haben. Danach werde ich gerne noch mal auf den genauen Grund, meiner Frage kommen. Aber vorher, beginnen wir doch mal ihre ganze normale Woche, vor ihrem Unfall."

Berry schaute auf die linke aufgeschlagene Seite vor ihr. Jeder Tag hatte eine Seite. Und der Montag war schon mit einigen Notizen von ihr vollgeschrieben. Also fing sie ihre letzte Woche vor ihrem Unfall, dem Chefarzt Winter vorzutragen.

*

Montag

4:30 Uhr / Aufstehen

Rosa Post-it / 5:00 Uhr / Hund von Nachbarin Gassi gehen.

Roter Post-it / 6:00 Uhr bis 8:00 Uhr / komplettes Treppenhaus Fegen und Wischen

10:00 Uhr bis 20:30 Uhr Arbeiten

Rosa Post-it / 21:00 Uhr bis 23:00 Uhr / Nachhilfe Mathe mit Nachbarsjunge

Roter Post-it / 23:00 Uhr / Alle Freunde von Cherry bescheid sagen / Überraschungsparty am Samstag im Partyraum.

Dienstag

4:30 Uhr / Aufstehen

Rosa Post-it / 5:00 Uhr / Hund von Nachbarin Gassi gehen.

Roter Post-it / 9:00 Uhr / Kleid für Party aus der Reinigung abholen.

10:00 Uhr bis 20:30 Uhr Arbeiten

Roter Post-it / 21:00 Uhr Hundefutter für Nachbarin kaufen. Weißer Post-it / Achtung: Besonderes Hundefutter – siehe Musterdose.

Weißer Post-it / 22:00 Uhr Bügelwäsche von letzter Woche erledigen.

Mittwoch

4:30 Uhr / Aufstehen

Rosa Post-it / 5:00 Uhr / Hund von Nachbarin Gassi gehen.

Gelber Post-it / 6:00 Uhr / Playlist für Cherrys ausarbeiten für Morgen.

10:00 Uhr bis 20:30 Uhr Arbeiten

Roter Post-it / 21:00 Uhr / Onlinebestellungen erledigen: Partydekoration und Geschenke für Cherrys Geburtstag bestellen / siehe Blauer Post-it und weißer Post-it.

Rosa Post-it / 22:00 Uhr / Schwimmgruppe

Rotes Post-it / 23:30 Uhr / Fensterputzen / Staubwischen

Donnerstag

4:30 Uhr / Aufstehen

Rosa Post-it / 5:00 Uhr / Hund von Nachbarin Gassi gehen.

Roter, Blauer, Gelber Post-it / 7:00 Uhr Einkaufen Lebensmittel für Nachbarin und Zutaten für Cherrys ersten Überraschungskuchen für die Arbeit / Eierlikörkuchen mit einer Vollmilchschokoladenglasur

10:00 Uhr bis 20:30 Uhr Arbeiten

Weißer Post-it / Mittagspause zum Geschenke Laden / Heliumflasche besorgen.

Gelber Post-it / 21:00 Uhr / Cherrys überarbeitete Playlist für den DJ auf CDs brennen.

Roter Post-it / 23:30 Uhr / Cherrys Kuchen für Morgen backen.

4:30 Uhr / Aufstehen

Rosa Post-it / 5:00 Uhr / Hund von Nachbarin Gassi gehen.

Blauer, Gelber, roter Post-it / 7:00 Uhr / Lebensmittel einkaufen für Cherrys Geburtstagsparty und ihre Geburtstagsüberraschungstorte / Buttercremetorte.

10:00 Uhr bis 20:30 Uhr Arbeiten
Weißer Post-it / 21:00 Uhr / Cherrys Lieblingsgetränk besorgen / Whiskey mit Honey.
Roter, Gelber Post-it / 21:00 Uhr / Lebensmittel einkaufen für Cherrys Geburtstagsparty.

Gelber Post-it / 23:00 Uhr / 300 Ballons aufblasen / 150 mit Helium für Partyraum.

Gelber, Roter Post-it/ 1:00 Uhr / Ballons zum Partyraum / Vordekorieren

Samstag

4:30 Uhr / Aufstehen

Rosa Post-it / 5:00 Uhr / Hund von Nachbarin Gassi gehen.

Rotes Post-it / 6:00 Uhr / Geburtstagtorte für Cherry

Rotes Post-it / 8:00 Uhr / Post Geburtstagsgeschenke und Festdekoration abholen.

Gelbes Post-it / 8:30 Uhr / Brötchen für vierzig Personen vorbestellen.

Rotes Post-it / 10:00 Uhr / Einkaufen für Cherrys Afterpartybrunch

Rotes Post-it / 12:00 Uhr / Salate und Fingerfood für Party vorbereiten.

Rotes Post-it / 18:00 Uhr / Partyraum eindecken / Essen vorbereiten / DJ helfen.

Sonntag

4:30 Uhr / Aufstehen

Rosa Post-it / 5:00 Uhr / Hund von Nachbarin Gassi gehen / Brötchen für vierzig Personen.

Weißer Post-it / 6:00 Uhr / Wäsche waschen / Badezimmer putzen.

Roter Post-it / 8:00 Uhr / Essen für Cherrys Afterpartybrunch vorbereiten.

Roter Post-it / 10:00 Uhr / Partyraum mit Brunchessen eindecken.

Roter Post-it / 15:00 Uhr / Partyraum abschmücken und putzen.

Weißer Post-it / 17:00 Uhr / Mutter / Aufgabe noch unbekannt

Gelber Post-it / 20:00 Uhr bis 24:00 Uhr / Präsentation vorbereiten für Weiterbildungskurs.
Siehe roter Post-it für Montag!!!

*

Berry hielt kurz inne. Dann schaute sie zum Chefarzt Winter, der sie immer noch ihre komplette Aufmerksamkeit schenkte. Aber er merkte sofort, dass sie etwas verwirrt auf ihren offenen Kalender starrte.
„Alles in Ordnung?" Fragte er leicht besorgt. „Sie schauen aus, als hätten Sie in ihren Aufzeichnungen einen gewaltigen Fehler entdeckt."
Berry starrte auf den Eintrag am Sonntag. Der Termin um 17:00 Uhr bei ihrer Mutter. Aufgabe unbekannt? Wie war das möglich? Sie erinnerte sich nicht mehr. Verwirrt schaute sie wieder über den Schreibtisch und suchte den vertrauten Blick von ihrem Arzt.
„Ich erinnere mich nicht mehr an diesen Tag. Ich weiß zwar, dass ich es aufgeschrieben habe. Aber es ist, als wäre alles aus meinem Kopf gelöscht worden."
Der Blick von ihrem Arzt veränderte sich. Dieser Gesichtsausdruck gehörte in die Kategorie Mitleid. In Berry stieg ein ungutes Gefühl innerlich auf.
„Frau Brix, Sie haben gar nichts vergessen. Schauen sie sich bitte einmal die Daten über den Wochentagen an."
Sie schaute wieder auf ihr vertrautes Kalenderbuch und es fiel ihr wie Schuppen von den Augen. Das war nicht die Aufzeichnungen von letzter Woche. Es war genau die Woche

in der sie sich gerade befand. Leichte Panik überkam sie und das spiegelte sich in ihrem Gesichtsausdruck wieder. Chefarzt Winter beugte sich langsam über den Schreibtisch und klappte das Kalenderbuch zu und zog es zu sich rüber auf seine Seite des Schreibtisches.

„Ich habe meine ganzen Termine verpasst." Ihre Stimme klang tonlos. Sie starrte vor sich auf die weiße Tischplatte und versuchte den Gedanken mit ihrem Geist zu greifen.

„Frau Brix." Hörte sie eine Stimme. „Frau Brix! Sehen Sie mich bitte an!" Die Stimme ihr gegenüber wurde eine Spur schärfer. Sie guckte ihm langsam in seine braunen Augen.

„Ich denke, jetzt weiß ich wieso sie vor ein paar Tagen zusammengebrochen sind." Er hielt ihr Kalenderbuch in die Höhe und zeigte mit seinem reichten Zeigefinger drauf.

„Das hier! Er legte eine kleine Pause. Das ist der absolute Wahnsinn!"

Berry schüttelte leicht ihren Kopf. „Ich verstehe nicht so richtig, was Sie meinen." Antwortete sie mit nüchterner Stimme.

„Wie viele Stunden schlafen Sie?" Seine Frage klang ernst.

„Ich … ah … ein paar Stunden?" Berry wusste es nicht. Aber wer weiß schon genau, wie lange und wie oft man in der Woche Schlaf bekam. Sie gehörte zu den Menschen, die sich dieses bedeutungslose Ereignis mal nicht notierten.

„Ich glaube, jetzt verstehe ich das Problem, ihres Zusammenbruchs. Und ich kann jetzt ihnen eine Diagnose stellen."

Sie schaute ihren Arzt gespannt an.

„Und die wäre?"

„Ihr Körper ist völlig ausgebrannt. Sie haben ein richtiges Burnout erlitten. Aber dieses was Sie haben, liegt schon im Endstation."

„Und wie kann ich, verhindert, dass mir das noch einmal passiert?"

„Als Erstes schmeißen Sie diesen verdammten Kalender weg. Dann sollten Sie mindest acht Stunden jede Nacht schlafen. In ihrem Fall wären zehn Stunden optimal. Verstehen Sie? Ich rede hier von einer regelmäßigen eingehaltenen Nachtruhe. Sieben Tage die Woche. Ihr Körper hat praktisch vor ein paar Tagen die Notbremse gezogen. Das war für Sie die allerletzte Warnung! Wenn Sie ihren Lebensstil nicht sofort zu ihren Gunsten abändern, kann ich nicht versprechen, dass Sie so einen Anfall überleben werden. Wie ich schon gesagt habe. Ihr Körper hat die Notbremse vor ein paar Tagen gezogen. Eine zweite Chance bekommen Sie mit Sicherheit nicht mehr. Denn wenn ich dass hier alles so betrachtet, sagte er und tippte auf ihren Kalender. Sollten Sie Gott danken, dass Sie es überhaupt geschafft haben, wieder aufzuwachen."

Berry liefen vor Angst und vor Schock die Tränen über das Gesicht. Sie wischte sich diese gedankenverloren fort.

„Ihr Körper braucht jetzt dringend Ruhe! Sie werden lange brauchen, bis Sie sich von diesem Anfall erholt haben. Schlafen Sie mindest acht Stunden in der Nacht. Erarbeiten Sie sich einen Plan für die Nachtruhe. In Pläne schreiben, haben Sie mir ja bewiesen, sind sie ja ein As."

„Was denn für ein Plan?"

„Einen Ruheplan. Planen Sie ihre Nachtruhe. Acht Stunden sind Pflicht. Besser wäre es, wenn sie es so einrichten können, dass sie jede Nacht ausschlafen."

„Darf ich bitte meinen Kalender wieder haben?"

Er schaute auf Berrys Kalender, als wäre es etwas Abartiges. Er schob ihn ihr, nach einem kurzen Zögern, zurück über den Schreibtisch.

„Ehrlich gesagt gebe ich ihm diesen Kalender nur ungern wieder. Haben Sie mir die letzten paar Minuten überhaupt zugehört? Ist Ihnen bewusst, wie knapp sie den Tod so entkommen sind?" Fragte er ernst und legte seine Hand auf Berrys, um seinen Worten mehr Bedeutung zu geben.

Berry liefen wieder die Tränen über mein Gesicht.

„Wissen Sie", sagte sie und wischte sich wieder mit den Handrücken über ihre nassen Augen. „Diese Termine sind wichtig. Es geht da um meine Freunde. Freundschaften sind für mich wichtig." Ihre Stimme war nur ein Zittern, bevor sie ihr völlig wegbrach und sie von einem starken Weinkrampf durchgeschüttelt wurde.

Berry bekam frische Taschentücher wieder und versuchte, diesen Fluss aus Tränen, zu stoppen.

„Wissen Sie Frau Brix. Es ist einfach zu viel, was sie sich da aufgehalst haben. Und unter uns gesagt. Wie viele Freunde haben Sie hier im Krankenhaus schon besucht, weil sie sich ernsthaft Sorgen um sie gemacht haben?"

Diese Frage, die Berry für ein paar Sekunden innehalten ließ. Keiner war da gewesen. Niemand hatte nach ihr gefragt oder versucht sich zu erkundigen, wie es ihr gesundheitlich um sie stand.

„Ich möchte Ihnen mit meiner letzten Frage nicht zu Nahe treten. Sie werden diese Woche bei uns auf Station bleiben. Ich würde gerne bei Ihnen ein CT morgen Vormittag machen lassen. Und am Tag darauf ein MRT. Nur auf Nummer sicher zugehen, dass wir nichts übersehen haben. Und danach entlasse ich Sie gerne aus unserer Obhut."

Wie betäubt schlich Berry langsam zurück in ihr Krankenzimmer. Und immer wieder hallte ihr die eine Frage durch meinen Kopf, die ihr der Chefarzt gestellt hatte. Wie viele Freunde haben Sie hier im Krankenhaus schon besucht?

Die Antwort war da. Es war kein Geheimnis. Es war niemand da gewesen. Kein Mensch, der sich für sie interessierte.

Und wenn sie gestorben wäre? Selbst dann wäre vermutlich keiner hier im Krankenhaus aufgetaucht, dachte sich Berry und kämpfte bei dieser nüchternen Erkenntnis wieder mit den Tränen.

Sie war alleine.

Kapitel 5

Nach einer Woche wurde Berry aus dem Krankenhaus entlassen. Laut Laborbericht; gesund. Laut ihrem zuständigen Chefarzt hatte ich eine komplette körperliche Erschöpfung erlitten und war dem Tod knapp von der Schippe gesprungen, wie man so schön sagt.

„Sie sollten unbedingt Ihren Alltag neu gestalten. Das Einzige was ich Ihnen verschreiben werde, ist Schlaf. Schlafen sie jede Nacht acht Stunden. Besser wären neun oder zehn Stunden. Ihr Körper hat die Notbremse gezogen. Und wenn Sie nicht sofort etwas an Ihrem Lebensstil ändern, dann werde ich Ihnen nicht versprechen, ob wir uns noch einmal wieder sehen. Das war praktisch die letzte Warnung von ihrem Körper. Ein weiteres Alarmzeichen wird es nicht mehr geben."

Das waren die letzten bedeutungsvollen Worte, die Berry von ihrem Arzt, mit einem strengen Gesichtsausdruck, mit auf dem Weg gegeben hatte. Immer wieder ließ sie diese Szene vor ihrem geistigen Auge abspielen. Und jedes Mal nickte sie es nur stumm ab. Weil ihr diese letzte Gespräch so irreal vorkam. Als hätte man sich über eine andere Person gesprochen. Nur nicht über sie. Berry starrte aus dem Fenster und ließ die Welt an sich vorbeirauschen. Sie war froh, dass sie sich ein Taxi genommen hatte. Bei dem Gedanken, die öffentlichen Verkehrsmittel nehmen zu benutzen, war für Berry momentan nicht denkbar. Erst mit dem Bus fahren, dann mit der U-Bahn ein paar Stationen und dann wieder weiter mit dem Bus, um dann ihre Wohnung zu erreichen, erschöpfte sie nur die bloße Vorstellung davon. Selbst der Weg aus dem Krankenhaus zum Taxistand, kam ihr endlos vor. Berry war erleichtert, als sie sich nur in den weichen Ledersitz sinken ließ und ich dem Fahrer ihre Adresse mitteilte, wo er sie absetzen sollte. Glücklicherweise hatte sie kein Gepäck. Außer ihrer Handtasche und den Arbeitsklamotten hatte Berry nichts bei sich gehabt.

„Alles in Ordnung mit Ihnen?" Hörte sie eine entfernte Stimme zu ihr durchdringen. Sie spürte eine sanfte Berührung auf meiner linken Schulter. Verträumt blickte sie in zwei leicht fettverschmierte Brillengläser, die dem Taxifahrer gehörten. Berry schaute verstört aus dem Fenster. Sie standen vor dem Mehrfamilienhaus, in dem sie wohnte.

„Oh es tut mir leid. Ich war etwas in Gedanken." Sagte sie und wühlte in ihrer Handtasche nach der Geldbörse.

„Eine harte Nacht durchlebt?" Fragte er freundlich und schaute über ihre zerknitterte Kleidung. Berry bemerkte gar nicht diese doppelte Anspielung des Taxifahrers und nicht, dass er sie mit einem breiten Lächeln an nickte und sich versuchte laszive mit seiner Zungenspitze durch seine Zahnlücke zu drückte und dabei es irgendwie schaffte, ein schmatzendes Geräusch zu produzieren. Berry schaute auf das Taxameter und gab dem Fahrer ein paar Scheine rüber.

„Ja so ähnlich eher eine harte Woche." Antwortete sie und warf ihre Geldbörse zurück in die Handtasche. „Ist auch wirklich alles in Ordnung mit Ihnen? Wir stehen hier seit fast fünf Minuten. Aber Sie waren so in ihren Gedanken vertieft, ich hatte Sie dreimal angesprochen. Aber Sie haben überhaupt nicht reagiert." Er reichte Berry das Wechselgeld, aber sie lehnte es mit einem kurzen Lächeln ab.

„Danke. Das ist für Sie. Weil Sie so geduldig mit mir waren." Berry öffnete die Tür und stieg aus dem Wagen. Sie warf mal einen letzten Blick auf ihren Fahrer. Der sie mit seiner Brille und seinem dicken schwarzen Schnurrbart so schmierig anlächelte. „Passen Sie auf sich auf!" Sagte er und zwinkerte ihr zu und machte wieder dieses schmatzende Zungenkunststück durch seine Zahnlücke. „Wenn ich dich wieder einmal fahren soll, dann rufe an und verlange nach Floppy."

„Darauf werde ich sicher zurückkommen." Sagte Berry trocken und warf die Wagentür zu. „Nie in eintausend Jahren, mein Lieber." Dachte sie sich und sah, wie das Taxi um den nächsten Häuserblock abbog und aus ihrem Sichtfeld verschwand.

*

Berry schaute auf das dunkelbraune Mehrfamilienwohnhaus, in dem sie wohnte. Sie stöhnte innerlich, wenn ich daran dachte, dass sie bis in den zweiten Stock hochlaufen musste. Ihr Blick blieb an der Nachbarin hängen, die unten links in der Erdgeschosswohnung lebte.   „Ach hat man Sie wieder laufen lassen?"   Fragte   Sie   mit   ihrer   verrauchten Männerstimme.   „Wie bitte?" Berry dachte,sie hätte sich verhört.

Oh ja Frau Wagner. Oder besser bekannt, als die fette Wagner mit ihrem noch breiteren Klatschmaul. Die Wagner war immer über alles und jeden Menschen in dieser Straße informiert. Sie war immer die erste hinter der Gardine, wenn es auf der Straße etwas zu gucken gab. Und das passierte häufig, da diese Wohngegend einen leichten asozialen Touch hatte. Aber am liebsten hatte es die Wagner, wenn sie sich mit ihren fetten Armen auf der Fensterbank sich abstützte. Meistens mit einem Kissen unter ihren Ellenbogen, damit sie keine Druckstellen bekam und ihre stinkenden Zigarren rauchte. So wie heute auch. Sie trug nur ihre lila geblümte Kittelschürze, wo man ihre langen, vom Schweiz, verklebten Achselhaare bewundert konnte, wenn sie ihre Lieblingsposition eingenommen hatte. Wo sie sich halb nach draußen aus dem Fenster lehnte, um ihre Nachbarschaft zu beobachten, und mit ihren Zigarrenrauch ihre Umwelt und mit diesem Gestank zu verpesten. Die leichte rote Gesichtsfarbe, das Ergebnis von zuviel Alkohol, und die borstigen schwarzen Haare, die ihr aus ihrer pechschwarzen Warze, und links an ihrem Doppelkinn, sprießen, wie unerwünschtes Unkraut. Ihre grauen kurzen Haare hatte sie streng, mit einem Kamm, nach hinten gekämmt, so dass immer einen freier Blick auf ihre schuppige Kopfhaut hatte. Mann konnte genau die Kämmreihen erkennen, wo sie den Kamm über ihren Schädel gezogen hatte. Ihre fettigen Haare glänzten in der Sonne, wenn sie ihren Kopf in einem bestimmten Winkel bewegte.

„Hab gehört, dass Sie in Untersuchungshaft waren. Nachdem was hier wieder los war." Sagte sie laut und bleckte ihre maisgelben Zähne in Berrys Richtung, wobei ihr linker Eckzahn komplett schwarz war. Praktisch nur noch ein kleiner ekelhafter Stumpen.

Berry schüttelte nur verwundert den Kopf und schritt weiter zur Haustür. Diese war immer offen, weil das Schloss schon seit Jahren kaputt war und die Hausverwaltung es nicht für nötig hielt, diesen Mangel zu beseitigen. Berry hatte ja den Verdacht, dass man dieses Haus schon aufgegeben hatte und nur darauf wartete, dass das komplette Haus selber in sich zusammenfiel. Aber sie beschwerte sich nicht. Die Wohnung war zwar klein, aber bezahlbar. Und auf dem Wohnungsmarkt in München war es, kaum möglich eine passende oder besser bezahlbare Wohnung zu finden, wenn man nicht zwei Jobs hatte und nebenbei illegal mit Organen auf dem Schwarzmarkt handelte. Berry hatte nur zwei Jobs. Und hatte es seit Jahren nicht aus dieser Wohnhölle geschafft zu entkommen. Auch wenn ihre Nachbarn nicht die Menschen waren, die man sich als Nachbarn wünschen würde.

Angefangen mit der fetten Wagner im Erdgeschoss. Gleich gegenüber wohnte die Nachbarin, Frau Obermeier, wo Berry immer morgens mit dem Hund spazieren ging. Ein ewig kläffender grauer Pudel, der einen gerne mal in die Finger zwickt, wenn man mal nicht aufpasste. Was Frau Obermeier, die Woche unternommen hatte, als sie nicht da war?

Über Frau Wagner, im ersten Stock, wohnte Herr Schwa. Komischer Name, könnte man denken. Aber der Mann wohnte schon immer hier. Und da sein Name an seinem Briefkasten halb weggerissen war und man nur Schwa lesen konnte, und er an seiner Haustür kein Namensschild hatte, konnte man sich den Rest von seinem Namen sich nur ausdenken. In den ganzen Jahren, hatte Berry Herrn Schwa nie zu Gesicht bekommen. Man hörte ihn nur, wenn er nachts über seine leeren Flaschen in seiner Wohnung stolperte und mit dem versoffenen Gebrüll die ganze Nachbarschaft damit aufweckte. Er ließ sich drei Mal in der Woche vom Getränkemarkt, am Ende der Straße mit genügend Bierkisten versorgen. Die leeren Bierkästen standen vor seiner Wohnungstür und der junge Mann vom Getränkemarkt tauschte diese gegen neue Bierkästen aus. Montags und mittwochs waren es immer zwei Kisten. Und am Freitag waren es immer vier volle Kisten, die man auf seiner Fußmatte abstellte. Der unsichtbare Herr Schwa schien so eine Art Bierflatrate zu haben.

Auf demselben Stockwerk gegenüber wohnte Frau Köhler. Berry hatte keine Ahnung, was die so für Filme schob. Man erzählte sich im Haus, dass sie ihren dünnen knochigen Körper für ein paar Drogen regelmäßig auf der Straße verkaufte. Ab und an, hatte sie mal Herrenbesuch in ihrer Wohnung empfangen. Jedenfalls, was man so als Nachbarin zufällig mitbekam. Aber Berry vermutete, dass sie einen festen Besucherzeitplan hatte. Oder besser gesagt eine Menge Stammkunden, die sie regelmäßig aufsuchten. Dieser eklige Körper musste ja Qualitäten haben, wenn man als Kunde ihre ausgehungerte Erscheinung einfach so ausblenden verdrängen konnte. Es war ein knappes Jahr her, da sah Berry die, extrem dünne Knochenköhler ein einziges Mal. Es war schon spät am Abend und Berry war dabei ihre Wohnung zu putzen, als es bei ihr an der Wohnungstür zaghaft klopfte. Es war so sanft, dass Berry es nur zufällig hörte, weil sie gerade bei sich im Flur stand. Berry schaute vorsichtig durch ihren Türspion.

Sie hatte ihre Nachbarin zwar nie gesehen, aber laut den Beschreibungen in der Nachbarschaft, war sie das eindeutig.

Berry öffnete die Tür und schaute auf die halbnackte Nachbarin, die nur in schwarzer Reizwäsche und schwarzen Lack High Heels vor ihr stand.

Sie war nur Haut und Knochen. Und der hauchdünne schwarze Slip wurde von ihren Hüpfknochen gehalten. Der schwarze BH sah völlig überflüssig an ihr aus, da seine eigentliche Funktion überhaupt nicht gebraucht wurde. Ihre minderwertig gefärbten schwarzen Haare hatte sie sich so hoch toupiert, als hätte sie gerade eine Elektroschocktherapie hinter sich. Die Augen tiefschwarz geschminkt, die zu tief in ihren Höhlen lagen. Dazu halb weggewischter roter Lippenstift, wo Berry schon erahnte, dass der nicht an einem Weinglas seine Spuren hinterlassen hatte, sondern an einem männlichen Körperteil, das vor Geilheit noch zuckte und es kaum erwarten konnte, dass sie ihre Arbeit vollendete. Dass würde auch diesen leichten Ausschlag erklären, den sie an ihren beiden Mundwinkeln hatte. Und der nie richtig abheilte. Bei soviel Reibung wie ihre Mundwinkel täglich mitmachen musste, waren diese Stellen natürlich ziemlich starken Strapazen ausgesetzt. Da war so ein ständiger Maulgrind ja vorprogrammiert. Dazu kam ihre weiße Haut, die wie ein bleicher geschminkter Magersuchtszombie aussehen ließ, der von dem schummrigen Treppenhauslicht ausgeleuchtet wurde.

Berry zwang sich zu einem freundlichen Lächeln und hoffte, dass sie ihren geschockten Gesichtsausdruck, der sie ein paar Sekunden gemustert hatte, übersehen hatte.

„Entschuldigen Sie die späte Störung. Aber würden Sie mir ein paar Kondome ausleihen?"

„Ausleihen? Was hatte Sie vor? Würde sie mir diese am nächsten Tag benutzt zurückbringen?" Schoss es Berry durch ihre Gedanken.

Sie musste etwas schmunzeln bei dieser Erinnerung. Ein paar Treppenstufen weiter war sie auf ihrem Stockwerk. Ihre Wohnung lag auf der rechten Seite. Auf ihrer Ebene wohnte Frau Strauß. Berry schlich auf Zehenspitzen die Treppe nach oben. Egal, wann sie nach Hause kam. Frau Strauß hatte immer das perfekte Timing, um dann genau ihre Wohnungstür zu öffnen, wenn sie versuchte leise und unbemerkt in ihre Wohnung zu gelangen. Sie hatte die Sinne einer Fledermaus. Und mit ihrer verdammten New Age Kacke, der leicht angeschlagen war von ihrer Ökoader, schaffte sie es immer wieder einen in Beschlag zu nehmen.

Und jedes Mal schaffte sie es ihre beiden Lieblingsfelder, wofür sie bekannt war abzudecken.

Berry zog vorsichtig den Reißverschluss von meiner Handtasche auf. Bloß kein Geräusch produzieren, dass Frau Strauß mit ihrem sensiblen Fledermausgehör in ihrer Wohnung sie wahrnahm. Selbst das Öffnen der Tasche, kam Berry in diesem Moment so unnatürlich laut vor. Ihre rechte Hand glitt lautlos in die Handtasche und ihre Finger befühlten schnell die einzelnen Gegenstände, immer noch auf der Suche den ersehnten Wohnungsschlüssel zu ertasten, der sie sicher in ihre Wohnung brachte. Sie stand mit dem Rücken zur Nachbarwohnung. Und sie wurde schon langsam ungeduldig, weil sie den Schlüssel einfach nicht fand. Normalerweise, war das immer ein gezielter Griff und sie hatte ihn sofort griffbereit. Aber heute hatte das Innenleben ihrer Handtasche sich vergrößert. Sie konnte ihn einfach nicht erfühlen. Plötzlich hörte sie hinter sich, ein bekanntes leises Quietschen, was wie ein leichter Seufzer anhörte. Selbst die Wohnungstür war von der kurzen Berührung von Frau Strauß genervt.

„Wusste ich es doch! Ich hatte doch jemanden die Treppe rauf kommen hören." Sagte Frau Strauß und drückte ihre Wohnungstür weiter auf, dass wieder von dem Quietschseufzer untermalt wurde.

Berry schloss kurz die Augen und stöhnte genervt. Sie sehnte sich, nur noch in ihr Bett zu kommen, um sich endlich auszuruhen, zu können. Langsam drehte sie sich zu ihrer Nachbarin um und schaltete ihre Gesichtsmimik sofort auf freundlich um.

Es kroch ein leicht muffiger Geruch aus der offenen Wohnung auf mich zu. Diesen Mief konnten ihre Sinne nicht einordnen. Berry entschied mich sofort, nur noch durch den Mund zu atmen.

„Hallo Frau Strauß." Sagte sie mit einem breiten Lächeln und wühlte immer noch verzweifelt nach ihrem Schlüssel. Jetzt war es eh egal, dachte Berry. Die Strauß hatte sie eh bemerkt. Kurz entschlossen, hockte Berry sich auf den Boden und schüttete den kompletten Tascheninhalt auf ihre Fußmatte.

„Ich hoffe, es war nicht so desasträs… ." Sagte sie mit einer mitleidigen Stimmlage. Sie kam ein paar Schritte aus der Wohnung. Und zog den Geruch hinter sich her. Wie ein gewaltiger Furz, den man nicht abschütteln konnte. So kam mir der Geruch vor, den die Strauß durch ihre ganze Wohnung bis hier nach draußen in das Treppenhaus verfolgte. Berry schluckte hart, um dieses leichte Würgegefühl zu unterdrücken. Sie sammelte sich kurz, den Blick auf ihren Tascheninhalt vor sich auf dem Boden und schaute dann zu ihr hoch. Sie war einfach nur am Ende ihrer Kräfte.

„Was meinen Sie?" Fragte Berry emotionslos und schaute in ihre trockene Gesichtshaut, wo sie sie mit ihren brauen Augen, anblickte. Ihre langen *Dreadlocks* hatte sie heute zu einem riesigen Haarknotenbündel zusammen geschnürt, der Berry unweigerlich an einem verlassenen Bienenstock erinnerte.

„Ob es wirklich so grauenvoll in Untersuchungshaft für Sie war? Man hört ja immer schreckliche Dinge aus der Welt der Gefängnisse. Das ist einer der Gründe, wieso ich keinen Fernseher mehr habe. Und kein Radio."

„Ja und kein Smartphone, weil die Strahlen ihren kreativen Geist vergiften. Die Mikrowelle eine Erfindung des Teufels sei." Fügte Berry in ihren Gedanken hinzu.

Gottnee! Diese Leier kannte sie schon zur Genüge. „Darf ich vorstellen? Frau Strauß, meine Nachbarin. Die ungefähr in meinem Alter war. Aber optisch zehn bis fünfzehn Jahre mir voraus war. Sie hatte keinen Fernseher oder ein Radio mehr. Weil die Welt da draußen einfach zu schwierig ist, wie selber immer erzählte. Musik produzierte sie selber mit ihrer Panflöte, wo sie und ihr komischer Freund, dann nackt wie die Wilden im Wohnzimmer dazu tanzten. Woher ich das weiß? Frau Strauß hält nichts von Gardinen." Berrys Gedanken überschlugen sich in diesem Moment.

„Gardinen sperren meinen freien Geist und meine unerschöpfliche Kreativität ein." Das war nur einer ihrer, ach so tollen Aussagen, die Frau Strauß immer hervorbrachte, wenn man nur ein Hauch Interesse, aus lauter Höfflichkeit, mit in das Gespräch mit einfließen ließ.

„Das Mondlicht scheint auf meine nackte Haut und meine gestresste Seele reinigt sich von alleine, wenn ich schlafe." Hatte sie Berry einmal erklärt, als sie sie mal wieder im Treppenhaus, wie eine verrückte Stalkerin abgefangen hatte. Daran ist ja generell nichts auszusetzen. Aber wenn du abends von der Arbeit kommst und deine Nachbarin nackt am Wohnzimmerfenster tanz, in der Mund eine Panflöte, und dabei rhythmisch ihre Hängebrüste bewegt, während gleich zeitig ihr behaarter und nackter Freund, sie mit einer Erektion von hinten besteigt. Und sie dabei immer wieder auf der Panflöte ihre Lust heraus pfeift, wie ein durchgedrehter Wasserkessel, dann bist du gewillt den Abend nur noch mit einer Flasche Wein beenden und hoffen, dass der Wein, diese Bilder aus deinen Gedächtnis bis morgen Früh löschen wird.

„Ich war nicht in Untersuchungshaft! Ich hatte einen Unfall und war im Krankenhaus." Stellte Berry das Gerücht über sie ins rechte Licht. Das mit hoher Wahrscheinlich von der widerlichen Wagner aus dem Erdgeschoss stammte. Dieses alte Schandmaul.

„Oh nein!" Rief Frau Strauß bestürzt und hielt sich ihre Hand vor dem Mund. „Soll ich Ihnen einen kräftigen Wurzeltee zubereiten?"

Das hatte Berry gefehlt, zu ihrem Glück.

„Wenn sie jetzt ihre Panflöte erwähnt, renne ich schreiend aus dem Haus." Dachte sich Berry.

„Nein danke. Ich möchte einfach nur meinen Wohnungsschlüssel finden und mich erholen." Sie schüttelte erneut ihre leere Handtasche aus, mit der Hoffnung, dass der vermisste Gegenstand endlich zum Vorschein kam.

„Ach Ihre Wohnungstür ist nur angelehnt. Nachdem die Polizei hier war und dann später die Feuerwehr, wegen des Brandes in Ihrer Wohnung, haben Sie die Tür aufbrechen müssen. Niemand hatte ja einen Ersatzschlüssel für Ihre Wohnung. Aber keine Sorge. Ich hab ihre Wohnungstür mit ein wenig Bioknete, die wir bei uns im Waldkindergarten verwenden, im übrig gebliebenen Schloss fixiert."

Berrys Augen wurden größer. Ich konnte nicht glauben, was ich da gehört hatte. Langsam schaute sie nach rechts zu ihrer Wohnungstür, die mit grüner Ökoknete vom Schloss bis zum Türrahmen verziert worden war.

Wieso war ihr das eben nicht aufgefallen? Sie war so mit der Suche nach meinem Schlüssel beschäftigt, dass sie ihr Umfeld gar nicht mehr wahrgenommen hatte. Dazu diese Müdigkeit, die sich in ihrem Körper ausbreitete, wie ein langer Schatten, den man nicht aufhalten vermochte.

„Da Sie ja letzte Woche mit dem Treppenhaus dran waren, Frau Brix. Habe ich fairerweise mal kurzer Hand den Plan umgeschrieben. Wir wussten ja alle nicht, wann Sie wieder kommen. Sie wären dann diese Woche dran. Aber bitte seien Sie so freundlich und verwenden Sie diesmal einen umweltfreundlichen Reiniger für das Feudelwasser. Das letzte Mal, als Sie Treppenhausdienst hatten, haben meine Augen fast über eine Woche gebrannt, von ihrem äztenden Reiniger."

Berry ignorierte einfach ihren kleinen Vortrag.

„Warum war in meiner Wohnung die Polizei? Und wieso hat es dann in meiner Wohnung gebrannt?" Fragte Berry mit einer gefassten Stimme, die nicht zu ihren Gefühlen passten.

„Es wurde eine laute Party gefeiert. Die sich dann später durch das ganze Treppenhaus zog. Deswegen kam die Polizei, wegen der Lärmbelästigung. Und später kam dann die Feuerwehr, weil es gebrannt hatte in ihrer Wohnung. Aber das war in den frühen Morgenstunden. Und da keiner mehr von Ihren Gästen da war, war die Feuerwehr gezwungen die Tür aufbrechen, um das Feuer zu löschen."

Berry starrte auf die Wohnungstür. Ihre Hand wollte den Türknauf berühren und die Tür einfach aufdrücken. Aber sie hielt kurz inne. Was würde sie in ihrer Wohnung nur erwarten?

Kapitel 6

Berrys linke Hand berührte sanft die Wohnungstür. Sie ließ sich ohne weiteres leicht aufdrücken. Sie schaute auf das aufgebrochene Schloss. Es fehlte. Und es glotzte sie ein faustgroßes Loch höhnisch an. Sie drückte die Tür weiter auf. Eine leere Bierflasche fiel klierend um und rollte über die Holzdielen. Sofort kamen ihr verschiedene Gerüche entgegen. Alter Rauch. Wobei sie sich nicht sicher war, ob es von dem kleinen Wohnungsbrand oder von Zigaretten stammte, dieser widerliche Geruch. Oder sogar eine Mischung aus beidem. Der Gestank von Feuchtigkeit, abgestandener Luft und alten Bier kam ihr entgegen. Es würde Wochen dauern, diese üblen Gerüche aus ihrer Wohnung zu vertreiben. Für ein paar Minuten zögerte sie. Berry hatte Angst ihr zu Hause zu betreten. Weil sie nicht wusste, was sie genau erwartete. Berry hatte alles in mühevollen Kleinarbeiten sich ein perfektes Heim geschaffen. Ihre persönliche Insel, wo sie sich von allen zurückzog und sie sich sicher und geborgen fühlte.

Niemand aus ihrem Freundeskreis hatte die Wohnung je betreten. Bis auf Melanie. Sie war die beste Freundin gewesen, die Berry je hatte. Es war schön, mit ihr befreundet zu sein. Sie gehörte zwar zu ihrem großen Freundeskreis. Aber als sie ihren dermaligen Freund kennen lernte, zog sie sich immer mehr aus diesem Kreis zurück. Leider zog sie weit weg. Zu ihrem damaligen Freund, der jetzt ihr Ehemann und Vater von ihren mittlerweile drei Kinder war. Jedes Jahr zur Weihnachtszeit, bekam Berry immer eine kleine Fotostrecke von ihrer kleinen Familie. Der Hintergrund immer in einer weihnachtlichen Winterlandschaft. Manchmal betrachtete Berry diese Fotos und ihre lächelnden Gesichter. Dann den vertrauten Blick von Melanie, und der ganze Stolz, den sie in ihren Augen entdecken konnte, dass sie glücklich war und ihre eigene kleine Welt geschaffen hatte. Für einen kurzen Moment hatte Berry einen bitteren Geschmack von Neid auf ihrer Zunge. Dann blicke sie sich um und saß alleine in ihrer Wohnung. Einsam verbrachte sie die Feiertage. Meistens stumpfsinnig vor dem Fernseher und ließ sich von dem Fernsehprogramm in kitschige Weihnachtswelten entführen und stellte sich immer vor, wie sie sich als Freundin, Mutter oder Ehefrau fühlen würde.

Berry erinnere mich an eine Szene, als Melanie das letzte Mal auf eine von Christinas Partys auftauchte, um praktisch sich ein letztes Mal von jedem zu verabschieden. Sie saß buchstäblich auf gepackten Koffern und war bereit in ihr neues Leben aufzubrechen. Die Party fand in Christinas Elternhaus statt. Es war eine Sommerparty. Und Berry hatte praktisch alles wieder alleine organisieren und planen dürfen. Vom Essen bis zur Partydekoration im innen und Außenbereich. Christina stand mal wieder im Mittelpunkt, umringt von ihrer Schar von Mädchen, die sie anhimmelten, wie eine Art Gottheit. Berry stand etwas im Abseits und beobachtete die ganzen Leute, die sich um den großen Swimmingpool tummelten und sich an ihren Cocktailgläsern festhielten. Der DJ stand an seinem Pult und schickte den gewünschten Sound über die Lautsprecher durch den Garten. Natürlich wurde die genaue Playlist mit Christinas Musikgeschmack abgestimmt.

„Schau sie dir nur an, diese falschen Schlangen." Hörte Berry eine Stimme direkt neben ihr sagen. Erschrocken schaute sie nach rechts. Im Nachhinein betrachtet, war sie so geschockt, dass es endlich mal jemand traute die Wahrheit laut auszusprechen? Oder weil Berry für sich selber versuchte diese Wahrheit immer wieder zu verdrängen, um sich nicht mit der Tatsache auseinander zusetzten, dass das hier als falsch und verlogen war. Und diese gespielten Freundschaften einfach nicht existierten und diese Lügen nur aufrechterhalten wurden, um Christinas egoistisches Leben zu unterstützen. Und Melanie stand direkt neben ihr und lächelte Berry frech an.

„Ich denke, dass es an der Zeit ist, dass man, dass mal laut ausspricht." Sie stieß mit ihrem Cocktailglas kurz an Berrys und prostete ihr stumm zu, bevor sie einen großen Schluck von ihrem blauen Cocktail zu sich nahm.

„Wen bitte meinst du?" Fragte Berry völlig neutral. Aber ehrlich gesagt wusste sie genau, wen Melanie meinte.

Sie nickte kurz Christina rüber, die mit ihrem Falschen Gelächter einer Freundin zunickte und ihr so das Gefühl gab mit dazu zugehören.

Melanie stellte sich direkt vor Berry und versperrte ihr so Sicht auf Christina.

„Berry, du wirst mir unbedingt eines versprechen. Siehe zu, dass du dir neue Freunde suchst. Das alles hier ist überhaupt nicht echt. Christina ist ein kleiner Diktator. Und wer nicht nach ihrer Pfeife tanzt, fliegt aus ihrem Umfeld raus."

Berry versuchte Melanies Blick standzuhalten. Aber sie schaffte es nicht. Sie wich nach ein paar Sekunden ihren Blicken aus und schaute auf den Boden vor ihr. Das charmante an Melanie war immer, Berry brauchte nicht viele Worte sagen. Sie hatte die Gabe, ihr direkt in ihr Herz zu schauen und genau den Kummer anzusprechen, der sie innerlich bewegte. Sie spürte ihre Finger unter ihrem Kinn und wie Melanie sanft ihren Kopf wieder nach oben drückte. Berry schaute in ihr Gesicht. Sie hatte Tränen in den Augen.

„Wie werde ich nur ohne dich zurecht kommen?" Fragte sie leise, weil Berrys Stimme dabei war zu brechen. Sie wischte sich ein paar Tränen mit ihrem Handrücken aus ihrem Gesicht.

„Mich so oft besuchen, wie du nur kannst. Ach Berry, am liebsten würde ich dich einfach mitnehmen."

Berry schluckte schwer und Melanie umarmte sie herzlich. Das war der Abschied. Sie war immer ihr Anker gewesen. Und jetzt brach ihre beste Freundin auf, um ein neues Leben zu beginnen. Und Berry hing hier in diesem Lügenkreis von Christina fest, den ich selber als Freundeskreis betitelte.

„Willst du dich nicht von Christina verabschieden?" Fragte Berry etwas nervös und warf einen Blick in ihre Richtung. Aber sie war zu beschäftigt mit sich selber und ihrem Fanclub, der sie anhimmelte.

Melanie lachte bei dieser Frage. „Du machst einen Scherz? Diese Frau interessiert sich nicht für andere Leben, wenn sie nicht selber dabei im Mittelpunkt steht. Ich bin hier, um mich von dir zu verabschieden und gleichzeitig einen Cocktail hier umsonst abzugreifen. Darum habe ich mir ja den letzten Flieger gebucht."

„Wann wirst du denn hier aufbrechen?" Innerlich hoffte Berry, dass sie sich es noch einmal anders überlegen würde. Aber das war Schwachsinn. Melanie hatte einen Mann gefunden, den sie heiraten würde. Um mit ihm eine eigene Familie zu gründen. Das war immer ihr Traum. Und sie würde sich von keinen anderen Menschen aufhalten lassen, ihren Traum zu leben. Melanie schaute kurz auf ihre Uhr.

„Ich müsste praktisch jetzt los, wenn ich ohne Stress und Nervenkrise durch den täglichen Berufsverkehr schaffen will."

„Ich hatte gehofft, wir könnten noch etwas zusammen trinken." Berry spürte leichte Panik in sich aufsteigen, weil sie wusste, dass ihre Zeit jetzt hier, so wie sie sie kannten, hier am Ablaufen war und für ihre Freundschaft ein neuer Abschnitt beginnen würde.

Wie ein Geist schob sich Christina zwischen ihnen. Ihre schwarzen Haare und die perfekt gebräunte makellose Haut, konnten nicht von ihren kalten blauen Augen ablenken, mit denen sie einen immer anschaute, als wäre sie die Eiskönigin persönlich.

„Ich habe gehört, dass du uns heute verlassen wirst?" Fragte Christina hochnäsig, ohne eine freundliche Begrüßung ihre Zeit zu vergeuden. Melanie war einen halben Kopf größer als sie und schaute sie mit einem selbstbewussten Lächeln an. Berry erkannte in Melanies Blick sofort, dass sie sich genau auf diesen Moment gefreut hatte. Weil sie sich nicht mehr von Christinas Art in die Knie zwingen ließ. Christina hob arrogant ihre linke Augenbraue nach oben und erwartete eine Antwort von ihrem Gegenüber.

„Meine Großmutter sagte immer zu mir. Du kannst an einer Person erkennen, ob diese ein gütiger Mensch war, an Hand der Besucher, auf dessen Beerdigung."

„Wie bitte?!" Fragte Christina laut. Und man konnte aus ihrer Stimmenlage nicht erkennen, ob Sie entsetzt oder einfach nur überfordert war, von Melanies Aussage.

„Wie viele Leute würde werden auf deine Beerdigung kommen?" Melanie guckte Christina mit einem auffordernden Blick an. Beantwortete aber gleich selber ihre Frage mit einer persönlichen Schätzung.

„Ich würde mal so auf zwei oder drei Personen schätzen."
Melanie drehte sich von Christina weg, ohne sie weiter zu beachten, die sie immer noch mit einem offenen Mund anstarrte.

„Ich werde jetzt aufbrechen. Sonst verpasse ich meinen Flieger. Berry passe auf dich auf. Wir werden so oft miteinander telefonieren, wie wir nur können." Sagte sie und umarmte Berry noch einmal fest zum Abschied. Dann spazierte sie langsam in Richtung Eisentor, der aus dem großen Garten führte.

„Du hast nie zu uns gepasst. Hab ich nicht recht, Berry?" Rief ihr Christina, mit einer gehässigen Stimme, hinterher. Demonstrativ legte sie ihren linken Arm über Berrys Schulter. Sie war über diese spontane Geste so überrascht. Und gleichzeitig freute es sie, dass Christina sie als Freundin doch plötzlich so nah war. Vielleicht hatte Melanie sich ja doch geirrt und behauptete dass nur, um sich selber das Weggehen zu erleichtern. Christinas Stimme klang immer noch völlig verunsichert, von Melanies letzten Aussage. Melanie drehte sich ein letztes Mal zu Christina um, als sie das Eisentor erreichte.

„Ich würde mal behaupten, dass *du* nicht in diese Welt passt Christina." Mit einem Lächeln drehte sich Melanie um und spazierte durch geschwungen Gartentor und war verschwunden. Berry schaute auf den leeren Platz am Garteneingang, den Melanie hinterlassen hatte. Und sie spürte gleichzeitig diese Leere in ihr, die sich langsam in ihr ausbreitete. Ein wachsendes Nichts, eine Einsamkeit, die keinen festen Boden hatte. Sie fiel ohne eine Sicherheit in gefühlstechnisch in die Tiefe. Ihr Sicherheitsnetz war gegangen.

Und da stand Berry auf dieser sommerlichen Gartenparty.

Alleine.
Einsam.
Unsichtbar.
Im Kreise, ihrer so genannten Freunde.

*

Unter ihrer Schuhsohle knirschte es. Sie hörte etwas zerbrechen. Das knirschen von Glas. Erschrocken und verunsichert hob Berry sofort ihren rechten Fuß hoch. Im Flur war es zu dunkel, um ohne Licht etwas zu erkennen. Sie suchte mit ihrer linken Hand nach dem Lichtschalter. Ihre Finger ertasteten den Ihr vertrauten Lichtschalter und schaltete das Oberlicht ein. Sie schaute sofort auf den Boden, auf was sie da drauf getreten war. Ihr Herz tat einen kurzen Aussetzer. Es war ein Bilderrahmen, wo mich Melanie mit ihrer Familie vom Fußboden aus anlächelte. Der Riss vom Glas zog sich quer über ihr Gesicht. Berry hockte sich sofort hin und hob den Bilderrahmen vom Fußboden auf. Normalerweise stand der Rahmen im Wohnzimmer auf einen ihrer Regale.
Berrys Wohnung war ihr heilig. Das war der Ort, wo sie praktisch sie selber sein konnte, ohne dass sie andere Leute verurteilten, wie sie war. Eine Glühbirne war kaputt von ihrer Deckenlampe, die das schwache Restlicht durch den langen Schlauchgang ihrer Wohnung schickte. Berry erkannte auf ihren normalen sauberen Dielenboden, schwarze Abdrücke von Schuhen. Dreck und ein paar Zigarettenkippen lagen da ebenfalls. Es sah aus, als hätte man sie absichtlich auf dem Holzboden ausgedrückt. Vereinzelnd standen leere Bierflaschen mit im Flur oder lagen auf der Seite und waren

teilweise ausgelaufen und verströmten diesen typischen Biergeruch. Die sandfarbenen Wände waren mit schwarzen Flecken übersehen, die Berry nicht einordnen konnte. Bilder lagen am Boden oder hingen schief. Sie schluckte schwer, als sie langsam weiter durch den Raum schritt. Im ersten rechten Raum, war Berrys kleine gemütliche Küche. Sie drückte die Tür auf und schaute hinein. Überall standen leere Flaschen und gebrauchtes Geschirr umher. Den Müll hatte man achtlos in eine Ecke vor dem Küchenfenster geworfen. Der Boden und die Küchenschränke waren mit Mehl bestäubt. Es sah aus, als hätte man dort eine Schlacht mit Mehl ausgetragen. Die Arbeitsfläche von ihrer hellbraunen Küche war verdreckt von Wein und angetrockneten Mehlresten und anderen Essensresten, die wie die Belege von verschiedenen Pizzas erinnerte. Berry öffnete den Kühlschrank. Er war komplett leer, bis auf eine halb ausgetrunkene Flasche Milch, die in der Ablage der Tür stand.

Sie lief wieder zurück in den Flur. Gleich neben ihrer Küche lag das Badezimmer. Es war klein und hatte nur Platz für eine kleine Dusche. Auch hier war das Chaos vertreten. Hier wurde der kleine Raum mit Klopapier dekoriert. Das Schlangenpapier zog sich über die Duschstange, quer rüber zum Waschbecken und lag zerfetzt auf dem schwarz verschmierten weißen Fließen. Jemand hatte ihre ganzen Kosmetika aus den Schränken geholt, diese geöffnet und achtlos auf den Boden gekippt. Den Badezimmerspiegel wurde mit einer Creme blind verschmiert. Berry schaute emotionslos in ihrem vertrauten Raum, der ihr aber in diesem Moment so fremd vorkam, als würde sie sich in einer anderen Wohnung besichtigen, und es nicht um ihr Eigentum handelte. Sie drehte auf der Türschwelle um und betrat wieder den Flur. Berry schaute auf eine neue leere Fläche an der Wand. Genau dort an dieser Stelle hing normalerweise ein goldener antiker Spiegel, den sie sich vor Jahren mal auf dem Flohmarkt gekauft hatte, und denn sie wochenlang bearbeitet hatte, damit er wieder geschmackvoll aussah. Und nun war er verschwunden. Abgenommen und mitgenommen. Automatisch öffnete sie die nächste Tür. Der Anblick in ihrem Schlafzimmer war wie in den anderen Räumen fast identisch. Ihr Bett war zerwühlt und Kissen und Decken lagen am Boden. Der Kleiderschrank war aufgerissen worden und die komplette Kleidung lag verteilt im Zimmer. Die Gardinenstange war aus der Wand gerissen worden und die Vorhänge hingen schief und der rechte lag am Boden. Berry atmete tief ein, als sie die Farben von Lila und weiß mich in einem zerstörten Chaos auf sie zurückblickten. Ihr Herz machte kurz einen Aussetzer, als sie die leicht verrückte Matratze von ihrem Himmelbett sah. Sie hatte ihr Tagebuch darunter versteckt. Sofort stieg sie über die Kleiderhaufen hinüber zum Bett und hob vorsichtig die Matratze und erblickte ihr Tagebuch, was unversehrt und verschlossen dalag. Man hatte es nicht gefunden und lag noch in dem Versteck. Berry setzte mich erleichtert auf die Bettkante und legte das Tagebuch neben sich aufs Bett. Die Nachttischlampe lag kaputt am Boden. Der Schirm war verbogen und der feine weiße Stoff zerrissen. Darunter lag ein Buch, was Berry vor ein paar Tagen angefangen hatte zu lesen. Es war zerstört worden. Man hatte ein paar Seiten aus diesem Buch gerissen und dann achtlos auf den Boden geworfen.

Für ein paar Sekunden blieb Berrys Blick an dem zerstörten Buch hängen. Dann durchzuckte sie ein innerlicher Schreck, wie ein Stromschlag. Sie war nicht im Wohnzimmer gewesen. Praktisch ihr Lieblingsraum in der ganzen Wohnung. Weil sie sich dort am meisten aufhielt. Berry sprang vom Bett auf und lief mit schnellen Schritten den Flur entlang und griff nach der Türklinke.

*

Ihre Finger umfassten die Türklinke und hielt diese plötzlich in ihrer rechten Hand. Verwundert schaute Berry auf die Tür. Sie ließ die Türklinke achtlos zu Boden fallen. Mit einem lauten Poltern landete diese neben ihr auf dem Holzboden. Für ein paar Sekunden starrte sie die geschlossene Tür an. Sie versuchte durch das Milchglas, schon irgendeinen kleinen Hinweis zu bekommen, was sie gleich erwarten würde. Natürlich konnte Berry rein gar nichts erkennen. Sie erkannte die groben Umrisse von ihrem weißen Bücherschrank. Aber mehr nicht. Sie liebte diesen Raum. Bei diesem Zimmer, hatte sich Berry Mühe mit dem Einrichten gegeben. Ihre bequeme Wohnlandschaft in der Farbe Creme. Genau die Wand dahinter hatte sie einem dunklen Lila gestrichen. Die anderen Wände hatten, einen passenden Anstrich in Creme bekommen, damit es mit der Wohnlandschaft farblich abgestimmt war. Dazu hatte sie das komplette Zimmer mit diesen beiden Farbtönen verschönert. Die Vorhänge hatte sie sich selber genäht und wochenlang nach den passenden Stoff gesucht, der den genauen Ton Lila, wie die Wandfarbe hatte. Der Bücherschrank, war ein alter Schrank vom Flohmarkt, den Berry sich lange aufgearbeitet hatte. Die alte unattraktive braune Farbe holte sie vom Holz runter. Die Beize, roch so widerlich, dass Berry jedes Mal kräftige Kopfschmerzen davon bekam. Aber es hatte sich gelohnt. Nachts, wenn die Nachbarn schliefen, öffnete sie ihre Balkontür und beizte die alte Farbe von diesem kostbaren

Möbelstück. Nach Wochen bekam dieser Schrank, dann den ersten neuen Anstrich in der Farbe Creme. Und es stehen ihre ganzen Bücher, kleine Bilderrahmen und andere wichtige Kostbarkeiten und Erinnerungen darin. Der Couchtisch war ein altes Stück Holz, wo man eine große Glasplatte draufgeschraubt hatte. Praktisch ein Unikat, dass Berry bei *E-Bay* für einen erschwinglichen Preis ersteigert hatte. Der Fernseher und die kleine Soundanlage, hatte sie auf einen antiken grauweißen Holztisch gestellt, der aus der Biedermeierzeit stammte. In den Zimmerecken hatte sie jeweils ein paar große Zimmerpalmen stehen, um ein wenig Grün in den Raum zu bekommen. Und am Fenster stand direkt ein kleiner weißer Sekretär, wo Berry immer saß, um ihrer besten Freundin ein paar Zeilen zu schreiben. Es steht nicht viel in diesem Zimmer. Aber es waren ihre Lieblingsfarben und Berry konnte sich immer in diesen Raum am besten erholen. Lesen, Fernsehschauen, Telefonieren, oder einfach nur auf der Wohnlandschaft liegen und ausruhen.

Die Erinnerungen wurden fortgerissen, als Berry ihre Hand gegen das Milchglas drückte und diese langsam aufschwang und den ersten Blick in das Zimmer frei gab. Sie hörte sich vor Schreck einatmen. Berry schaute auf ihren Bücherschrank, wo fast alle Bücher heraus gerissen wurden und achtlos auf dem Boden lagen. Jemand hatte ein paar Seiten daraus gerissen und aus den Seiten kleine Papierflieger gefaltet und diese durch das ganze Zimmer fliegen lassen. Berry schaute auf die Buchtitel. Es waren ihre absoluten Lieblingsbücher, die dort jemand mutwillig zerstört und auf den Boden geschmissen hatte. Sie spürte einen dicken Kloß im Hals und ihr liefen die Tränen über das

Gesicht. Endlich atmete sie wieder aus, was von einem lauten Heulen begleitet wurde. Panisch griff Berry nach den kaputten Büchern und drückte sich an ihren Körper. In dieser Position hockte sie auf dem Boden und schaute sich langsam im Wohnzimmer umher. Die ganzen Bilder waren von den Wänden gerissen. Eine Zimmerpalme war umgekippt und lag halb hinter der Wohnlandschaft. Der Tisch, wo ihr Fernseher und die Anlage drauf standen, waren kaputt. Zwei Beine waren abgebrochen und die technischen Geräte lagen zerstört auf dem Fußboden. Auf dem Couchtisch und auf dem Boden, sowie auf dem Sekretär wurden leere Bier- und Glasflaschen hingeschmissen wurden. Zigarettenkippen waren direkt auf dem Holz ausgedrückt wurden. Berrys lila Vorhänge waren in Flammen aufgegangen. Die hingen schwarz und halb verbrannt von der Gardinenstange runter. Das Löschwasser hatte der Wand und die letzten Bilderrahmen, die normalerweise an den Wänden hingen den Rest gegeben. Die Bilder lagen aufgeweicht auf dem Boden und die Holzrahmen waren vom Wasser voll aufgequollen. Lila Kissen lagen zerfetzt mit anderem Müll auf dem Boden herum. Alte Essensreste, Pizzaschachteln, Scherben waren im ganzen Zimmer verstreut. Hinter der Tür entdeckte Berry sogar eine Pfütze aus Kotze. Es roch muffig nach altem Wasser, nach verbranntem Stoff und nach Kotze. Berry schaute sich wie eine verwirrte Person im Wohnzimmer um, mit der Hoffnung, dass das alles hier nur ein diabolischer Traum war und sie jeden Moment aufwachen würde.

Auf der Wohnlandschaft war ein riesiger roter Fleck, als wäre da darauf irgendwas gestorben. Dann glitt Berrys Blick hinunter vor dem Möbelstück, wo eine leere Flasche Rotwein lag. Die Flaschenöffnung zeigte genau auf sie selber.

Und verhöhnte sie, als wäre sie jetzt dran. Genau wie beim Flaschendrehen. Berry war an der Reihe! Vor Wut und Trauer wischte sie sich über die Augen. Die nächste Tränenflut wollte nicht enden. Da saß Berry und heulte wie ein kleines Kind. Alles was sie liebte, war zerstört worden. Nach ein paar Minuten wischte sich Berry die letzten Tränen aus dem Gesicht. Sie klaubte sich vom Fußboden auf und drehte sich halb um. Hinter ihr an der Wand war ein roter Schriftzug, der mit einem roten Lippenstift quer über die Wand geschmiert wurde.

Cherry Chrissi war hier!!

Ihr Blick verfinsterte sich. Und in ihr zerbrach etwas. Sie konnte bis heute immer noch nicht beschreiben was es genau war. Aber es war wie eine kochende Lava, die sich aus irgendeinem Gefängnis befreit hatte und sich langsam durch ihren Körper wie ein heißes Gift ausbreitete. Sie schaute auf die Schrift aus rotem Lippenstift und bemerkte erst jetzt, dass sie ihre Hände zu Fäusten geballt hatte und sie vor Wut knurrte. Berry machte Geräusche wie ein wildes Tier. Ihre Arme zitterten und ihre Hände drückte sie so fest zu, dass die Haut um meine Fingerknöchel weiß, wurde. Das Knurren wurde lauter. Diese fremden Laute, kannte sie nicht von sich. Es war, als würden diese ganz tief aus ihrem Inneren sich heraus graben. Wie ein bösartiges Wesen, das sich aus einer Höhle befreit hatte, dass jahrelang gegen seinen Willen dort eingesperrt war. Das Knurren wurde lauter. Und verwandelte sich langsam in einem wütenden Schrei, der laut von den Zimmerwänden auf sie zurück hallte. Der Wutschrei veränderte sich zu einem schmerzhaften Schrei, der nur eine gequälte Seele hervorbringen, vermochte. Berry fiel auf die

Knie und aus dem Schreien wurde ein verzweifeltes Jammern, dass ihren ganzen Körper durchschüttelte, als würde sie versuchen alle negativen Gefühle, die sich die letzten Jahre in sich aufgestaut hatten aus ihrem Inneren endlich herauspressen.

Kapitel 7

Berry erwachte am nächsten Morgen in ihrem Bett. Automatisch schaute sie auf den Wecker. Aber dieser zeigte keine Zeit mehr an. Das Display war schwarz. Kaputt. Wie so viele Sachen in ihrer Wohnung. Alles verwüstet, verdreckt und zerstört. Nach ihrem Heulkrampf, am Abend zuvor, hatte sie sich stundenlang den Frust, die Wut und die Enttäuschung aus ihrem Körper geheult. Erschöpft hatte sich Berry selber vom Fußboden aus dem Wohnzimmer aufgeklaubt und war dann ins Schlafzimmer gegangen. Alle überflüssigen Sachen, die auf dem Bett lagen, hatte sie achtlos auf den Boden geworfen. Ihr war es egal. Die Wohnung war eh verwüstet worden. Da fiel ihr dieser Akt der Verwahrlosung leicht. Berry wollte sich ins Bett legen, als ihr einfiel, dass die Wohnungstür immer offen stand. Man konnte sie nicht mehr absperren, da das Schloss ja fehlte und an deren Stelle sich ein faustgroßes Loch befand. Sie riss mich für ein paar Minuten einmal zusammen und schob einen mittelgroßen weißen Holzschrank vor die Wohnungstür, damit diese über Nacht verschlossen blieb. Mit der Hoffnung, dass niemand versuchen würde nachts die Wohnung einzubrechen. Zur Sicherheit schloss sie ihre Schlafzimmertür ab. Ihre Handtasche mit den wichtigsten Sachen und Unterlagen legte sie sich neben ihr Bett. Berry zog sich nicht mal mehr ihre Kleidung aus. Sie setzte sich auf die Bettkante, streifte sich die Schuhe von den Füßen, die in die Dunkelheit fielen und legte sich in ihr gemütliches Bett. Sofort fühlte sie sich geborgen und ein paar Erinnerungen an ihre Kindheit durchzogen ihre Gedanken.

*

Berry erinnerte sich genau daran, wie Christinas Familie zu ihr in das Wohnviertel zog. Ihr Vater, Hans Peter Graf, ein erfolgreicher Anwalt und gleichzeitig ein schmieriger Lebemann, hatte günstig, ein riesiges verwildertes Grundstück in ihrem Viertel erworben. Der Grund und Boden war eine in brach liegende Wiese, wo sich in der Mitte, in den letzten Jahren ein kleiner Wald aus Jungbäumen gebildet hatte. Das Gras war jedem Sommer so hoch gewachsen, dass alle Kinder aus der Nachbarschaft dort immer verstecken spielten. Die Freigeister tobten sich auf diesem natürlichen Spielplatz aus. Jeden Tag erlebten sie dort neue Abenteuer, die sie mit ihrer ganzen kindlichen Fantasie erfanden. Wenn man an einem heißen Sommertag an diesem Grundstück vorbei kam, hörte man immer das unbeschwerte Lachen von Kinder, die dort in der Hitze des Sommers tobten, bis spät in den Abend hinein. Wenn die Schatten länger wurden und die ersten Fetzen der Nacht sich am Horizont zeigten, liefen dann alle schmutzig und erschöpft nach Hause und träumten von ihren neuen aufregenden Abenteuern, die sie am Tag erlebt hatten. Und glücklich, den ganzen Tag so unbeschwert und ausgelassen gespielt zu haben. Dieses leichte Lebensgefühl, entgleitet den meisten Menschen, wenn sie erwachsen werden. Viele vergessen völlig, wie es sich anfühlt ihre Fantasie zu benutzen und diese zu fühlen und gleichzeitig zu leben. Stattdessen tauschen Erwachsene gerne ihr kindliches Fantasieleben und Unbeschwertheit später gegen Dauerstress und Schlafstörungen ein. Und wundern sich dann, wieso sie unglücklich sind und die Nächte wach liegen und versuchen verzweifelt nach einer Lösung oder nach dem

Großen etwas was ihnen fehlt im Leben, das sie nachts wach hält. Dabei haben die meisten Erwachsenen schlechthin nur vergessen, wie es war ein Kind zu sein.

Berry war acht oder neun, als sie mit den anderen Kindern aus der Nachbarschaft wieder an ihrem beliebten Platz spielen wollten, als ein abstossender grauer Bauzaun, sie von ihrem Spielplatz fernhielt. Enttäuscht und traurig, begriffen sie, dass sie das wertvollste verloren hatten und man sie zwang ihre Freizeit wo anders auszuleben. Sie betrachten das Schild, was an dem Bauzaun hing. Das betreten der Baustelle war jeden untersagt. Und dass Eltern für ihre Kinder haften würden. Verloren und ratlos standen sie eine Weile da. Die Mittagssonne brannte und die Kinder aus der Nachbarschaft überlegten wo sie als Nächstes hingehen könnten. Es war heiß und alle beschlossen, in das Freibad zu fahren, um sich dort abzukühlen. Berry blieb als Einzige zurück, da sie kein Geld hatte. Was sie aber nicht zugab, weil sie sich dafür nur schämte. Geknickt lief sie nach Hause. Es war gegen Mittag, als sie nach Hause kam. Berry wohnte mit ihrer Mutter in einem Wohnblock, in den so genannten Arbeiterviertel. Ein hellgrüner angestrichener Klotz, der nur zwei Etagen hoch war. Die Farbe erinnerte sie immer an die Verpackung von Brausepulver, mit der Geschmacksrichtung Waldmeister. Im Treppenhaus war es angenehm kühl. Und es roch nach Mittagessen im Haus. Sofort knurrte ihr der Margen. Sie steckte den Schlüssel in das Schloss und drückte die Wohnungstür auf. Sie ließ die Tür hinter mir ins Schloss fallen und hing ihr Schlüsselband an das Schlüsselbrett das links von ihr an der Wand hing.

„Berta bist du das?" Hörte ich eine weibliche Stimme aus dem Wohnzimmer fragen. Untermalt von der lauten Akustik des Fernsehers im Hintergrund.

Wer sollte es sonst sein? Dachte sich Berry, als die langsam durch den Flur schritt. Ihr Vater war vor einem halben Jahr abgehauen und ließ sie alleine mit ihrer Mutter zurück. Die Wohnzimmertür war nur angelehnt. Vorsichtig drückte sie diese auf. Sie betrat das Wohnzimmer und fand ihre Mutter in ihrer Lieblingsposition. Auf der Couch. Auf der Seite mit angewinkelten Beinen. Auf dem dunkelbraunen Couchtisch lagen mehrere geöffnete Chipstüten und ein Tetrapack Rotwein.

Berry hasste ihren Vornamen schon so lange, sie denken konnte. Nicht nur dass man sie deswegen schon im Kindergarten gehänselt hatte. Diese Sticheleien begleiteten sie in der Grundschule und weiter in die höheren Klassen. Berta! Es müssten strengere Gesetzte geben, die es Eltern untersagt, ihre Kinder altmodische Vornamen zu geben, damit diese später in ihrem Leben nicht von ihren Mitmenschen gemoppt werden.

Sie starrte ihre Mutter an. Sie hatte sich die letzten Monate hängen lassen. Berry dachte am Anfang, das sei nur eine Phase. Aber als Kind kann man nicht sofort erkennen, wenn sich ein Erwachsener dazu entschloss sich aufzugeben und die Gleichgültigkeit in seinen Alltag einziehen lässt. Ihre mittellangen dünnen Haare waren fettig und standen wie verbogene Antennen von ihrem murmelartigen Kopf ab. Sie trug gerne weiße T-Shirts. Die Ursprungsfarbe war mal weiß gewesen. Jetzt erahnte man am verfärbten Baumwollstoff, was ihre Mutter zu sich genommen hatte, in den letzten Tagen. Außer Chips und den billigen Rotwein aus dem Tetrapack war das Einzige, was sie zu sich nahm. Je mehr

Wein sie direkt aus dem Pappkarton trank, desto schwieriger war ihre Treffsicherheit, dass die gesamte rote Flüssigkeit ihren Mund erreichte. Es gab Abende, da lief die Hälfte des Inhalts daneben und saugte sich in dem verdreckten Stoff im T-Shirt fest.

Meistens trug sie dasselbe Oberteil eine Woche lang, bis sie es dann endlich in die Schmutzwäsche warf. Das war der Dreckberg in ihrem Schlafzimmer, was sie, seit Berrys Vater die Flucht ergriffen hatte, nicht mehr von ihr aufgeräumt wurde. Dieses Chaos zog sich mittlerweile durch die ganze Wohnung. Chips und Wein, das waren zurzeit die Grundnahrungsmittel ihrer Mutter. Sie hatte keine Arbeit und sie lebten vom Staat. Und die unregelmäßigen Gelder, die ihr Vater auf das Konto ihrer Mutter überwies, wenn sie ihm wieder im voll Suff durch das Telefon anbrüllte und dann in einem lauten Heulkrampf das komplette Telefon gegen die Wand warf und so das Telefonat vorzeitig beendete.

Manchmal bekam Berry ein warmes Essen von der Nachbarin im Erdgeschoss. Sie lebte alleine, war Witwe und freute sich immer über etwas Gesellschaft beim Mittagessen. Berry aß und erzählte aufgeregt von ihrem aufregenden Tag in der Schule. Mit ihren freundlichen Augen und einem gütigen Lächeln hörte die alte Dame interessiert zu und fragte bei wichtigen Themen nach. Berry genoss diese seltenen Mittagessen. So stellte sie sich immer eine glückliche Familie vor. Heute war ihr Sohn mit seiner Familie zur Besuch. Da würde sie nur stören. Dementsprechend war sie heute auf sich alleine gestellt und hoffte, etwas Essbares in der Küche zu finden.

„Was treibst du denn schon wieder hier?" Fragte sie ohne dabei ihren Blick vom Fernseher zu nehmen. Berry bemerkte, das Desinteresse in ihrer Stimme.

„Man unsere Spielwiese eingezäunt. Jetzt wissen wir nicht, wo wir sonst spielen können, den ganzen Tag."

Sie griff blind nach ihrem Tetrapack und schüttelte ihn ein wenig, um zu prüfen, ob sich etwas in der Packung befand. Sie ließ sich den Rest Wein in ihren Mund laufen.

„Ich verstehe weiß Gott nicht, wie ihr kleinen Rattenkinder den ganzen Tag in diesem verwilderten Wald spielen könnt. Habt ihr denn nichts anderes zu erledigen?" Sie warf den leeren Weinkarton zu den anderen Müll, auf den Boden neben sich. Ihre Mutter zu widersprechen, brachte ihr nur ein schauriges Gebrüll und ein paar Backpfeifen ein. Und danach folgte der lange stundenlange Monolog, dass sie sich ihr ganzes Leben mit der Schwangerschaft versaut hatte. Und sich besser für eine Abtreibung entschieden hätte, als jetzt in dieser kleinen Drecksbude mit so einem widerlichen Unfall der Natur hausen zu müssen. Dann schüttete sich meistens mit dem billigen Fusel voll, bis sie immer wieder denselben Satz vor sich hin brabbelte, bis der Suff sie in die nächste Bewusstlosigkeit fallen ließ.

Heute hatte Berry bei weitem nicht so viel Glück. Normalerweise nutzte sie das Weincoma ihrer Mutter immer aus, um ihr Programm im Fernseher zu gucken. Aber der Wein war leer und sie einen zu klaren Kopf, dass sie über die Fernbedienung herrschen könnte.

„Die anderen Kinder sind alle ins Freibad gefahren." Murmelte Berry leise und wagte es gar nicht zu ihrer Mutter zu schauen.

„Welche anderen Kinder?" Ihre Stimme klang eine Spur zu barsch. „Gucke mich gefälligst an, wenn du mit mir sprichst!" Berry hob langsam den Kopf und schaute nicht mehr auf den nicht gesaugten grauen Teppich, der mit Krümeln und Staub überzogen war.

„Na Julia und ihr Bruder Klaus. Und Micha, Bernd und Anke sind da hingefahren." Sie starrte mich mit ihren kalten blauen Augen an. Man erkannte nie ein Funken Liebe darin. Das war immer der Blick einer Schneekönigin oder einer Meuchelmörderin. Je nachdem wie hoch ihr Weinpegel war.

„Wenn dein Vater den Unterhalt für uns bezahlt hätte, dann könntest du mal ins Freibad fahren. Aber da er uns verlassen hat, weil du so ein kleines dickes infantiles Kind bist, wirst du zu Hause bleiben müssen."

Berry schaute wieder beschämt zu Boden. Zum Glück hatte sie den anderen Kindern gesagt, dass sie heute keine Lust auf Schwimmen hatte. Auch wenn sie in den Gesichtern erkannte, dass sie ihr nicht glaubten. Jeder in der Nachbarschaft wusste, wie die Verhältnisse bei ihr zu Hause aussahen. Aber keiner unternahm etwas dagegen. Man mischte sich nicht in andere Familien ein. Man redete nur hinter vorgehaltener Hand darüber. Aber richtige Hilfe war von keinem Anderen zu erwarten. Außer von der Nachbarin im Erdgeschoß, die selber nicht viel hatte und es wichtig fand, dass Berry ab und an mal bei ihr eine warme Mahlzeit bekam.

„Und was zieht dich überhaupt ins Freibad? Du passt doch gar nicht mehr in deinen Badeanzug hinein, du fettes Schwein." Sie lachte über ihre eigene Beleidigung und verschluckte sich dabei und beugte sich halb vor, in ihrer Couchposition, um den Tisch mit einem lauten Spuckhusten zu beflecken. Mit ihren Handrücken wischte sie sich über ihren Mund und schnappte nach japsend nach Luft. Ihr Gesicht war dunkelrot angelaufen vor Anstrengung. Sie schaute ihre Tochter wieder an. Sie atmete immer noch schwer und versuchte ihre Atmung, wieder unter Kontrolle zu bringen.

„Da sieht man es wieder, begann sie und fixierte mich mit ihren bösartigen kalten Blick. Die eigene Mutter ist am ersticken und die fette Schweinetochter bewegt sich keinen Zenitmeter um ihr zu Helfen. Sei froh, dass du nicht ins Freibad gehst. Die anderen Leute würde dich eh nur auslachen, weil du so *fett* bist wie ein Mastschwein."
Berry spürte den dicken Kloß in ihrem Hals und wie ihr die Tränen über das Gesicht liefen. Sie fühlte sich so hilflos und alleine. Und jede Beleidigung ihrer Mutter schmerzen ihr bei weitem mehr, als die Schläge, die sie unangekündigt auf sie verteilte.
„Aber du kannst dich nützlich machen." Hörte Berry sie sagen und im fast gleichen Moment traf sie etwas an ihrer linken Schläfe. Sie hatte ihrer Tochter den Geldbeutel zugeworfen und sie am Kopf getroffen. Ob es Absicht war oder nicht. Das würde Berry nie erfahren. Das war eine Fünfzig zu fünfzig Chance, die sich je nach Alkoholpegel und Gemütszustand ihrer Mutter immer ausbalancierte.
Berry rieb sich die schmerzende Stelle am Kopf, wo der schwerer Geldbeutel sie getroffen hatte. Dieser lag links neben ihr auf dem Fußboden.
„Du nimmst dir jetzt einen *Zwanni* raus und holst mir ein oder besser zwei Stiegen Rotwein. Ach am besten so viel Wein, wie du beim *Spar* an der Ecke bekommen kannst."
Berry hob den hellbraunen Geldbeutel vom Teppich auf. Früher hatte sie diesen immer in ihrer Bauchtasche aufbewahrt. Aber in der letzten Zeit steckte sie ihn immer zwischen die Couchritze, wo sie den ganzen Tag drauf liegend verbrachte.
„Brauchen wir sonst etwas zum Essen?" Fragte Berry vorsichtig und hoffte, dass sie die kleine Anspielung bemerken würde, dass sie Hunger hatte, und sie nichts mehr

Essbares im Haus hatten. Jeder Gedanke an Essen, ließ ihren Magen knurren und Berry spürte diese flaue Gefühl. Die dünnen Finger ihrer Mutter grabschten nach ihren Zigaretten.

Sie nahm sich einen Zwanziger aus dem Scheinfach und unbemerkt ein wenig Kleingeld aus dem Münzfach. So sie sich ein Brot kaufen, damit sie die Woche etwas zu Essen hatte.

„Ja am besten zwei Tüten Chips. Die billigen in der weißen Tüte.“

Sie nickte ihr kurz zu.

Sie winkte ihrer Tochter mit ihrer rechten Hand zu sich. Berry schritt langsam zu ihr und sie riss mir ihre Geldbörse wieder aus der Hand, um sie dann unter ihren Hintern in Sicherheit zu bringen.

Berry war schon an der Haustür, als sie ihr etwas hinterher durch die Wohnung brüllte, was man im Treppenhaus deutlich hörte.

„Und nimm den Bollerwagen, damit du schneller bist. Und beeile dich! Deine Mutter bekommt langsam wieder durst!“

Berry hörte sie wieder in einem Hustenanfall bellen, als die Tür hinter sich zu warf und die ungemütlichen Körpergeräusche ihrer Mutter sofort verstummten.

Kapitel 8

Berry hatte völlig das Zeitgefühl verloren. Der Wecker war zerstört und sie wusste nicht, wie lange sie geschlafen hatte. Die letzten Fetzen aus der vergangenen Nacht hingen in ihren Gedanken fest. Der gestrige Abend, die alten Kindheitserinnerung und ihren völligen Nervenzusammenbruch in ihrem Wohnzimmer. Wo sich praktisch Wut, Hass und Traurigkeit sich so miteinander vermischt hatten, dass sie am liebsten Schreien, Heulen und jemanden gleichzeitig verprügeln wollte. Sie fühlte sich erschöpft und leer. Sie drehte sich auf die rechte Seite und starrte ein paar Minuten nur auf die Wand. Das Sonnenlicht schickte ein paar Strahlen durch die zerfetzten Gardinen. Berry stöhnte laut, als würde der Kummer neue Wege suchen, um sie zu verlassen. So ein Verhalten kannte sie nicht von sich selber. War es das jetzt? Ganz und gar Aufgeben kam für sie nicht in Frage. Hier liegen bleiben, bis man sie fand. Dieser elende Gedanke, dass man sie tot in einer verwahrlosten Wohnung finden würde, schob sie so fort wieder bei Seite.
Sie bräuchte einen neuen Plan für ihr Leben. Sie wäre fast gestorben. Ihr Körper war buchstäblich im Arsch. Und es würde Monate brauchen, um wieder fit zu werden. Ihre so genannten Freunde hatten Ihre Wohnung verwüstet und eine Art Abrissparty gefeiert. Gewiss auf ihre Kosten. Diese verdammten Dreckschweine! Sie lebte jetzt auf einer Müllkippe. Jedenfalls würde man das annehmen, da fast alles in Ihrer Wohnung von diesen Vandalen zerstört, verschmutzt oder beschädigt wurde. Die treibende Kraft war Cherry Chrissi gewesen. Berry stellte sich ihr makelloses

Gesicht vor. Zu ihrer eigenen Überraschung hörte sie sich wieder vor Wut, knurren, wie ein verrückter Dämon. Sie grinste und lachte über sich selber. Ihr Verhalten war mehr als nur irre. Wenngleich sie im nächsten Gedankensprung ihr das Gesicht mit einem Klingenhandschuh, wie von *Freddy Krüger,* bearbeitete.

„Diese alte Kanalratte wird von mir einen kräftigen Tritt in ihren knöchrigen kleinen Arsch bekommen. Das schwöre ich! Bei allen Heiligen!" Sagte Berry laut zu sich selber.

In diesem Moment entschied sie sich für Rache. Sie lächelte zufrieden und beglückwünschte sich selbst, in Gedanken, zu dieser wichtigen Entscheidung.

Aber Rache an einem Menschen zu nehmen, kann zweifellos eine geniale Genugtuung sein, die einem selber ungemein ein herrliches Gefühl verschafft. Und der eigenen gepeinigten Seele zuckersüßen Balsam bietet. Aber um die perfekte Rache an einer Person auszuüben, braucht man genaue Kenntnisse über diesen Menschen, wenn man denjenigen zu Boden werfen möchte. Berrys Vorteil war es, dass sie Cherry von Kindertagen her kannte. Es lag auf der Hand, dass sie ihre Schwachstellen wusste. Jetzt brauchte sie nur einen genau ausgetüftelten Plan, wie ich ihre Schwächen, in einen Racheplan verwandeln und ihr Ziel genau umsetzten, konnte. Berry wusste nicht wie, aber sie würde dieser Bitch einen Schlag versetzten, den sie ihr Leben lang nicht vergessen würde.

„Aber bevor ich meine Rache plante, brauchte ich erst einen kräftigen Kaffee. Meine restlichen Sinne sollen endlich wieder normal laufen." Dachte sich Berry.

Langsam kroch sie unter ihrer warmen Bettdecke hervor. Sie würde wie ein Phönix aus der Asche emporsteigen. Und ihnen alle in den Arsch treten.

Tagsüber sah das komplette Chaos verheerender aus, als am Abend davor. Berry suchte in der verwüsteten Küche nach der Kaffeedose und fand sie unversehrt hinten in einem Küchenschrank. Der Küchenboden klebte unter den Hausschuhen und gab Geräusche von sich, als würde sie immer wieder ein Klettband aufreißen. Berry gab vier Löffel mehr als sonst in den Kaffeefilter und startete die Maschine. Mit einem vertrauten Geräusch begann sie ihre Arbeit. Der angenehme Duft von frisch gekochten Kaffee zog sich langsam durch den Raum und ließ ein paar Glücksgefühle in ihr aufsteigen. Wenigstens hatte sie ihren Kaffee an diesen Morgen. Sie öffnete den Küchenschrank unter der Spüle und holte alle Putzmittel hervor, die sie besaß. Berry wollte so schnell wie nur möglich einen Großputz starten. Sie würde nicht weiter auf dieser Müllhalde leben. Sie brauchte Ordnung. Und dieses Chaos wollte sie so schnell wie möglich verschwinden lassen. Aber bevor sie ihre Wohnung wieder in einem normalen Zustand verwandeln, machte sie von der Verwüstung ein paar Bilder mit ihrem Smartphone. Man konnte nie wissen. Es ist denkbar, dass sie dieses Fotos einmal benötigte.

*

Knappe drei Stunden später und einer leeren Kanne Kaffee, hatte Berry ihre Küche von den ganzen Dreck befreien können. Aber der verdreckte Küchenboden war eine harte Nuss gewesen. Der Mix aus Mehl und verklebten Alkohol, der sich als klebrige Masse über den ganzen Boden und sich durch die kompletten Wohnung verteilt hatte, kostete die meiste Zeit, da Berry auf Knien alles mit einem festen Schwamm beseitigte. Aber jetzt waren die Bodenbeläge wieder sauber und sie saß erschöpft auf dem Sofa und nahm sich eine kleine Auszeit vom Putzen. Sie schwitze und hatte sich ihre Haare schlampig zu einem Pferdeschwanz nach hinten gebunden. Berry nahm einen großen Schluck frischen Kaffee zu sich. Mittlerweile schon die zweite gekochte Kanne. Als es plötzlich an ihrer Tür klopfte. Sie hielt kurz inne, und lauschte wieder auf ein weiteres Klopfen. Diesmal etwas lauter. Langsam schlich sie sich in den Flur und guckte vorsichtig durch den Spion. Sie hoffte nur, dass es nicht ihre gestörte Nachbarin war, die mich wieder an den Treppenhausdienst erinnern wollte. Es war ein Mann, der nervös vor ihrer Wohnungstür stand. Berry schob den Schrank von der Tür weg, damit sie diese öffnen konnte. Sie brauchte dringend ein neues Schloss.

„Einen kleinen Moment! Ich bin gleich soweit!" Rief sie laut und stöhnte, und schob das Möbelstück mit einer enormen Kraftanstrengung zur Seite. Keine Ahnung wie sie das schwere Teil letzte Nacht bewegen konnte.

Berry wischte sich den leichten Schweißfilm von ihrer Stirn und schob die Tür auf und guckte ein bekannte Gesicht. Für einen kurzen Moment war sie am überlegen, woher sie diesen vertrauten und gleichzeitig fremden Mann kannte.

„Guten Morgen Frau Brix. Ich hoffe ich störe sie nicht." Sagte er freundlich und lächelte etwas nervös.

Es war der Professor aus dem Krankenhaus. Warum war er hier? Sofort schossen Berry gleichzeitig tausend Gedanken durch ihren Kopf. Höchstwahrscheinlich wollte er ihr persönlich mitteilen, dass seine letzte Diagnose völlig falsch war. Und sie in den nächsten Stunden richtig sterben würde.

Oder dass er eine tödliche Krankheit, in ihrem gemachten Blutbild übersehen hatte. Und diese Nachricht würde er ihr gerne persönlich mitteilen, weil ihr ja nicht mehr genug Zeit bliebe. Da würde ein offizielles Schreiben mit der Post länger dauern.

Berry schluckte hart und starrte den Professor so panisch an, dass er sofort erkannte, was für Gedanken ihr durch den Kopf kreisten. Er nahm schnell seine Hände hoch, um mich mit dieser Geste zu beruhigen.

„Keine Angst! Frau Brix ich bin mehr oder weniger privat hier. Ich wollte einfach nur mal auf Nummer sicher gehen, ob es Ihnen gut geht. Normalerweise mache ich so etwas nicht. Aber ihr Fall ging mir nicht mehr aus dem Kopf und ich wollte nur mal persönlich nach Ihnen schauen. Haben Sie genug geschlafen letzte Nacht?"

Seine Stimme klang freundlich und sofort löste sich Berrys innere Anspannung auf und ihre wilden Gedanken verschwanden. Und sie schenkte dem Professor ein erleichtertes Lächeln.

„Möchten Sie einen Kaffee? Ich habe einen Frischen gekocht. Und mir wäre es besser, wenn wir uns nicht im Treppenhaus unterhalten. Die Wände sind hier dünn und die Nachbarn krankhaft neugierig." Erklärte Berry mit einem gezielten Kopfnicken rüber zu der Wohnungstür gegenüber. Sie war sich sicher, dass sie genau in diesem Moment durch den Spion von der Nachbarin beobachtete wurden.

Höchstwahrscheinlich stand sie nackt hinter der Tür, frisch aufgeladen von ihrer wilden Mondlichtnacht, schob Berry in Gedanken nach und ließ ihren überraschenden Gast in die Wohnung.

„Gerne. Zu einem Kaffee kann ich nicht nein sagen." Insgeheim war sie froh, dass sie soweit eine fast sauberere Wohnung hatte.

„Bitte schauen Sie sich nicht so um. Man hatte meine Wohnung verwüstet, wie ich im Krankenhaus war. Ich versuche immer noch die Spuren davon zu beseitigen."

„Klingt nach einer wilden Party." Sagte der Professor und ließ sich von Berry in ihr Wohnzimmer führen. Dort waren die restlichen Spuren von der Nacht deutlich erkennbar.

„Ja scheinbar. Nur war es nicht meine Party gewesen." Sie bot ihm einen Platz an.

Er sah den Schriftzug an der Wand, den Cherry hinterlassen hatte und setzte sich auf die Couch.

„Ihr Kunstwerk dort an der Wand? Oder ein Andenken an diese wilde Party, die man ohne Sie veranstaltet hat?"

Berry lächelte verkniffen. „Eher das Letztere. Wie trinken Sie ihren Kaffee?"

„Ich trinke meinen schwarz."

Nach einem kurzen Aufenthalt in der Küche kehrte Berry mit einem Tablett in das Wohnzimmer zurück. Sie stellte die Becher auf den Couchtisch ab. Dazu eine kleine Kristallschale mit Keksen. Sie schenkte ein. Ich nahm ebenfalls platz und schaute ihren Besuch abwartend an.

„Und was führt Sie heute zu mir?" Fragte sie eine kleine Spur nervös. Weil sie immer den Gedanken im Hinterkopf hatte, dass dieser Besuch mit etwas negativen behaftet war.

„Ich beabsichtige gar nicht lange, Ihre kostbare Zeit in Anspruch nehmen, Frau Brix."

„Das tun Sie gar nicht. Ich wollte mir eh eine kleine Pause von meinem Putzmarathon gönnen." Sagte sie und schickte ein kleines Lachen hinter her.

Er griff in seine Manteltasche und holte einen blauen Briefumschlag hervor. Berry schaute gespannt auf den Umschlag in seiner Hand.

„Ich habe hier ein kleines Geschenk für Sie. Ich habe so etwas noch nie gemacht. Aber ihr Fall ging mir einfach nicht mehr aus dem Kopf."

Er redete ohne Pause und ließ Berry gar nicht zu Wort kommen.

„Und da meine eigene Tochter leider verhindert ist heute Abend, dachte ich mir, das wäre doch etwas für Sie. Ich dachte sie können ein wenig neue Farbe in ihrem Leben gebrauchen."

Berry nahm den Umschlag entgegen und öffnete diesen. Langsam zog sie eine Einladung hervor. Die Klappkarte war in demselben majestätischen Blau gestaltet worden. Auf der Vorderseite war ein Name in goldenen Buchstaben aufgedruckt, der sich in einer dreidimensionalen Schrift vom Papier abhob. *INDIGO*, stand darauf und Berrys Herz machte einen aufregenden Sprung in ihrer Brust. Voller Ehrfurcht strich ich mit ihrem rechten Zeigefinger die Schriftspur von dem Namen nach. Sie schaute überrascht auf und lächelte ihn entgegen. Sie klappte die Karte auf. Und es war eine Einladung für die einzige Ausstellung von der Künstlerin Indigo. Ihre Veranstaltungen waren legendär. Immer schon im Vorfeld ausverkauft. Ihre aufsehenerregenden Werke umstritten, provokant und sicherte wochenlang heftigen Gesprächsstoff in Medien. Das war praktisch das Highlight in der Kunstszene. Alles was rang und Namen hatte war vor Ort. Eine Welt in der Berry nicht gehörte und in der sie es nie schaffen würde einen Fuß rein zu bekommen. Sie klappte die Karte wieder zu und steckte diese zurück in den Umschlag.

„Ich kann das leider nicht annehmen." Sagte sie und wollte ihm den Umschlag zurückgeben. Aber er machte keine Anstalten ihn wieder zurückzunehmen.

Der Blick vom Professor war freundlich. Aber dennoch wurde sie etwas nervös. Er hatte dunkle braune Augen, wo man das Gefühl hatte, er schaute einen tief in die Seele und genau jenen Schmerz erkennen, den man jeden anderen Menschen gegenüber verbergen wollte.

„Und würden Sie mir verraten, wieso Sie dieses Geschenk ablehnen?" Fragte er zwar. Aber Berry hatte schon den Verdacht, dass er insgeheim wusste, warum sie ihm diese Einladung zurückgeben wollte.

„Eins sollten Sie bedenken Frau Brix. Die Leute, die diese Ausstellung besuchen, unterscheiden sich nicht wahnsinnig von Ihnen. Sie können Sie mit ihrem sicheren Auftreten locker unter den Tisch spielen. Ich vermute mal, nur weil diese Leute mehr Geld auf dem Konto haben oder Berufe ausüben, wie nicht der normale Durchschnittsmensch. Davon brauchen Sie sich nicht einschüchtern lassen. Wir haben uns lange unterhalten. Über ihr Leben und ihren Alltag. Und dass was ich über Sie mittlerweile weiß, dass Sie in den letzten Monaten mehr für andere Leute erledigt haben. Das würde keinen von diesen Menschen nur in einer Lebensspanne schaffen, was sie hinter sich haben. Ich habe lange mit meiner Tochter darüber geredet. Und sie hat von sich selber entschieden, dass sie unbedingt diese Karte bekommen sollen."

„Sie haben mit ihrer Familie über meinen Zusammenbruch geredet?"

Er zuckte kurz mit den Schultern.

„Ab und zu rede ich mal privat über meine Arbeit reden. Nur bei Fällen, die mir persönlich bewegen. Auch wenn ich das normalerweise nicht zulassen dürfte, passiert dass auch mal den erfahrenen Ärzten einmal. Aber eins kann ich Ihnen versichern. Sie sind so sprachbegabt, dass Sie keine Angst haben brauchen, sich in solchen Kreisen zu bewegen."

Berry spürte, dass ihr die Tränen in die Augen stiegen. Sie versuchte, innerlich anzukämpfen, um nicht loszuheulen, da bis jetzt kein Mensch ihr so ein liebevolles Kompliment gemacht hatte. Sonst war sie immer das dumme dicke Mädchen aus der Nachbarschaft gewesen. Ja das ausgestoßene Mädchen, das alles für andere Leute erledigte, um nur einen Funken Anerkennung und ein wenig Aufmerksamkeit von Menschen zu bekommen, die sie immer nur ausgenutzt hatten. Nur, um einen kleinen Bruchteil dieses Gefühl abzubekommen, dass sie in einer Gesellschaft geliebt und geachtet wurde.

„Ich weiß gar nicht, wie ich, dass je wieder gut machen kann." Sagte sie mit einem dicken Kloß im Hals. Berry versuchte, ihre Stimme zu halten. Aber sie stand kurz vor dem Heulen. Sie spürte, wie ein paar Tränen doch ihren Weg über ihre Wangen fanden. Er ergriff sanft ihre Hände und schaute ihr tief in die Augen. Berry lächelte ihn durch den leichten Tränenschleier an.

„Besuchen Sie diese Ausstellung. Amüsieren Sie sich. Und passen Sie auf sich auf! Ich möchte Sie nicht noch einmal auf meiner Station im Krankenhaus sehen. Verstanden?!" Er drückte ihre Hände noch einmal fester, als er sie wieder losließ. Sie fühlten sich warm und weich an. Berry nickte im ehrfürchtig zu.

„Ich verspreche es!" Bekam sie heraus, bevor die nächste Tränenflut über ihr Gesicht lief.

„Sehr schön! Dann werde ich mal aufbrechen. Vielen Dank für den Kaffee. Am besten Sie ruhen sich etwas aus. Die

Ausstellung ist ja schon heute Abend. Und durch meine Tochter weiß ich, dass junge Frauen lange Zeit im Badezimmer benötigen, um sich für so einen besonderen Abend zurechtmachen."

Berry brachte den Professor bis zur Wohnungstür. Er drehte sich noch einmal zu ihr um.

„Passen Sie auf sich auf, Brix. Und ich wünsche Ihnen viel Spaß heute Abend. Genießen Sie die Ausstellung."

„Danke noch einmal. Das werde ich. Ganz bestimmt." Versprach Berry und drückte sich den blauen Umschlag mit der Einladung fest an ihre Brust.

Kapitel 9

Der Professor war gegangen und Berry hatte ihre Wohnungstür wieder mit dem Möbelstück versperrt, als sie aus dem linken Augenwinkel etwas rotes Aufblinken sah. Es war ihr Anrufbeantworter. Der hatte in diesem ganzen Chaos überlebt. Das Gerät war schon uralt und gehörte zu den ersten Modellen seiner Art. Er hatte keine Zusatzfunktionen. Ohne weiblicher Computerstimme oder mit Datum- und Wochentaganzeige. Schlicht und primitiv. Nach der kurze Ansagetext, die von Berry persönlich aufgenommen wurde, hatte sie gefühlt tausende mal Aufnahmen, bevor sich ihre eigene Stimme perfekt anhörte. Entweder war ihre Stimme zu leise oder sie zu dicht am Mikro und dermaßen zu laut und nicht mehr angenehm sich selber zuzuhören. Es klang teilweise wie eine überlaute Sprechstimme durch eine Flüstertüte. Versprochen beim Text, Hysterisches gelacht, weil der Versprecher bei der Aufnahme sie in einem Lachkrampf bekommen hatte. Wieder gelöscht, wegen einem Schluckauf und das Schluckaufgeräusch sich auf der Aufnahme anhörte, als hätte ich im Vollsuff versuchte ihr Band neu zu besprechen. Nach Stunden hatte sie den Dreh raus. Mit einem handgeschriebenen Text und einem Winkel und Abstand zu dem Mikrophone, war sie endlich in der Lage ihre Ansage auf diesem alten Gerät einzusprechen.
Sie drückte auf Knopf, um die Nachrichten abzuspielen. Innerlich erfasste sie schon wieder diese Unruhe, dass sie etwas nicht geschafft hatte für andere Leute zu erledigen. Gleichzeitig ärgerte sie sich über sich selber, dass sie sich wegen nicht gehörte Nachrichten sich selbst so unter Druck setzte. Sie wäre fast gestorben und keiner ihrer so genannten

Freunde hielt es für nicht nötig sie mal im Krankenhaus zu besuchen oder mal in Erwägung zu ziehen, sich über sie zu erkundigen wie es ihr gesundheitlich erging. Dafür klauten sie ihre Wohnungsschlüssel, um eine wilde Party in ihrer Wohnung zu feiern, und zerstören obendrein ihr Eigentum. Die Wut siegte über ihre Angst. Es wurde Zeit, dass ich einiges in ihrem Leben aufräumte und änderte. Sie war ihr ganzes lebenslang der Fußabtreter für andere Leute gewesen. Angefangen bei der eigenen Mutter, die sie wie eine Lebensstrafe empfand und sie so behandelte und ihr ausgefallene Kosenamen gab. Berry drückte auf Play und die erste Nachricht wurde abgespielt.

Piep!
„Hey Schwabbel! Du musst für mich einkaufen!
Ich brauche was zu Fressen und zu Trinken!"

Die Stimme von Berrys Mutter krähte vom Band. Ohne zu zögern, drücke sie die Löschtaste.
Die zweite Nachricht wurde sofort abgespielt. Schon wieder ihre Mutter.

Piep!
„Ich warte schon seit Stunden! Melde dich gefälligst!"

Wieder Ihre Mutter. Ich drückt erneut die Löschtaste. Sie ließ gleich ihren Zeigefinger auf der Taste liegen. Die dritte Nachricht wurde abgespielt. Diesmal klang die Stimme von ihrer Mutter deutlich agressiver.

Piep!
„Du verdammtes Dreckskind! Ich sitze hier und verhungere langsam!

Siehe zu, dass du deinen fetten hässlichen Arsch, hier her
bewegst!
Du kannst gleich eine große Familienpizza mitbringen und
eine Flasche Rotwein.
Nein, am besten Zwei! Und vergiss meine Kippen nicht!"

Wer behauptete, dass Mutterliebe keine Grenzen kennt, der hatte bisher nicht das Vergnügen mit Berrys Mutter gehabt. Sie löschte die Nachricht mit einem knappen Knopfdruck. Das neue Gefühl fühlte sich phänomenal an und Berry lächelte leicht. Das war das erste Mal, dass sie einfach die Sprachnachrichten löschte, ohne sich dabei Notizen aufzuschreiben, wenn sie zurückrufen musste oder was sie dann neu zu erledigen hatte. Die nächste Nachricht war wieder von ihrer Mutter. Berry war nicht überrascht. Diesmal war es nur noch ein wütendes Brüllen, was da vom Band abgespielt wurde.

Piep!
„Du verdammtes Scheißkind! Ich warte immer noch!
Bring mir endlich meine Sachen! Hätte ich gewusst, dass du
mich schon wieder im Stich lässt, dann hätte ich dich sofort
abgetrieben.
Ja abgetrieben, du kleiner widerlicher Unfall!"

Um einen Funken Liebe von den Eltern zu bekommen, lassen sich manche Kinder einiges über sich ergehen. Wenn der eigene Verstand klar ist und ihnen rät, sich fern zu halten von diesen Monstern, die sie immer wieder und wieder emotional zerstören, kehren sie immer zurück und lassen sich beleidigen oder demütigen. Nur mit dem winzigen Hoffnungsschimmer im Herzen einen Liebesbeweis von den eigenen Eltern zu bekommen. Viele schaffen den Absprung nicht und werden dieses Band der Eltern nicht zerschneiden, dass sie verbindet, aber langsam immer mehr vergiftet. Was wünscht man sich denn von seinen eigenen Eltern? Einfach, nur Liebe und Geborgenheit. Und dass sie zu einem stehen, egal was man als Kind angestellt hat. Und dass sie stolz sind auf die eigenen Kinder. Aber wenn nur die ganze Zeit Ablehnung und Hass von ihnen kommt, zerbricht irgendwann der letzte Funken. Und man entschließt sich schweren Herzens das Band zu zerschneiden und lebt sein Leben alleine weiter, weil man nicht mehr die Kraft hat, diese ständigen Beleidigungen und emotionalen Schlägen ausgesetzt zu sein. Genau in diesem Moment wurde Berry klar, dass ihre eigene Mutter nur Gift für ihr Leben war. Und diese bösartige Person, zerfressen durch ihren Selbsthass, nie eine richtige Beziehung zu ihr aufbauen würde. Berry hatte nicht mehr die Kraft und den Willen, sich dieser ständigen Schmach auszusetzen. Der Tod hatte ihr auf die Schulter getippt. Es war an der Zeit nach vorne zu schauen. Sie würde sich jetzt um sich selber kümmern und glücklich werden.

Sie löschte die Nachricht und sofort wurde eine Neue abgespielt.

Piep!
„Vielen Dank, dass du mich verhungern lässt!
Du hässliche Mistgöre!
Ich habe dir alles gegeben!
Meine Jugend und meinen schönen Körper geopfert!
Und dass ist der Dank?!
Was habe ich da nur groß gezogen?
Ein undankbares Miststück!
Ich wünschte, ich hätte dich nie geboren du hässliches

Stück Scheiße!"

Berry drückte die Löschtaste. Leider würde sie ihre Erinnerung nicht so problemlos löschen können. Dann wäre das Leben in manchen Gefühlsbereichen wesentlich leichter zu ertragen. Manchmal war es ratsam alte Brücken abbrechen und den Schmerz zurücklassen. Um neue Wege, und ein neues Glück für sich selber zu suchen, um endlich glücklich zu werden.
Die nächste Nachricht war nicht mehr von ihrer Mutter. Sie hatte sich bestimmt selber über das Telefon etwas zu Essen bestellt. Aber der Hass und die Beleidigungen ihr gegenüber waren ihr Lebensinhalt. Es wurde Zeit sie aus ihrem Leben zu verbannen. So eine Behandlung hatte kein Kind von seinen Eltern verdient. Egal, in welchem Alter man war.
Das Band lief weiter. Es war eine weitere Nachricht aufgenommen worden.

Piep!
„Hi Brix!
Hier ist Cherry!
Ich bin heute den ganzen Vormittag beim Shoppen und danach zur Massage.
und danach zum Friseur.
Bin heute Abend auf einer wichtigen Party.
Es wäre wunderbar, wenn du mir einen Gefallen tun würdest, und
meine Wohnung aufräumen und etwas sauber machen könntest."
Du langweilst dich bestimmt zu *Tode*.
Du bist ja krankgeschrieben, wie ich gehört habe.

Dann kannst du ja die Zeit sinnvoller nutzen, als nur zu Hause vor der
Glotze zu sitzen und Harz Vier TV zu schauen.
Der Schlüssel liegt wie immer unter dem Porzellanfrosch
im Vorgarten. Um fünf müsstest du allerdings fertig und verschwunden sein,
denn ich brauch ja etwas Ruhe und muss mich noch für die Party fertig machen."

Berry riss den Anrufbeantworter von seinen Kabeln und warf ihn vor Wut quer durch den ganzen Flur. Das Gerät flog mit voller Wucht gegen die Wand und zersprang in seine Einzelteile. Schluss mit den Nachrichten! Cherry war immer noch der Überzeugung, dass ihre Freundschaft wie eine legale Sklaverei für sie sei. Und Berry ihre Leibeigene Angestellte ohne Rechte und sie nur mit den Finger schnipsen brauchte und sie dann ihre Drecksarbeiten erledigen würde. Nur um in den Genuss sie als Freundin zu haben. Berry würde sich am liebsten Ohrfeigen, wie dämlich ich die letzten Jahre gewesen war. Cherry benutzte die Menschen nur. Und wenn sie keinen Nutzen mehr in ihnen sah, warf sie diese weg, wie alte voll gerotzte Taschentücher. Es war an der Zeit, ihr Mal einen Spiegel vor das Gesicht zu halten, damit sie mal erkannte, dass ihre Definition von einer Freundschaft eine leichte Schräglage hatte. Allerdings war sie so kurzsichtig, dass sie ihr Fehlverhalten gar nicht erkennen würde.
Berry griff sich ihre Handtasche und die Autoschlüssel. Mit schnellen Schritten verließ sie das Haus.

*

Eine halbe Stunde später bog Berry mit ihrem Auto, einen alten Golf vier, der mehr Roststellen in den letzten Jahren angesammelt hatte, als ein Schweizerkäse seine Löcher, in die Straße ein, wo Cherry lebte. Sie wohnte immer noch in ihrem Elternhaus. Der großen Villa. Aber mittlerweile hatten ihre Eltern ihr die oberste Etage zu einer Luxuswohnung umbauen lassen. Die meiste Zeit lebte Cherry alleine in diesem riesigen Kasten, da ihre Eltern die meiste Zeit durch die Welt reisten. Berry parkte den Wagen an der Straße und lief die Einfahrt nach oben. Die Villa lag etwas erhöht. Das geschwungene Eisentor war verschlossen. Links daneben befand sich eine kleine Eisentür, versteckt hinter einer hohen Hecke. Auf einen goldenen Schild stand: *Dienstboteneingang*.

Sie brauchte nicht lange nach den blöden Frosch zu suchen. Dieser lag versteckt in einem Rosenbusch. Vorsichtig angelte sie sich ihn zwischen den Dornen heraus. Es war ein Generalschlüssel. So würde sie jede Tür in diesem Haus öffnen können. Diese Information hatte ihr Cherry mal unfreiwillig erzählt. Aber da war sie auch betrunken wie zehn Seemänner. Immer noch mit einer riesigen Wut im Bauch betrat sie die Villa. Sie schaute auf ihre Armbanduhr. In vier Stunden würde Cherry wieder hier auftauchen. War es zu schaffen in vier Stunden ihr komplette Wohnung verwüsten, so wie sie es mit ihren vier Wänden getan hatte? Eher nicht. Dafür war ihre Wohnung zu groß, um genau so ein Chaos zu veranstalten, wie sie es bei ihr gemacht hatte. Berry zog sich ihre Schuhe aus und verschaffte sich zutritt in die Villa. Sie drückte die große Haustür leise hinter mir zu. Die Vorhalle, dieses Haus war fast doppelt so groß wie ihre eigene Wohnung. Es erinnerte sie an eine Sporthalle. Nur das rechts und Links zwei geschwungene Treppen in den ersten Stock führten, wo Cherry ihr eigens Reich hatte. Alles war in Weiß gehalten. Und so makellos sauber, dass man hier ohne bedenken den Eingangsbereich als einen Operationssaal nutzen könnte. Selbst die Blumen, die in der Mitte der Vorhalle auf einen weißen Tisch standen, waren in derselben Farbe wie alles andere. Prächtige Rosen standen wie gemalt vor ihr in einer Vase.

Berry schlich schnell die linke Treppe nach oben in den ersten Stock. Durch eine weiße Flügeltür gelangte sie in Cherrys Wohnbereich. Berry schaute in ihr großes Wohnzimmer, was mit allem ausgestattet war mit technischen Geräten, die neu und modern waren. Ihren begehbaren Kleiderschrank überging sie. Den kannte sie schon. Da hatte sie mal eine Woche darin verbracht, weil Cherry von ihr verlangte, dass sie diesen aufräume. Nach Farben und nach Markenfirmen sortierte Berry hier überteuerte Klamotten. Am Ende der Woche betrat sie ihren Kleiderraum und gab nur spitze Kommentare von sich, dass die Schuhe nicht genau farblich sortiert seien und sie diese oder andere Farbtöne anders sortiert hätte, weil das den Blick eines modebewussten Menschen nicht stören würde. Aber Berry hätte ja keine Ahnung von diesen Dingen, weil sie ja im Elendsviertel aufgewachsen war, ihrer Meinung nach. Und Berry blieb stumm und nickte ihre Aussagen ab, da sie nicht ihre Freundschaft gefährden wollte. Berry betrat ihr Schlafzimmer. Das Himmelbett war ordentlich und über ihre rote Satinbettwäsche glänzte ein wenig Sonnenlicht durch die Fenster hinein. Berry setzte sich auf die Bettkante und schaute sich in dem riesigen Schlafzimmer um. Es war sogar platz für eine große rote Couch in diesem Zimmer. Es gab einen kleinen Balkon, der nach hinten in den Garten zeigte. Sie stellte sich kurz vor hier zu leben. Aber wenn man sich alles leisten kann, was man wollte. Könnte man sich denn überhaupt über kleine Sachen freuen? Berry sparte immer auf ihre Gegenstände, die sie sich wünschte. Und jedes Mal wenn sie sich ein Ziel erarbeitete, freute sie sich wie ein kleines Kind. Sie vermutete mal, dass Cherry diese Art von Freude gar nicht kannte. Sie hielt schon als junges Mädchen die Hand auf und bekam sofort, was sie sich wünschte. Als Kind hatte sie immer die neusten *Barbies*. Berry dagegen hatte eine *Barbie* mit dünnen Haaren. Sie versuchte, diese immer mit gelber Wolle, mehr Haare aufzufüllen. Sie liebte diese Puppe. Sie hieß Diane und spielte Jahre mit ihr. Aber irgendwann sagte Cherry, dass sie diese Asoziale *Barbie* nicht mehr mitbringen dürfte. Sie gab ihr dann eine alte Puppe von ihrer Sammlung ab. Aber Berry behielt Diane. Und hatte sie bis heute mit ein paar Kleidern in einer Schachtel aufbewahrt.

Berrys Blick blieb an dem Nachtschränkchen hängen und unterbrach ihre Erinnerungsreise in ihre Kindheit. Die Schublade von dem Schränkchen stand einen kleinen Spalt offen. Berry erhob sich von der Bettkante und schritt zum Möbelstück. Sie zog die erste von drei Schubladen auf. In der ersten Schublade lagen ein paar Haargummis und Kondome herum. Die zweite Schublade war leer. Ich öffnete die Dritte. Da lag ein Tagebuch. Ihr Tagebuch. Berry konnte sich ein diabolisches Lächeln nicht verkneifen. Vor ihr lagen praktisch die ganzen Geheimnisse ihrer neuen Feindin. Sie griff danach. Es war verschlossen. Berry zog die erste Schublade wieder auf und fand eine Haarnadel. Es dauerte keine fünf Minuten und sie hatte das windige Tagebuchschloss geknackt. Sie legte das offene Schloss auf den Nachtisch und öffnete das Tagebuch. Schon auf der ersten Seite stand nur ein Satz, der ihre Neugier noch mehr entflammte.

Das Tagebuch von Cherry Chrissi!
Und die dummen Geschichten von den asozialen Menschen,
die ich Freunde nenne!

Hastig blättere Berry auf die nächste Seite. Ihre Augen wurden groß. Sie konnte einfach nicht glauben, was ich da las.

Peggy ist die dümmste Fotze von allen …

Berry schluckte. Peggy war Cherrys beste Freundin. Jedenfalls vermutete sie dass vor drei Sekunden noch. Aber der erste Satz schien genau das Gegenteil zu beschreiben. Plötzlich durchzuckte Berry eine Idee.

Das hier war ihre Rache. Ihr Tagebuch würde ihr offenbaren, was Cherry über alle ihre Mitmenschen dachte. Ich schaute rasch auf die Armbanduhr. Sie hatte nicht mehr die Zeit zu einem Copyshop zu fahren. Berry sprang auf und rannte mit dem Tagebuch aus dem Schlafzimmer und den Flur zur Treppe. Sie lief nach unten und hielte sich rechts. In ihrer Erinnerung war das Büro von Cherrys Vater hier unten. Die Türen waren nicht verschlossen. Sie suchte Zimmer für Zimmer ab, bis ich es fand. Sie hatte Glück, und fand einen Kopierer gleich neben dem Schreibtisch von Cherrys Vater. Es kam ihr eine halbe Ewigkeit vor, bis sie das ganze Tagebuch kopiert hatte. Als endlich die letzte Seite vom Kopierer ausgedruckt wurde, sah sie den großen Stapel, der praktisch die wahren Gedanken und Gefühle von Cherry enthielten. Vorsichtig nahm sie sich den Stapel vom Schreibtisch und rannte mit ihren Utensilien zurück in das Schlafzimmer in den ersten Stock. Dort legte sie ihre Kopien kurz auf den

Nachtisch ab. Dann verschloss sie das Tagebuch und legte es wieder zurück an seinen Platz, wie sie es vorgefunden hatte. Berry drückte die Schubladen wieder zu, bis auf die Eine, die ein kleines Stück offen stand. Sie strich das Bettzeug glatt und schnappte sich ihre Kopien. Ihr Herz pochte schnell in ihrer Brust. So lebendig hatte sie sich nie gefühlt. Sie war das geheime Spygirl in einer gefährlichen Mission unterwegs, um ein ungelesenes Manuskript zu stehlen. Sie verließ das Grundstück wieder durch den Dienstboteneingang und hinterlegte den Schlüssel wieder unter diesen Frosch und machte sich mit dem kopierten Tagebuch aus dem Staub. Erst als Berry hinter dem Steuer ihres Autos saß, atmete sie das erste Mal erleichtert aus. Sie legte die kopierten Blätter auf den Beifahrersitz.

Sie schrie laut auf vor Begeisterung, weil durch ihre Adern so viele Glückshormone schossen.

Ich drehte den Zündschlüssel und der Wagen sprang an und ich fuhr schnell nach Hause. Denn Berry musste sich umziehen und auf eine Ausstellung gehen heute Abend.

Kapitel 10

Berry trat mit dem rechten Absatz auf den roten Teppich. Dieser schien mehr oder weniger fehl am Platz zu sein. Die Ausstellung von der Künstlerin Indigo, wurde in einer angemieteten Lagerhalle, im Szene viertel *Westend* stattfinden. Aber da die Aufmerksamkeit groß war. Und alles Rang und Namen hatte, und heute Abend auf dieser Ausstellung zu finden war, hatte der Veranstalter sich entschlossen, seine alte Lagerhalle mit einem roten Teppich vor dem Eingang, der aus zwei großen Schiebetüren bestand, etwas zu unterstreichen. Meterlange Banner von der Ausstellung hingen von dem Dach bis zum Boden und kündigten schon aus der Ferne an, dass hier heute Abend, dass Jahresevent in der Kunstszene stattfinden würde. Scheinwerfer, die sich bewegten und in verschiedenen Farben die Banner im Wechsel anstrahlen, ließen, das sonst so triste Gebäude, an diesem Abend in einem neuen Glanz erstrahlen. Eine große Menschenmenge hatte sich vor dem Eingang gebildet und der Geräuschpegel von den lauten Gesprächen und Gelächter und das ewige Blitzlichtgewitter der aufgeregten Presse, die hinter einem roten Absperrband voll motiviert laut den Berühmtheiten laut zuriefen, um viele auffallende Fotos von angesagten Prominenten zu ergattern. Damit sie diese teuer den Medienseiten und den Klatschblättern für teures Geld verkaufen konnten.
Nach und nach hielt eine weitere Limousine und ein Diener öffnete die Türen und entließ die Berühmtheiten aus dem Wageninneren. Berry dagegen hatte sich ein Taxi geleistet, mit Olaf, dem einäugigen Taxifahrer, der über sein Schandauge eine schwarze Augenklappe trug. Nur, um auf

Nummer sicher zu gehen und ihren persönlichen Fahrer nicht dem Gespött auszusetzen, ließ sich Berry in einer Seitenstraße früher aussteigen. Sie gab ihren *Käpt'n Ahab,* ein kleines Trinkgeld und wünsche ihn einen schönen Abend. Das Problem war nur, dass die Straße völlig uneben und mit Schlaglöchern übersät war, was Berry zwangsläufig an die Mondoberfläche erinnerte. Und sie trug ihre nagelneuen schwarzen Sommersandaletten, wo ihr der linke kleine Zeh abgedrückt wurde. Okay sie war auf einer der gefragtesten Party des Jahres eingeladen worden. Wer würde da nicht seinen kleinen linken Zeh für so eine Karte opfern? Mit vorsichtigen Minischritten kam sie den tanzenden Scheinwerfern immer näher. Berry schaffte es nicht schneller laufen, sonst wäre ihr kleiner linker Zeh sofort abgestorben. Mittlerweile hatte sich eine Warteschlange von Limousinen gebildet, die nur darauf warteten die berühmten Fahrgäste an ihr Ziel zu bringen. Ihre Schritte waren zwar klein, aber sie kam schneller voran, als die Luxusautos rechts neben mir auf der Straße. Berry bildete sich ein, diese Blicke auf sich spüren, die sie durch getönten Fensterscheiben aus anstarrten. Jeder von ihnen fragte sich, was sie hier zu suchen hatte. In einem dunkelblauen Sommerkleid mit kleinen Röschen drauf. Dazu diese keine Markenschuhe. Kein wunder das sie auf dem linken Fuß humpelt und sich zur Party schleppte, als hätte sie ein Holzbein. Aber Berry schob diese miesen Gedanken sofort beiseite, als sie endlich den roten Teppich erreicht hatte. Ihre Augen blieben an einer ihr bekannten Person hängen, die über den roten Teppich schritt.

Sie schluckte, als sie einer platinblonde Moderatoren aus dem Kabelfernsehen erkannte, die gekonnt mit einem breiten Strahlelächeln den Kameras zuwendete und sofort automatisch posierte und ein paar Sekunden stillstand, damit sie drei andere Posen, der lüsternen Reporter präsentieren konnte. Sie hatte ein hautenges weißes Seidenkleid an und man konnte sofort erkennen, dass sie rein gar nichts unter diesem Kleid trug. Der weiße Stoff wirkte wie auf ihre Haut gemalt. Und ihre harten Nippel drückten sich frech durch den dünnen Stoff und bekamen von den männlichen Fotografen mehr Aufmerksamkeit, als die Person selber. Fasziniert beobachtete Berry dieses Geschehen. Nach ein paar Minuten war es vorbei. Sie hielt ihre goldene Klatsch wieder mit beiden Händen fest und schwebte federleicht auf ihren High Heels dem Eingang entgegen und wurde von der Menge der anderen Prominenten quasi verschluckt. Berry war für die Presse unsichtbar. Praktisch ein Niemand. Berry korrigiere sich in ihren Gedanken. Ein humpelnder Niemand, in No Name Klamotten von Stange, aus einer Kleiderkette für die normale Bevölkerung. Am Eingang empfing sie eine junge Frau, die ein Headset trug und wichtig ein Klemmbrett in der linken Hand hielt. Ihre fisch gefärbten schwarzen Haare hatte sie streng nach hinten zu einem Pferdeschwanz zusammengebunden. Sie trug eine schwarze Stoffhose mit einer engen weißen Bluse und darüber eine passende Anzugjacke in derselben Farbe. Die sie lässig offengelassen hatte. Sie fixierte Berry mit ihren dunklen Augen und schickte ihr ein unechtes Lächeln entgegen. Sie hielt sich für professionell, aber man konnte sie sofort hinter ihre aufgesetzte Lächelmaske schauen, dass sie ihre Freundlichkeit Berry gegenüber nur vortäuschte.

„Ich müsste einmal Ihre Einladung sehen!" Verlangte sie und zeigte mehr Zähne und erinnerte Berry an einen Haifisch, der seine neuste Beute entdeckt hatte.

„Aber gerne!" Antwortete Berry knapp und griff gezielt in ihre zu große Handtasche, wo sie praktisch ihr ganzes Leben mit mir herumschleppe, und fischte ihre Einladung hervor, die sie in weiser vorsichtig in die Seitentasche verstaut hatte. Berry wollte nicht riskieren, dass sie ihren ganzen Inhalt in der Tasche auf den roten Teppich ausschütten musste, nur weil sie in ihrem eigenen Taschenchaos gewöhnlich nichts wieder fand. Sie reichte der Haifrau die Einladung und sah ihre schnell bewegten Augen, wie sie die Einladung in ein paar Sekunden kontrollierte. Sie klappte die Karte wieder zu und gab sie Berryzurück und strich einen Namen auf der Liste von ihrem Klemmbrett ab.

„Frau Brix. Ich wünsche Ihnen einen angenehmen Abend." Sagte sie freundlich und streckte Berry wieder ihr Hailächeln entgegen.

Sie lächelte ihr zu und nickte kurz und lief an ihr vorbei durch den Eingang. In der Halle war die Luft warm und stickig. Berry schaute sich um, überwältigt von dem ungewohnten Ambiente. Überall standen die Kunstwerke der Künstlerin Indigo. Verrückte Figuren. Eine nackte weibliche Frau mit nur einem Arm. Der linke wurde ihr abgerissen und lag zu ihren Füßen. Ihre Haut war dunkelrot, als hätte man sie mit Blut übergossen. Berry startete im Uhrzeigersinn. Alle Kunstwerke waren in der Nähe der Wände aufgestellt, wo sie einmal zusätzlich von einem indirekten Licht von der Decke bestrahlt wurden. Genau auf der anderen Seite der Halle, die praktisch so groß war wie ein halbes Fußballfeld, hatte die Künstlerin ihre gemalten Werke auf Leinwänden verewigt. Praktisch konnte man jede Skulptur, als kleine 3D Variante sich mit einer Leinwand zu Hause hinhängen, wenn man nicht den genügenden Platz für die Originalfigur hatte. Eine geniale Idee wie Berry fand. Und gleichzeitig schlau. Diese Indigo schien geschäftstüchtig zu sein. Aber ihre Kunstwerke waren in der Szene verschrien. Sie schaffte es praktisch bei jeder Ausstellung sich selber zu übertreffen und einen unnachahmlichen Presseskandal zu produzieren, der die Preise ihrer Werke immer mehr in die Höhe drückte. Und die Aufmerksamkeit von der Presse war groß. Und jeder Skandal hatte ein langes Echo, das Monate nach ebbte und in den Medien und in der Kunstwelt diskutiert wurde. Jeder war schockiert von ihren Arbeiten, aber gleichzeitig wollte jeder sie haben, um sich damit brüsten zu können, ein Kunstwerk von der blauhaarigen Skandalkünstlerin Indigo zu besitzen. In der Mitte der Halle war ein großer Radius mit einem roten Kordelband abgesperrt. Dieser Bereich wurde von vier kräftigen Männern in Schwarz bewacht. Sie gehörten einer Securityfirma an. In der Mitte befand sich das neuste Werk der Künstlerin, dass heute Abend während der Party enthüllt und von ihr vorgestellt werden würde. Die ganze Gesellschaft war schon gespannt, was sich unter diesem weißen Tuch verbarg. Bestimmt unbezahlbar, vermutete Berry und versuchte eine gewisse Form zu erkennen, was das Tuch nicht preisgab. Aber man konnte keine Konturen von dem neuen Kunstwerk erkennen. Ein Kellner, mit einem silbernen Tablett, kam an ihr vorbei und Berry nahm sich ein Glas Champagner. Sie schlenderte gemütlich durch die Ausstellung und betrachtete die fragwürdigen Figuren, als Berry hinter sich eine bekannte Stimme höre.

„Berry Brix?" Hörte sie diese Stimme deutlich ihren Namen rufen. Und es klang mehr überrascht als, eine Frage. Sie drehte sich langsam um. Cherry, wer sonst. Aufgedonnert in einem ärmellosen schwarzen *Oscar de la Renta* Kleid, was mit einem angedeuteten weißen Karomuster, verziert mit Paillettendetails und eine taillierte Silhouette in einem Falten gelegten Rockteil, der Cherry makellosen braungebrannten Beine besser als sonst zur Geltung brachten. Sie kam einen Schritt näher an sie heran. Sie schaute Berry immer noch erstaunt an. Als würde sie gerade in das Gesicht eines Gespenst sehen.

„Was zur Hölle tuest *du* hier?" Ihre Stimme klang eine Spur zu schrill. Sie könnte wieder einknicken und wieder in alte Muster verfallen und die unterwürfige Freundin spielen. Oder Berry könnte ihr endlich mal seit Jahren die Stirn bieten. Sie entschied sich für das Letztere. Da sie jetzt ihr Tagebuch kopiert hatte und alle dreckigen kleinen Geheimnisse über Cherry und über anderen Freunden wusste und was sie insgeheim über uns alle dachte. Berry genoss dieses neue Gefühl, etwas in der Hinterhand zu haben, war ihre neue Haltung Cherry gegenüber nur verstärkte.

„Ich würde mal behaupten, ich besuche eine Kunstausstellung. Aber das Gleiche könnte ich dich ja fragen."

„Die Karten für dieses Ereignis sind schon seit fast über einem Jahr ausverkauft. Mein Vater hat seine Beziehungen spielen lassen, damit *ich* hier überhaupt heute Abend teilnehmen kann. Da frage ich mich, wie du an die Einladung rangekommen bist."

„Tja jeder hat so seine Geheimnisse, Cherry. Manche bleiben geheim. Und andere werden einfach so aufgedeckt." Antwortete ich kühl und schenkte ihr mit Absicht ein unechtes Lächeln.

„Wie dem auch sei. Ich verstehe nur nicht, was *du* auf so einer Veranstaltung zu suchen hast?"

Berry nahm genüsslich einen langen Zug aus ihrem Glas und leerte es. Im selben Moment kam ein Kellner und nahm es ihr freundlicherweise sofort ab. Und sie tauschte das leere gegen ein volles Glas Champagner ein.

Cherry wollte sich gerade ein Glas nehmen, aber der Kellner drehte sich in diesen Moment um und steuerte andere Gäste in unserer Nähe an. Sie ging leider leer aus. Berry machte einen übertriebenen Schmollmund und prostete ihr kurz stumm zu. Und nahm einen weiteren kleinen Schluck. Ihr wurde langsam warm im Bauch und ihre Zunge etwas lockerer. Sie fand das Gefühl genial und hatte den Eindruck, das erste Mal in ihrem Leben gegenüber Cherry völlig überlegen zu sein.

„Ich interessiere mich für Kunst. Darum bin ich hier." Berry schaute sich unter den Gästen um. Cherry drückte ein gehässiges Lachen heraus.

„Brix sei doch nicht albern! Sie dich doch nur an, wie du hier herum läufst." Sagte sie herablassend und musterte sie von oben bis unten.

„Dein Outfit ist so etwas von gewöhnlich. Das hier *ist* Kunst!" Cherry zeigte auf ihr Kleid.   „Ich bin praktisch die Kunst, die sie verkörpert." Sie stellte sich in Pose, um mehr vor Berry zu glänzen.

„Ja ein Kunstwerk von Hieronymus Bosch vielleicht. Du entschuldigst mich doch oder?" Sagte Berry und ließ Cherry mit einem verblüffenden offenen Mund einfach stehen.

*

Es wurde immer voller. Und die Besucher schlenderten durch die Ausstellung und betrachteten die Werke. Manche waren tief in ihren Gedanken versunken und überlegten für sich die genauen Botschaften, was die Künstlerin damit ausdrücken wollte. Aber nur sie selber würde ihre genauen

Beweggründe oder Gedanken preisgeben können, was sie bewegte, so ein Kunstwerk zu schaffen. Manche standen in kleinen Gruppen zusammen und diskutieren lautstark miteinander. Und jeder kämpfte mit seiner lauten Stimme, dass seine Meinung die Richtige war, und versuchte mit immer mehr Argumenten und lauter werdenden Stimmen, seine Ansichten in der Gruppe durch zusetzten, um am Ende von den anderen Leuten in der Gruppe praktisch als Sieger hervorgehen.

Berry dagegen war für sich alleine und ließ jedes Bild auf sich wirken. Die Preise für so ein Bild waren enorm hoch. Und hätten ihr fast vier Monatsmieten gekostete. An die Preise für die großen Kunstwerke, wollte sie sich gar nicht erst denken. Ein Bild hatte Berry von Indigo völlig in den Bann gezogen. Es war wie ein leichter Traum aus Farbe und Licht. Das Spiel der Farben kräftig und gleichzeitig surreal wie ein kindlicher Traum aus dem man erwacht war und langsam in der eigenen Erinnerung verblasst. Sie schaute auf das Schild, was den Namen dieses Bildes verriet. Licht und Schatten stand da. Ihr Blick löste sich wieder vom Hinweisschild und verlor sich erneut auf der Leinwand. Man sah eine junge Frau mit roten langen Haaren, die nackt über einen moosbegrünten Waldboden schritt. Ihr makelloser Körper schimmerte von einem zarten Licht, dass man den Eindruck bekam, dass sie trotz ihrer Nacktheit, nur mit einen feinen Schimmer bekleidet war. Kaum sichtbar. Aber dennoch vorhanden und so fein wie ein zartes Spinnennetz aus Licht und so weich wie Seide. Ihr roter Schambereich war leicht zu erkennen. Die junge Frau hatte ihren Blick gesenkt und strahlte so eine Zufriedenheit aus, dass Berry das Gefühl hatte, diese friedvolle Gelassenheit würde von der Leinwand direkt in ihren Körper laufen und sie völlig entspannen und ihr inneres Gleichgewicht wieder herstellen. Als hätte sie nie in ihrem Leben ein negatives Gefühl berühren können.

Ihre Lippen waren blau geschminkt. Ich musste Lächeln, als sie dieses Detail auf dem Bild entdeckte. So hatte die Künstlerin Indigo, ihre Lieblingsfarbe mit in das Bild einfließen lassen. In jeden ihrer Werke war diese Farbe zu finden. Manchmal offensichtlich. Oder manchmal so versteckt, dass man danach suchen musste. Fast unmerklich fixierte die junge Frau etwas mit ihren grünen Augen. Sie schaute auf dem Waldboden, der mit Moos zugewachsen war. Sie erblickte etwas, was der Betrachter vor der Leinwand nicht vermag. Das regte sie zu weiteren Gedanken an. Was mochte sie sehen, was Berry von ihrer Seite aus nicht erblicken konnte.

„Gefällt dir das Bild?" Fragte eine weibliche unbekannte Stimme direkt neben ihr. Ohne den Blick von der Leinwand zu nehmen antwortete Berry der Fremden.

„Es ist athemberaubend schön."

„Und was genau raubt einen den Atem?" Die Fremde konnte sich ein Lächeln nicht verkneifen, weil sich Berry nicht von dem Werk losreißen konnte.

„Sie sieht so glücklich aus. Als wäre sie völlig mit sich und der Natur im Gleichgewicht. Und niemand kann ihr dieses Gefühl mehr nehmen. Ich beneide sie direkt ein wenig. Aber ich frage mich, was sie vor sich auf dem Waldboden entdeckt hat, was ich nicht sehen kann von meiner Seite aus." Erst jetzt schaute Berry zur Seite und lächelte der fremden Frau zu.

„Ich wäre gerne sie. Dieses Gefühl zu erleben. Das vollkommene Glück, was nur dir selber gehören kann."

„Ich bin beeindruckt von deinem Scharfsinn. Du bist die erste Person, die dieses Bild verstanden hat. Genau das wollte ich damit ausdrücken. Selbst meine Assistentin hat dieses Bild mit dem grausamen Schild falsch beschrieben. Die meisten Besucher, die zu meiner Vernissage kommen, schauen nicht hin. Sie sehen nur das Bild oder das Kunstwerk. Sind entweder schockiert, angewidert oder völlig verzaubert von dem Anblick. Aber die wenigsten Besucher hinterfragen, was die Künstlerin sich überhaupt dabei gedacht hat."

„Kennst du die Künstlerin zufällig?"

Indigo lächelt breit und strich sich eine blaue Strähne aus der Stirn. Erst jetzt fielen Berry die blauen Haare auf. Vor Schreck drückte sie ihre linke Hand auf meinen Mund und starrte sie peinlich berührt an.

„Oh ja. Ich kenne die Künstlerin. sehr gut sogar. Ich bin Indigo. Freut mich dich kennen zu lernen." Berry nahm ihre Hand entgegen. Sie hatte einen kräftigen Händedruck. Ihr Blick fiel kurz auf die Leinwand, wo Indigo mit ihren Namen in blauer verschnörkelter Schrift unterschrieben hatte.

„Oh ich hatte ja keine Ahnung." Berry merkte sofort, dass ihre Wangen glühten. Sogar mehr als sonst, da das zweite Glas Champagner schon eine gute Vorarbeit geleistete hatte.

„Kein Problem. Es ist mal erfrischend sich mit Leute zu unterhalten, die einen mal nicht in den Arsch kriechen wollen, um mal in die Zeitung zu kommen."

In dem Moment wurde Berry von einer fremden Hand einfach beiseitegeschoben. Berry musste aufpassen, dass sie nicht ihr Gleichgewicht verlor. Sie war etwas leichtfüßig vom Alkohol und wäre fast mit ihrer Rückseite an das schöne Bild gefallen. Berry schaute verdutzt zu dieser Frau, die sie achtlos auf die Seite gedrängt hatte, als wäre sie unsichtbar. Vielleicht war sie das für sie ja auch.

„Indigo! Trällert sie mit ihrer überlauten Piepsstimme los. Meine Liebe! Endlich habe ich dich zwischen diesem Menschauflauf gefunden." Sie griff nach Indigos Oberarmen und gab ihr rechts und links symbolisch je ein Küsschen auf die Wangen. Berry schaute sich diese schrille Person genauer an. Die Berry an eine durch geknallte Alarmanlage erinnerte, die man ums Verrecken nicht abschalten konnte. Ihr ganzes Erscheinungsbild schrie förmlich nach Yuppieschlampe, die alterstechnisch schon in den Endvierzigern steckte. Oder vielleicht schon die fünfzig überschritten hatte. Das konnte sie schlecht beurteilen. Ihr Gesicht war aufgespritzt mit Botox und ihr Gesicht eine Make-up Maske zentimeterdick aufgetragen, was man an Ende des Tages nur mit einem heißen Dampfstrahler und einen Spachtel, für ein Ceranfeld, von der Haut schaben konnte. Eine Frau, die sich mit aller Macht mit ihren künstlichen in neonorange angemalten nuttigen Fingernägeln an die Vierzig krallen, mit der Hoffnung im Herzen, dass man sie durch den ganzen Mörtel in der Fresse, sie dennoch auf Anfang dreißig schätzen würde. Dieses menschliche Bauprojekt war bekleidet in einem engen cremfarbenen Hosenanzug, von einer Marke den Berry nicht kannte. Mit hohen schwarzen High Heels, wo sie selbbewusst ihre frisch aufgepumpten Brüste und ihren abgesaugtes Bauch präsentieren konnte. Ihre sauerstoffhell gebleichten Haare hochgesteckt zu einer Turmfrisur, dass an einen verwaisten Bienenstock aus Zuckerwatte erinnerte. Dazu die unnatürliche Sonnenbankbräune und ihren übertriebenen Goldschmuck, der aus einer fetten Goldkette um ihren Hals und zwei großen Ohrringen bestand, wo bequem zwei Koalabären sich hätten, reinsetzten können. Sie spitzte angewidert ihre rot angemalten Lippen, die sie sich mit eigenfett hat aufspritzen lassen. Diese sahen so unnatürlich aus, als würde mich ein Barbieschlauchboot angreifen. Der angewiderte Gesichtsausdruck galt Berry, als sie sie kurz betrachtete. Aber das dauerte nur ein paar Sekunden. Und Indigo bekam von ihrer kurzen Gesichtsentgleisung gar nichts mit. Denn sie schaltete ihren Schlauchbootmund gleich wieder auf Lächeln um und drehte sich von Berry weg.

Theresia Liebstein eine Exfrau von einem Schlagersänger, der sie wegen einer jüngeren Frau verlassen hatte. Der Presse teilte er mit, dass er seine alte Wachspuppe gegen eine jüngere Kopie eingetauscht hätte. Von diesen bitterbösen Pressekommentar, versuchte sich Theresia heute noch zu erholen. Diese bittere Pille, was ja mal nicht gelogen war, hatte stark an ihrem Ego gekratzt. Auch wenn sie versuchte, mit aller Gewalt in den Klatschblättern zu bleiben. Da konnte man schon mal volltrunken im Stadtbrunnen vor dem alten Rathaus auf dem Marienplatz nackt schwimmen gehen. Hauptsache der frisch geliftete nackte Arsch war am nächsten Tag auf der Titelseite auf der Bildzeitung abgedruckt. Theresias Stimme zuckte wie feine fiese Nadelstiche in Indigos Ohren. Sie kniff sich ein unechtes Lächeln ab, als sie sich wieder einen Schritt von Indigo entfernte. Immer den Blick in alle Richtungen, mit der Hoffnung, dass jeder hier mitbekam, dass sie die Künstlerin persönlich kannte und versuchte es so darzustellen, dass sie beide die besten Freundinnen wären. Indigo hasste ihr Verhalten wie die Pest. Theresia wollte immer die komplette Aufmerksamkeit der Presse und im Mittelpunkt stehen. Egal, auf welcher Veranstaltung sie sich befand. Das war das einigste Lebensziel, was sie verfolgte. Ein Schnappschuss von ihr in den Zeitungen.

Indigo fand ihr aufgezogenes Auftreten nur armselig. Aber sie kannte die Spielregeln in dieser snobistischen Gesellschaft nur zu gut. Solange ihre Werke in diesen Kreisen angesagt waren und waren ihre Verdienstmöglichkeit keinen Grenzen gesetzt. Ihr war klar, wenn sie diesen Status verlieren würde, eine angesagte Künstlerin zu sein, dann würde Theresia sie nicht mehr mit ihren frisch abgesaugten Snobarsch mehr anschauen. Aber da Indigo immer auf ihren Ausstellungen für einen heftigen Skandal sorgte, würde das so schnell nicht passieren.

„Theresia, ich wusste ja gar nicht, dass du *auch* hier bist." Heuchelte Indigo ihr mit einer liebevollen Stimme entgegen. Was natürlich eine faustdicke Lüge war. Sie hatte ihr übertriebenes Gelache, das sich wie eine meckernde Ziege anhörte, schon den ganzen Abend aus der Menschmenge deutlich heraushören können. Ohne Theresia nur einmal unter die Augen treten zu müssen. Wo die Presse war, da war die lachende Ziege Theresia nicht weit entfernt. Man nannte sie auch die Blitzlichtnutte. Indigo war dagegen immer auf der Flucht vor der Presse. Und wurde von den Reportern als kamerascheu bezeichnet. Aber wenn ein Reporter sie erwischte, blieb sie brav stehen und beantwortete dann immer ein paar Fragen.

„Jedes Bild oder Kunstwerk ist bereits verkauft." Quiekte Theresia auf und versuchte mit ihren dicken Lippen einen verzogenen Schmollmund, wie ein kleines Kind zu machen. Aber die Spannkraft ihrer Kunstlippen ließ dies nicht zu. Berry konnte sich ein breites Grinsen nicht verkneifen, da ihr Mund von der Seite betrachtet, für ein paar Sekunden wie eine zermatschte Pflaume aussah.

„Das ist für mich eher eine gute Nachricht." Konterte Indigo mit einem Lächeln.

„Ich war einfach nicht schnell genug. Ach Menno!"

Ach Menno? Ihr ernst jetzt? Frau von Welt spielen und dann, Ach Menno sagen? Berry beobachtete interessiert die Unterhaltung weiter.

„Ach Theresia, in ein paar Monaten gebe ich eine neue Ausstellung. Da wirst du bestimmt etwas abbekommen."

Sie schaute kurz auf Berry und dann an ihr vorbei an die Leinwand. Theresa zeigte mit ihren knochigen linken Zeigefinger auf das Bild.

„Dann nehme ich das halt! Dieses Werk von dir hat keinen roten Punktaufkleber."

„Das tut mir leid, Theresia. Das Bild ist verkauft!"

Indigo und Theresia starrten auf Berry, die sich das erst mal laut geäußert hatte. Sie schaute Berry mit einem hochnäsigen Gesichtsausdruck an.

„Und wer bitte hat dieses Bild gekauft?"

„Das war ich! Vor knapp einer halben Stunde. Keine Ahnung, wieso hier kein roter Punktaufkleber drauf ist. Aber das Bild steht leider nicht mehr zur Verfügung." Berry spürte plötzlich dieses Feuer in ihrem Bauch und wie sich ihr Puls rasendschnell beschleunigte bei dieser frechen Lüge. Berry hatte keine Ahnung, wie teuer überhaupt dieses Bild sein würde. Sie hoffte nur, dass sie vor Charme nicht im Gesicht errötete und Theresia ihr die faustdicke Lüge nicht vom Gesicht ablesen konnte.

„Ja das stimmt leider. Dieses Bild ist verkauft. Aber lasse den Kopf nicht hängen. Ich habe in meiner Werkstatt ein Bild stehen, das ist wie für dich gemacht."

„Oh wirklich?" Sagte sie mit einer entzückenden Stimme.

„Ein persönliches Kunstwerk nur extra für mich angefertigt? Für deine beste Freundin?" Schrie sie fast förmlich, weil sie aus den Augenwinkeln sah, dass ein Reporter sich langsam näherte.

„Ja es ist genauso hässlich und seelenlos wie du. Und es liegt seit Jahren in meiner Werkstatt und gammelt vor sich hin, weil ich es nie verkaufen konnte." Dachte sich Indigo insgeheim und freute sich, dass sich ihren Müll doch verkaufen ließe. Man musste nur geduldig warten. Theresia schaute kurz auf Berry hochnäsig herab. Sie konnte schon erahnen, dass sie sich nicht vorstellen konnte, dass eine Person, aus der Arbeiterklasse, sich so ein Bild überhaupt leisten konnte.

„Das wäre so superlieb von dir. Meine beste Freundin." Sagte sie laut und packte den Reporter am Oberarm und klammerte sich an ihn fest wie eine Zecke an einen Hund.

„Haben Sie das mitbekommen. Meine beste Freundin Indigo, die Gastgeberin von dieser Veranstaltung, hat extra für mich ein persönliches Kunstwerk angefertigt. Schreiben Sie das auf! Sofort!" Theresias Stimme war laut und fordernd.

Der Reporter zückte vor Angst seinen Kugelschreiber und notierte sich etwas in einem Notizbuch.

„Wie war noch mal Ihr Name?" Fragte er und schaute von seinen schnellen Notizen zu ihr auf. Theresia lacht laut gekünstelt auf, so dass ein paar Leute vor Schreck in ihrer Nähe zusammenzuckten.

„Er ist so ein Witzbold! Er tut so, als würde er mich nicht kennen!" Rief sie übertrieben laut durch die Menge, wo sich keiner zu ihnen umblickte.

„T h e r e s i a!" Sagte sie wiederholt zu dem Reporter.

„Ja habe ich!" Sagte er genervt und wollte sein Notizbuch zuklappen, als sie ihn daran hinderte und ihre Hand zwischen die Seiten legte.

„Sie können gleich mit mir einen Termin ausmachen. Für eine Exklusivreportage bei mir zu Hause, wo ich, Theresia, das wertvollste Werk von der Künstlerin Indigo, die übrigens meine beste Freundin ist, persönlich entgegen nehmen werde."

Der Reporter hatte genug. Er klappte sein Notizbuch mit einer Hand zu und steckte sich seinen Kugelschreiber zurück in die Hemdentasche.

„Na klar! Machen wir! Wir melden uns bei Ihnen!" Sagte er kurz und ließ sie einfach stehen.

*

Kapitel 11

Theresia war hartnäckig hinter dem armen Reporter her, der sie versuchte, in der Menge abzuschütteln. Aber sie verfolgte ihn, und ihre unnatürliche Lache schallte immer wieder zwischen den Leuten um sie herum hervor.

Indigo verdrehte kurz ihre Augen.

„Gott! Was für eine Idiotin. Sie ist so pressegeil, dass sie alles anstellen würde, nur um mal auf eine Titelseite zu kommen. Aber ich befürchte, später bei der Kunstwerkenthüllung wird sie dann so richtig aufdrehen, weil sie ja nicht im Mittelpunkt stehen wird."

Berry schaute zu Theresia rüber, die einen anderen Gast in beschlag genommen hatte, der ihrer nicht vorhandenen Berühmtheit, einen Vorteil verschaffen könnte.

„Dass würde mich gar nicht mal überraschen."

Indigo etwas sagen, als Berry eine Hand auf ihrer Schulter spürte. Der Griff war fest und sie merkte, lange künstliche Fingernägel, die langsam ihren Druck erhöhten. Erschrocken schaute sie in Cherrys Gesicht.

„Ich wusste gar nicht, dass *du* die Künstlerin persönlich kennst." Sagte Cherry übertrieben nett und nahm ihre Hand von Berrys Schulter. Sie drehte sich sofort zu Indigo und streckte ihr ihre Hand entgegen.

„Mein Name ist Cherry. Berrys beste und einzige Freundin!" Sagte sie und schickte gleich ein unehrliches Lachen hinter her. Indigos Blick wanderte kurz zu Berry, die aber ihren Kopf schüttelte, um diese Aussage zu verneinen. Indigo schaute auf Cherrys Hand, aber ergriff sie nicht.

„Hi!" Sagte sie nur kurz. „Wenn du uns kurz entschuldigen würdest. Ich möchte Berry etwas Wichtiges zeigen." Sagte Indigo und ließ Cherry kurzerhand stehen.

Bevor die Beiden verschwinden konnte, drehte sich Cherry mit einem falschen Lächeln zu Berry um.

„Auf ein kurzes Wort!" Rief sie und schnippte mit ihren Fingern in ihrer Richtung. Indigo schaute sie erstaunt an, bei dieser herablassenden Geste.

Cherry drehte Indigo den Rücken zu und schaute Berry mit einem unterkühlten Geschichtsausdruck an. Ihr aufgesetztes Lächeln war sofort verschwunden.

„Du hattest von mir eine Aufgabe bekommen. Und du warst nicht bei mir in der Wohnung. Dir ist schon klar, dass ich jederzeit dafür sorgen kann, dass du niemanden mehr hast. Und wir wissen beide, dass du nicht fähig bist, dir alleine einen Freundeskreis aufzubauen. Schon gar nicht in der Liga, in der ich spiele. Ich hoffe, dein dämliches Spatzenhirn kapiert das endlich. Auch wenn du dich hier mit Alkohol zu schüttest, und mich mit irgendwelchen schrägen Malern vergleichst, stehe ich immer in der ersten Klasse und du bist der Abschaum, der unser eins die Ärsche abwischt. Und daran wird sich nichts ändern. Morgen haben wir die Präsentation bei unserem Weiterbildungsseminar. Es wäre besser für dich, wenn du meine Präsentation schon fertig hast. Ach und sorge dafür, dass Indigo sich mit mir anfreunden will. Du scheinst ja aus mir unverständlichen Gründen einen Draht zu ihr zu haben. Es wäre besser für dich, wenn du nach meinen Regeln spielst. Sonst werde ich dir dein Leben zur Hölle machen. Und dann stehst du am Ende alleine da. Und dass wollen *wir* doch nicht. Oder?" Sie setzte wieder ihr unechtes Lächeln auf. Berry schluckte und unterdrückte die Wut, die sich langsam in ihre sammelte.

Berry wollte sich von Cherry distanzieren, als sie sich noch einmal zu ihr umdrehte.

„Ach Berry, das hatte ich fast vergessen. Du bedienst dann ja unsere Gäste auf meiner jährlichen Sommerparty. Deine Kellneruniform habe ich in *deiner* passenden Größe für dich bestellt. Wir sehen uns dann hier später noch einmal." Cherry winkte einen Kellner zu sich heran.

„Champagner!" Sagte sie hochnäsig und schnappte sich ein volles Glas von seinem Tablett. „Okay, es geht mich ja nichts an. Aber was zum Teufel war denn dass für eine Nummer?"

Berry schaute kurz zu Boden. Sie wusste nicht, ob sie vor Wut schreien oder heulen sollte. Indigo merkte sofort, dass Berrys Gefühle mit ihr Achterbahn fuhren.

„Na komm. Ich zeige dir mal meinen geheimen Raum hier. Und dann unterhalten wir uns mal in aller Ruhe."

*

Indigo kam mit zwei gekühlten Wasserflaschen auf Berry zu. Sie hatten sich beide von dem Trubel etwas zurückgezogen. In einem abgesperrten Bereich hinter ein paar aufgebauten Kunstmauern. Indigo brauchte immer einen Ort, wo sie sich immer mal wieder eine kleine Auszeit nehmen konnte. Diese Menschenmassen und der ganze Wirbel um sie herum, und dazu die nervigen Reporter kratzen an ihrer Geduld. Um solche Abende, ohne schlechte Laune zu überleben, sorgte sie immer dafür, dass sie bei jeder ihrer Ausstellungen ihren kleinen persönlichen Bereich hatte, wo sie kurz wieder Kraft tanken konnte. Da dieser Ort, die Lagerhalle, keinen zusätzlichen Raum bot, ließ Indigo von ihrem Aufbauteam, einen künstlichen Raum schaffen. Dieser befand sich direkt hinter den aufgebauten Wänden hinter ihren Leinwänden, wo sie unbemerkt verschwinden konnte. Vor der Tür stand John, ein zwei Meter Mann, mit einem breiten Kreuz, wie ein Kleiderschrank, der keinen hindurch ließ, falls sich doch mal jemand hinter den Leinwänden verirren würde. In diesem Raum war eine gemütliche alte braune Ledercouch. Sie sah durchgesessen aus, war aber dennoch bequem. Davor ein kleiner schwarzer runder Tisch, mit einer Kristallschale voller buntem Weingummi. Berry hatte sich vier in den Mund gesteckt und versuchte den süßen klebrigen Matsch in ihrem Mund zu zerkauen. Indigo hatte sie kurz alleine gelassen, um ihnen etwas zu Trinken zu besorgen. Berry versuchte mit ihrem Zeigefinger, die Reste von dem Weingummi von ihren Zähnen zu kratzen, der nicht abgehen wollte. Die Tür öffnete sich und John ließ Indigo in ihrem geheimen Raum passieren.

„Sorry, dass es so lange gedauert hat. Aber an der Bar war die Hölle los. Und ich musste ein paar Leuten ausweichen." Sie stelle zwei Flaschen mit Wasser neben die Kristallschale auf den Tisch.
„Ich liebe dieses Zeug." Sagte sie und deutete kurz auf die bunten Weingummis. „Aber sie kleben höllisch an den Zähnen."
Berry musste grinsen und unterdrückte den Impuls sich wieder mit ihrem Finger in den Mund zu stecken, um weitere klebrige Reste zu entfernen.
„Ich wollte mich noch einmal entschuldigen."
 Indigo schaute sie verwundert an und setzte sich rechts neben ihr auf die Couch.
„Wofür?"
„Dass ich vorhin vor deiner Freundin behauptet hatte, dass ich das Bild gekauft hätte. Ich habe gar nicht das Geld dafür,

um mir so ein Bild leisten zu können. Aber es fühlte sich einfach falsch an, wenn sie dieses Bild bekommen hätte."

„Mache dir mal keine Gedanken deswegen. Aber du hast Recht. Theresia würde das Bild nie verstehen. Auch nicht, wenn ich ihr eine komplette Beschreibung über meinen wahren Gedankenhintergrund, von meiner Arbeit in die Hand drücken würde. Sie interessiert sich nur für sich selbst, und wie sie am schnellsten berühmt werden kann."

„Na ja, das ist ja nicht zu übersehen. Sie biedert sich ja förmlich den Reportern an. Ob sie wollen oder nicht."

„Ja das stimmt. Aber sie ist keine Freundin. Theresia ist schlechthin nur eine Kundin, die für Unsummen Kunst bei mir kauft. Auch wenn sie so scheißfreundlich ist. Das ist alles nur eine unechte und obendrein noch schwach gespielte Freundlichkeit, die sie da an den Tag legt. Sie glaubt echt, sie sei eine Schauspielerin."

„Höchstwahrscheinlich hält sie Hamlet für ein Putzmittel, wenn man sie danach fragen würde." Scherzte Berry.

Beide mussten über diese Bemerkung lachen. Indigo lehnte sich zurück und trank einen Schluck Wasser aus ihrer Flasche.

„Aber mal zurück zu dieser Person. Wie hieß sie gleich?"

„Cherry nennt sie sich."

„Okay, Cherry. Wieso behandelt die dich so miss. Aber viel wichtiger, wieso lässt du dir das einfach so gefallen?"

Berry stöhnte sorgenvoll.

„Das ist eine lange Geschichte. Das reicht bis in meine Kindheit zurück."

„Verstehe. Gibt es davon eine Kurzfassung. Nur damit ich mal ansatzweise kapiere, wieso du dich von dieser Person so herunterdrücken lässt?"

Berry erzählte Indigo was sich in den letzten Wochen alles ereignet hatte. Von ihrem Zusammenbruch. Das zerstörerische Chaos in ihrer Wohnung. Und dass sie Cherrys Tagebuch kopiert hatte und die Kopien sicher in ihrer Wohnung in einem Versteck aufbewahrte. Indigo war schockiert.

„Ich würde diese Schlampe anzeigen, wenn die ungefragt in meiner Wohnung eine Party veranstalten würde und diese in diesem Zustand hinterlassen würde."

„Ja das habe ich auch gedacht. Aber seien wir doch mal ehrlich. Wie weit komme ich denn mit so einer Anzeige? Ihr Vater ist reich und obendrein noch Anwalt. Der hat Beziehung und wirft ein paar Euros auf das Problem und am Ende stehe ich womöglich als Lügnerin da, weil ich auf Cherrys Lebensstil neidisch bin, da ich selber in ärmlichen Verhältnissen aufgewachsen bin. Nein diese Blöße werde ich mir nicht geben."

„Aber was ist denn mit dem Schriftzug an deiner Wohnzimmerwand? Das wäre doch schon mal ein wichtiger Beweis." Argumentierte Indigo aufgeregt.

„Ja das war eindeutig sie. Aber so einen Schriftzug kann man ja auch fälschen. Und sie würde dann behaupten, dass ich selber meine Wand beschmiert hätte, um ihr zu schaden. Nein, mir muss etwas anderes einfallen, um mich an sie rächen zu können."

Indigo überlegte kurz. Dann bekam sie einen fiesen Ausdruck auf ihrem Gesicht.

„Ich hätte da ein oder zwei Ideen. Allerdings solltest du danach die Stadt verlassen."   „Witzig. Und wo soll ich bitte hin?" Ich bin nie weggekommen aus dieser Stadt. Höchstens mal an einem Badesee im Sommer. Aber das war es auch schon."

„Die Frage, die du dir selber stellen musst. Was genau willst du? Möchtest du Rache? Oder möchtest du etwas ändern? Oder dein Leben so weiterführen?"

„Da brauche ich gar nicht lange zu überlegen. Ich wäre fast gestorben. Habe nur falsche Freunde und werde von meiner angeblichen besten Freundin, wie eine Sklavin ausgenutzt. Am liebsten würde ich alles hinter mir lassen und einfach neu anfangen, wo mich keiner kennt."

„Na das klingt doch schon mal nach einem Plan. Und das mit dem Neuanfang, da könnte ich dir sogar helfen. Meine beste Freundin hat in ihrem Haus bald wieder ein Zimmer frei, das sie gerne wieder untervermieten möchte. Allerdings wohnt sie in Norddeutschland. Also perfekt weit weg, um diese ganzen grausamen Menschen hinter sich zulassen."

„Das klingt alles echt vielversprechend. Aber ich kenne dich ja gar nicht. Und deine beste Freundin, die das Zimmer vermieten möchte, auch nicht. Was ist, wenn wir uns gar nicht verstehen oder sie mich gar nicht leiden kann. Dann stehe ich da mit meinen gepackten Sachen in einer fremden Stadt und weiß nicht wo hin."

„Berry du machst dir einfach zu viele Sorgen. Jen und ich sind da recht pflegeleicht. Das Einzige wovor du dich in Acht nehmen musst, sind die verrückten Nachbarn, die bei Jen in der Nachbarschaft leben. In der ganzen Straße scheinen nur Freaks zu wohnen. Ich kann dir versichern, dass es nie langweilig wird bei ihr."

„Das klingt seltsam. Ist da eine Irrenanstalt in der Nähe? Oder wie muss ich mir das genau vorstellen?"

Indigo musste kurz lachen, weil ihr ein paar verrückte Sachen wieder einfielen, was sie mit Jen dort schon in ihrem Haus erlebt hatte, seitdem sie das erste Mal nur einen Fuß auf das Grundstück gestellt hatten.

„Bei manchen Nachbarn, wäre der Vergleich an eine Irrenanstalt gar nicht so abwegig. Es ist halt eine Straße voller Freaks."

„Sind diese Leute gefährlich?" Fragte Berry vorsichtig nach.

„Ach quatsch! Nein nur etwas geistig entrückt, würde ich mal behaupten. Wir hatten da einen Nachbarn, der hat sich als Vogel verkleidet und sich in einem Baum gesetzt und meinte, er müsste wie ein Vogel auf die Leute scheißen, die unter ihm vorbei gingen."

Berrys Augen wurden groß, als sie das hörte.

„Das ist schon mehr als ein Freak. Das ist völlig krank!" Sagte sie erschrocken und konnte sich diese Szene nicht mal ansatzweise vorstellen.

„Nun ja der Typ ist ja nicht immer ein Vogel. Jen hatte ihn schon mal als Katze gesehen, wie er halbnackt durch die Nachbarschaft krabbelte und laut miaute."

„Langweilig scheint euch dort nicht zu werden." Vermutete Berry mit einem leichten Kopfschütteln. „Wohnst du denn in dieser Wohngemeinschaft?"

„Nein. Ich bin aber oft bei Jen zu Hause. Man könnte schon fast behaupten ich wohne da, weil ich fast jeden Tag dort mich aufhalte."

„Ach schade, ich könnte mir gut vorstellen mit dir unter einem Dach zu leben."

„Nein würdest du nicht. Ich bin ein Freiheitsmensch. Es kann sein, dass ich ein paar Tage mich gar nicht melde, weil ich wieder so eine wilde Idee für ein neues Projekt im Kopf habe und dann sieht und hört mich für ein paar Tage keiner, bis ich meine Idee umgesetzt habe. Ich wäre schlecht in einer Wohngemeinschaft aufgehoben."

„Ich glaube, ich mache es. Ich denke, es ist eine gute Chance hier so schnell wie möglich weg zukommen."

„Das freut mich. Aber schlaf trotzdem mal eine Nacht rüber. Solche Entscheidungen sollte man nicht aus einer Laune heraus entscheiden."

Indigo schaute auf ihre Armbanduhr. Ihre Augen wurden plötzlich groß.

„Was ist los? Fragte Berry, weil sie Indigos Gesichtsausdruck bemerkte. Hast du einen Termin vergessen?"

„Ich wollte schon vor einer halben Stunde mein neues Werk enthüllen. Bin gespannt, was die Presse wieder dazu schreiben wird."

Beide standen vor der Couch auf.

„So schlimm?" Fragte Berry vorsichtig nach.

„Ach weißt du, ich liebe es bei jedem meiner Ausstellungen einen fetten Skandal zu produzieren. So bleibe ich im Gespräch und werde nicht vergessen."

„Wie machen wir das mit dem WG Zimmer? Ich meine, wie verbleiben wir?" Fragte Berry und machte sich schon innerlich auf eine Abfuhr bereit, wie sie es normalerweise gewöhnt war. Indigo drehte sich zu ihr um und klopfte ihr sanft auf ihre Schulter.

„Berry, du machst dir zu viele Sorgen. Aber keine Angst, ich stehe zu meinem Wort. Ich rufe später Jen an und werde ihr sofort alles berichten."

„Entschuldige, dass ich so misstrauisch bin. Aber immer wieder, wenn mir mal etwas Gutes passieren soll, geht alles immer in die Brüche."

„Bei deiner Vergangenheit ist dass nur verständlich, dass du das denkst. Aber mache dir mal keine Sorgen. Ich sage John Bescheid, dass er dich jederzeit hier in den Raum lassen soll, wenn du mal eine Auszeit brauchst von da draußen. Ich werde jetzt mal mein neustes Werk der Öffentlichkeit zeigen. Das dauert fast drei Stunden, bis die Presse und die ersten

Fans sich wieder beruhigt haben. Treffen wir uns später wieder hier. Essen eine Kleinigkeit und tauschen in Ruhe unsere Nummern aus."

„Das ist eine gute Idee."

Indigo legte ihre rechte Hand auf die Türklinke und drehte sich halb zu Berry um.

„Na dann wollen wir mal die Gäste einen Schock verpassen und einen neuen Skandal produzieren." Sagte Indigo mit einem Lächeln im Gesicht und öffnete die Tür, wo der Geräuschpegel sofort wieder zunahm.

Indigo hielt inne und zog die Tür wieder zu. Berry schaute sie überrascht an.

„Hast du etwas vergessen?" Fragte sie. Sie wollte einfach hierbleiben uns sich vor Cherry verstecken. Hier würde sie eh nicht reinkommen und an ihrem dünnen Selbstvertrauen kratzen, was sie hatte. Hier fühlte sie sich sicher. Und neben Indigo fühlte sie sich nicht so angreifbar, als vorher. Indigo lächelte sie breit an.

„Ja ich habe dich vergessen." Sagte sie und winkte sie mit ihrer rechten Hand zu sich. Berry schüttelte leicht ihren Kopf.

„Ich glaube, ich bleibe lieber hier und warte auf dich." Sie umklammerte ihre Wasserflasche wie ein Rettungsanker.

„Das kommt gar nicht Frage. Du wirst das Beste an dieser Party verpassen. Meinen persönlichen Skandal. Danach müsste ich mich hier eigentlich verstecken."

Sie sah Berrys besorgtes Gesicht und die tausend Gedanken, die ihr doch den Kopf schossen. Wie konnte so eine junge Frau, sich nur so fertig machen lassen, dass ihr Selbstvertrauen praktisch fast gar nicht mehr existierte? Dachte sich Indigo.

„Ich weiß, dass du dich von dieser blöden Cherry immer einschüchtern lässt. Aber mal unter uns gesagt. Wenn sie ihren Reichtum und ihre Markenklamotten nicht hätte. Wer wäre sie dann genau?"

Indigo ließ die Frage auf Berry wirken. Für ein paar Sekunden ließ sie die Worte sacken. Dann lächelte sie und stand von ihrem Platz auf.

„Sie wäre genauso wie ich. Oder wie wir. Oder bessert gesagt, wie jeder andere Mensch auf dieser Welt."

„Genau! Sie ist keinen Funken mehr wert, als du. Oder als ich. Oder diese hochnäsigen pressegeilen Leute, die sich da draußen auf der Party herumtummeln."

„Und ich kann sogar von mir behaupten, dass ich schlauer bin als Cherry. Das ist einfach eine Tatsache. Weil ich einfach mehr lese und mich selber weiterbilde in Bereichen." Indigo sah an Berrys schnelle Veränderung, dass sie langsam Mut schöpfte und ihr Selbstvertrauen wieder wuchs. Jetzt bräuchte sie nur eine persönliche Bestätigung, um dieses Gefühl nicht zu verlieren. Aber das würde sie nur bekommen, wenn sie sich hier nicht in dem VIP Raum versteckte.

„Aber bevor wir dort rausgehen und ich meinen Skandal für dieses Jahr enthülle und du dieser hochnäsigen Kuh symbolisch in ihren Designerarsch trittst, möchte ich dir etwas wichtiges erzählen."

Berry schaute sie interessiert an.

„Ach und das wäre was genau?"

„Ich wusste, dass du heute Abend hier auftauchen würdest. Dein Arzt, der Professor aus dem Krankenhaus, ist ein guter Freund von meinem Vater. Die sind praktisch zusammen aufgewachsen."

Berry schaute sie mit großen Augen an.

„Ich verstehe nicht …", begann sie ihren Satz und Indigo unterbrach sie, um das alles zu erklären.

„Warte kurz. Ich möchte dir das genau erklären. Der Prof., hatte mal eine Tochter. Diese war nicht so beliebt wie seine älteste Tochter. Sie tat alles, um jeden zu gefallen und versuchte überall Anschluss zu bekommen. Aber sie vergaß, ihr eigenes Leben zu leben. Er und seine Frau übersahen diese Entwicklung ihrer Tochter. Sie wurde irgendwann depressiv, weil sie sich so alleine und von jedem missverstanden fühlte. Und an einem Tag im Spätsommer, ich glaube, das war vor knapp fünf Jahren oder so, nahm sie ein Haufen Tabletten und nahm sich das Leben. Diese Last war einfach zu groß. Und als der Prof. dich bei sich im Krankenhaus sitzen hatte und du ein wenig aus deinem Leben erzählt hast, kamen die ganzen Schuldgefühle wieder in ihm hoch, weil er seine jüngste Tochter auf eine Art vernachlässigt hatte, was er nie wieder gut machen kann. Daher hatte er mich gebeten, dass ich mich ein wenig um dich kümmere. Ich hoffe, du bist jetzt nicht gekränkt, dass er dir diese Karte geschenkt hat. Und mich gebeten hat, mich ein wenig um dich zu kümmern."

Berry hatte vor staunen ihren Mund offengelassen. So etwas hatte sie nicht, erwartete. Indigo schaute Berry genau an und suchte ihren Blick. Aber sie wich aus und schaute kurz auf den Boden.

„Berry?" Sie blickte immer noch nach unten. Indigo hob ihr Kinn langsam an und blickte ihr in die Augen, wo sich die ersten Tränen bildeten.

„Ich dachte, dass heute sich mein Leben ändern würde."

„Berry, jetzt höre mir mal zu. Der Prof. meinte nur, ich soll dich wie einen besonderen Gast behandeln. Normalerweise hätte ich einen besonderen Gast den ganzen Abend

Freigetränke organisiert und das war's dann. Aber du hast mich so beeindruckt, mit deiner Erklärungen und den scharfen Sinn für die Kunst, dass ich mir dachte, Wahnsinn, diese Frau hat es drauf. Die denkt so wie ich. Wir werden uns gut verstehen."

Berry lächelte verlegen. „Meinst du das in ernst?"

„Ja. Sonst würde ich dir ja nicht helfen wollen, ein neues Leben zu starten. Und ich denke, es ist an der Zeit, deiner blöden Vergangenheit in den Arsch zu treten. Schließlich spielst du die Hauptrolle in deinem Leben und nicht diese hochnäsige Cherry."

Berry wischte sich die paar Tränen von ihren Wangen und atmete tief durch.

„Du hast Recht! Ich habe mich einfach zu lange von ihr herumschubsen lassen."

„Das finde ich auch. Ich glaube, ich hätte diese Cherry schon mehrfach verprügelt. Aber da tickt ja jeder anders."

„Ich glaube, der Prof. wusste schon vorher, dass wir uns gut verstehen würden."

Indigo lächelte breit. „Oh ja das dachte ich auch schon. Und ich werde ihm morgen alles berichten. Und ich denke, dass er froh ist, dass er auf einer Art etwas gute getan hat, was er bei seiner Tochter nicht mehr nachholen kann."

Kapitel 12

Die Party war voll im Gange. Der Alkohol hatte die Partygesellschaft lockerer werden lassen. Und man tummelte sich um den abgesperrten Bereich, wo die verdeckte Statur wartete endlich enthüllt zu werden. Indigo guckte durch die Menge und suchte das Gesicht von ihrer Assistentin Kimberly. Nach ein paar Sekunden entdeckte sie sie an der Bar. Sie stand mit dem Rücken angelehnt an dem Tresen und durchsuchte ebenfalls die Menge nach Indigo. Als sie Indigo entdeckte, tippte sie auf ihre Armbanduhr und warf ihre Arme in die Luft. Was so viel bedeuten sollte. Es ist schon spät. Wann wollen wir hier zum eigentlichen Showdown kommen? Indigo hielt ihre Hand hoch und zeigte ihr fünf Finger. Was ca. in fünf Minuten bedeuten sollte. Aber da Indigo nie pünktlich war, konnten mal aus den angesagten fünf Minuten mal schnell zwanzig werden. Kimberly nickte ihr kurz zu und schüttete sich den Rest Alkohol aus ihrem Glas in den Mund. Sie wusste genau, dass Kimberly ein großes Problem hatte vor vielen Leuten laut zu sprechen. Daher war sie sicher froh, dass sie ein wenig Spielraum hatte sich noch etwas Mut anzutrinken, bevor sie Indigo durch das Mikrofon ankündigen konnte. Berry stand neben Indigo und erblickte Cherry und diese hochnäsige Theresia. Beide unterhielten sich. Auch wenn die pressegeile Theresia immer wieder ihren Körper und ihren Kopf zu einen der Reporter verrenkte. Berry konnte nicht verstehen, wie man so penetrant nach Aufmerksamkeit schreien konnte. Ihre komischen Bewegungen sahen aus, als würde ein wildes Tier einen Paarungstanz vollziehen. Berry stieß Indigo mit ihren linken Ellenbogen an und nickte kurz in Cherrys Richtung.

„Ja ich hab die zwei Turteltäubchen schon gesehen."

„Oh Gott! Sie haben sich zusammen verbündet. Ich glaube, im Doppelpack sind die zwei unerträglich. Cherry ist ja schon alleine einen gezielten Freitod vom Hochhaus wert. Aber die zwei zusammen? Das kann nichts Gutes bedeuten."

Indigo lachte laut auf.

„Dein Humor gefällt mir. Jetzt musst du deine scharfe Zunge und deinen scharfen Verstand nur mal gegen Cherry verwenden. Ich Wette mit dir, dass sie gar nicht schnell kontern kann bei deinen Sprüchen."

Berry grinste breit. Nur zu gerne würde sie mal die Coole sein und dieser Cherry einen einen Schluck von ihrer eigenen bitteren Medizin verpassen.

„Wenn du praktisch mein Anker wärst. Würde ich es gerne mal ausprobieren."

Indigo schaute Berry überrascht an.

„Jetzt echt?"

Berry zuckte kurz mit ihren Schultern und schaute wieder kurz zu Cherry, wo sich ein paare andere hochnäsige Frauen zu ihnen gesellt hatten.

„Klar. Wann hab ich mal wieder diese Gelegenheit, sie in der hohen Gesellschaft vorzuführen, wie einen dummen Clown?"

„Ich würde mal behaupten gar nicht. Das wäre die richtige Gelegenheit dazu, ihr zu zeigen, dass du nicht ihre alte Fußmatte bist."

„Kommst du mit mir rüber?" Fragte Berry aufgeregt und spürte, wie Herz anfing wild zu schlagen.

Indigo sah kurz rüber zu Kimberly, die sich ein weiteres Glas mit einer blauen Flüssigkeit bestellt hatte. Also hatten sie noch etwas zeit. Kims Mutdrink musste sich noch entfalten, bis sie sie mit dem Mikrofon ankündigen würde.

„Na dann los. Dann verpassen wir mal diesen Botox Schlampen eine kleine Abreibung." Sagte Indigo und zog Berry einfach durch das Getümmel der Leute.

*

Cherry war in ihrem Element. Sie stand leichtfüßig in der Runde und redete locker und gestikulierte mit ihrer linken Hand freizügig, um ihre Geschichte besser zu untermalen. Berry und Indigo kamen langsam näher. Und sie hörten ihre Stimme und diese kleinen falschen Lacher, die so gekünstelt waren, dass Berry ihre innerliche Ablehnung zu Cherry von jeder Sekunde zunahm. Fast unbemerkt stellten sich Indigo und Berry sich zu dieser kleinen Gruppierung, der Damen der hohen Gesellschaft, oder wie Indigo sie immer betitelte, die reichen Schlampen mit einem hohen Kreditkartenlimit, dazu.

„Und wie ich schon erwähnte, hatte. Da stand ich in der Warteschlange und dieser freche Junge haute mir dann ein drittes Mal den Einkaufswagen in meine Hacken. Dann drehte ich mich zu der Mutter um und sagte ihr, dass Sie besser auf ihren Sohn achten müsse, da diese Schuhe ja fast tausend Euro gekostete hätten. Da sagte sie frech, sie würde ihren Sohn antiautoritär erziehen und er könnte machen was er wollte. Tja was soll ich sagen, dann griff ich zu einem Becher Jogurt, auf dem Laufband öffnete diesen und schüttete den kompletten Inhalt auf den Kopf des Jungen. Die Mutter schrie auf und fragte mich, was das solle. Und ich antwortete dann trocken, dass mich meine Eltern ebenfalls antiautoritär erzogen hätten."

Ein hysterisches Gegacker kam von den anderen Frauen laut entgegen. Und Cherry nippte selbstgefällig an ihrem Glas und fühlte sich für ein paar Sekunden von der Gruppe Frauen bestätigt und gab sich lässig und selbstzufrieden.

„Was für eine dämliche Geschichte!" Sagte Berry laut in die Runde. Das hysterische Gelächter erstarb sofort und jeder guckte Berry sofort an. Manche von ihnen schockiert und andere rümpften die Nase, und schauten auf sie hochnäsig herab.

Cherrys Blick verdunkelte sich, als sie ihren Kopf zu Berry schwang und nicht glauben konnte, dass *sie*, ihre Geschichte als dämlich vor all den ganzen Leuten abstempelte.

„Was hast du gesagt?" Fragte Cherry und ihre Stimme klang eine Spur zu scharf.

„Oh hast du es nicht gehört? Fragte Berry. Ich wiederhole es gerne noch einmal. Deine Geschichte ist dämlich. Das ist eine typische Geschichte, die auf Party von Leute erzählt wird, die sich gerne thematisch in den Mittelpunkt bei Leuten setzten, möchten, weil sie selber sonst nicht zu erzählen haben, was die andere Gesellschaft interessieren könnte. Daher ist es ein typischer Geschichten Mythos, der immer wieder dann erzählt wird, um zu erreichen, dass die Leute in der Gesprächsrunde einen für interessant oder für einen Rebellen halten sollen. Diese Geschichte kommt gleich nach dem berühmten Nutelladackel. Peinlich, traurig und schon tausendmal erzählt von verschiedenen Personen, aber leider nie selber erlebt von der eigentlichen Person, die sie gerade erzählt hatte."

Cherry starrte sie nur mit einem offenen Mund an. Sie war einfach nur sprachlos und ihre Gesichtsfarbe änderte sich auf leicht rot.

„Der Tritt hat gesessen." Sagte Indigo leise zu Berry und konnte sich ein freches Grinsen in Cherrys Richtung nicht verkneifen.

Cherry wollte etwas erwidern, als ein lautes Störsignal durch die Lautsprecherboxen piepte und jeder Gast unangenehm zusammen zucken ließ. Jeder im Raum verzog sein Gesicht und berührte sich unangenehm an seinen Ohren. Die Gespräche verstummten sofort und alle Blicke gingen zu Kimberly, die auf einem kleinen Podest neben der verhüllten Statur stand und die komplette Aufmerksamkeit hatte.

„Ja das ist meine Assistentin Kim. Sie ist ein Organisationstalent. Aber mit dem Mikro steht sie schon immer auf Kriegsfuß." Scherzte Indigo in die Runde.

„Sehr geehrte Damen und Herren, ich möchte Sie alle noch einmal herzlich zu Indigos dritten Ausstellung 2019 begrüßen."

Die Menge teilte sich und Indigo schritt langsam zu Kimberly hinüber, die sie erwartete und ein wenig Platz machte auf dem Podest. Die Leute drehten sich zu Indigo und klatschen laut Beifall. Sie stellte sich neben Kimberly und nahm das Mikro entgegen.

„Vielen lieben Dank. Ich freue mich über so viele neue und alte bekannte Gäste heute Abend. Und danke für die nette Einleitung von meiner rechten Hand Kimberly." Begann Indigo und die Gäste klatschen erneut.

Kimberly machte einen übertriebenen Knicks und lächelte dem Publikum entgegen.

„Viele haben schon diesen Augenblick herbeigefiebert. Und ich möchte sie nicht mehr lange auf die Folter spannen und ihnen mein jüngstes Projekt enthüllen, was hier noch verdeckt ist. Aber bevor ich dieses enthülle, möchte ich mich noch einmal bedanken bei allen Käufern. Alle Kunstwerke sind bereits verkauft. Auch wenn manche Gäste heute nicht mehr die Gelegenheit hatten, sich ein Kunstwerk von mir zu sichern. Es wird ende diesen Jahres eine weitere Ausstellung geben und da bin ich mir sicher, dass keiner leer ausgehen wird."

Die Reporter starteten ihr Blitzlichtgewitter und Indigo und Kimberly wurden von allen Seiten fotografiert.

Berry spürte einen festen Klammergriff an ihren rechten Oberarm und wurde dann unsanft von Cherry nach hinten gezogen. Sie drehte sie zu sich herum.

Sie guckte Berry mit einem finsteren Blick an.

„Was glaubst du eigentlich wer du bist?" Ihre Stimme klang wie ein gefährliches Zischen einer Schlange.

Berry zuckte kurz mit ihren Schultern und hatte nur ein müdes Lächeln für Cherry übrig, was ihre Wut noch mehr anfeuerte.

„Ich kann es mir schon denken, Cherry. Aber ich bin mir sicher, dass du es mir gleich unter die Nase reiben wirst. Nicht wahr?"

„Brix! Du bist ein Nichts! Und das wirst du immer bleiben!"

Berry lächelte kurz und blickte kurz auf den Boden und es fielen ihr die Worte von Indigo wieder ein. Dann schaute sie wieder hoch und lächelte Cherry liebevoll an, wechselte aber sofort zu einem bitterbösen Blick, den Cherry sichtlich irritierte.

„Ich bin in deinen Augen vielleicht ein Nichts. Aber wenn ich nach deiner Aussage ein Nichts bin, kann man ich nichts verlieren. Allerdings solltest du aufpassen, ob du dich wirklich mit mir anlegen möchtest."

„Was willst du damit andeuten?"

„Leute wie du können plötzlich schnell tief fallen."

Cherry lachte gekünstelt auf und machte einen kurzen Rundumblick, ob keiner etwas von diesem Gespräch mitbekam. Aber die anderen Gäste fieberten der Enthüllung entgegen. „Wer sollte dir schon glauben? Ein dummes übergewichtiges Kind, was bei einer Säuferin aufgewachsen ist, die immer versucht hat einen ihrer fetten Füße in unsere Gesellschaft zu bekommen, aber es leider nicht weiter geschafft hat sich beim nächsten Getränkemarkt ihren Stoff zu besorgen."

„Du glaubst doch nicht wirklich, dass ich dich ungeschoren davon kommen lasse, wie du meine Wohnung verwüstet hast."

„Wie willst du das beweisen? Jeder wird denken, dass du aus reiner Verzweiflung deine eigene Wohnung verwüstet hast und die Wand selber vollgeschmiert hast. Und jeder wird mir meine Version der Geschichte abnehmen. Das dicke dumme Mädchen, das nie Freunde hatte, will sich an der reichen gut erzogenen Anwaltstochter rächen, weil sie es einfach besser im Leben hatte. Du hast rein gar nichts in der Hand gegen mich."

Berry trat einen Schritt näher auf Cherry zu und beugte sich leicht vor, um ihr in das rechte Ohr zu flüstern.

„Bist du dir da auch hundertprozentig sicher?" Berry lächelte sie diabolisch an.

Cherrys Blick war für ein paar Sekunden unsicher, aber sie fand, ihre Rolle wieder und versuchte ihre Unsicherheit nicht anmerken zu lassen.

„Da bin ich mir sicher Brix! Es wäre besser für dich, du tuest weiterhin, was ich von dir verlange. Und alles bleibt beim Alten und keiner wird enttäuscht. Du willst doch am Ende nicht alleine dastehen."

„Wer sagt, dass ich alleine bin?"

Cherry lachte ihr wieder spöttisch entgegen.

„Glaubst du, dass diese Indigo deine neue beste Freundin werden wird? Wie dämlich bist du eigentlich? Sie ist nur heute in der Stadt und dann ist sie wieder verschwunden und alles ist wie immer."

„Das werden wir ja sehen." Gab Berry zurück.

„Ja sicher. Hoff du mal weiter auf eine Bilderbuchfreundschaft. Ich werde mich jetzt wieder unter die Leute mischen." Cherry drehte sich um, und war schon im Begriff Berry einfach stehen zu lassen, als sie sich noch einmal kurz zu ihr umdrehte.

„Ach und vergesse mein Projekt Morgen nicht. Wir beide wissen ja selbst, dass du nur in diesen Weiterbildungskurs rein gekommen bist, weil ich dich empfohlen habe. Also wäre es besser für dich, dass ich da Morgen sehr gut abschneide."

„Oh du wirst *gut* abschneiden morgen bei deinem Projekt. Das verspreche ich dir!" Dachte Berry und in ihrem Kopf plante sie schon die ersten Schritte, Cherry vor ihren Kollegen bloßzustellen.

*

„Und wollen wir Sie nicht länger auf die Folter spannen!" Kimberly hatte wieder das Mikro in der Hand. Indigo stand direkt neben ihr mit einer Fernbedienung. Diese würde den Motor aktivieren, dass das Seil mit dem Tuch hochzog, um endlich ihr neustes Kunstwerk zu enthüllen.

Die Reporter nahmen alle eine andere Position ein, um das best mögliche Foto von dieser Enthüllung machen zu können. Indigo drückte auf einen Knopf und das Seil spannte sich langsam und mit einem kräftigen Ruck wurde das Tuch nach oben unter die Decke gezogen. Es war totenstill und alles starrte auf die Statur, die plötzlich vor ihnen stand. Auch

Berry war für ein paar Sekunden in einer Art Starre, wie alle anderen Besucher. Bis sie endlich langsam Begriff, was dort vor ihr in dem abgesperrten Bereich stand. Und ja, es würde Indigos Skandalabend in der Kunstwelt werden.

„Ach du Scheiße!" Sagte Berry halblaut, als schon das erste empörte Rauen durch die Menge ging. Sie schaute zu Indigo und hielt ihren rechten Daumen nach oben. Das Blitzlichtgewitter der Reporter begann plötzlich und wollten gar nicht mehr aufhören. Sie hörten einen lauten Schrei. Der kam von Theresia und wie sie glamourös und übertrieben in Ohnmacht fiel. Dumm nur, dass niemand sie auffing und sie wie ein Sack Mehl zu Boden fiel. Man hörte nur einen dumpfen Aufprall und das war es dann. Aber so schaffte sie es wenigstens auf Seite vier in einem der Klatschblätter:

Das zarte Gemüt von Theresia konnte den Anblick von Indigos neuster Statur nicht verkraften.

Natürlich kein Wort davon, dass die pressegeile Theresia dass nur gespielt hatte, um mal wieder ein wenig Aufmerksamkeit zu bekommen. Berry schritt um die Statur und betrachtete sie genau. Alle Leute diskutierten laut über dieses neue Objekt und zeigten angewidert mit dem Finger drauf.

„Und was sagst du dazu?" Fragte Indigo neugierig, als sie plötzlich neben Berry auftauchten und beide zusammen diese Statur betrachteten.

„Sie ist echt groß. Aber ich mag mir gar nicht ausmalen, in welcher Laune dir so etwas eingefallen ist."

Indigo zuckte nur kurz mit den Schultern. „Ich denke mal, das war aus einer Bierlaune entstanden."

„Da hattest du wohl einen ganzen Bierkasten alleine geleert. Wie kommt man nur auf so etwas?"

„Das weiß ich teilweise selber nicht. Aber ist doch egal! Ich habe den Jahresskandal gewonnen und sieh nur zur Kim rüber."

Berry schaute kurz zur Kimberly, die umzingelt war von vielen Leuten, die ihr ständig Zettel und Visitenkarten zusteckten.

„Ich bin echt gespannt, für wie viel du dieses *Ding* verkaufen wirst."

„Wir lassen uns einfach mal überraschen. Auch wenn jeder hier völlig verstört darauf reagiert hat, ist das Interesse an einem Kauf dennoch erstaunlich hoch."

„Aber ich habe etwas Blaues in deiner Figur wieder gefunden. Der linke Zehennagel von dem Mann ist blau lackiert." Flüsterte Berry ihr leise zu.

„Ich wusste doch, auf deinen scharfen Verstand ist verlass."

*

Die Zeitungen waren am nächsten Tag voll. Indigo schaffte, es auf jeder nur wichtigen Tageszeitung auf dem Titelblatt zu erscheinen.

„Skandalkünstlerin bricht ihre eigenen Rekorde!"

Das war nur eine von diversen Überschriften, die wochenlang in der Presse herumgeisterten. Und darunter ein kleines Bild von Indigo bei der Enthüllung und dann ein Bild von der Statur in Farbe, was über die Hälfte von der Titelseite einnahm.

Eine über zwei Meter große nackte muskulöse männliche Statur, die so unheimlich natürlich wirkte bis ins kleinste

Detail. Sie erinnerte im ersten Moment an eine griechische Gottheit. Allerdings lenkte dieser extreme große Penis ab, der fast die breite von einem Surfbrett hatte, auf dem ein grimmiger Zwerg stand und die männliche Statur mit seiner rechten Krallenhand das blutrote Herz herausgerissen hatte. Der entspannte Gesichtsausdruck der männlichen Statur und der genaue Samenerguss, der aus dem Penis tropfte, ließen sämtliche Diskussionsrunden auf allen Kanälen heißlaufen.

Kapitel 13

Die Ausstellung war vorbei. Die Presse und alle Gäste waren gegangen. Nur Indigo, Kimberly und Berry waren noch vor Ort. Kimberly hing am Telefon und organisierte den Abbau der Ausstellung sowie das Transportieren und verpacken der verkauften Ausstellungsgegenstände. Berry und Indigo saßen an der Bar und tranken gemütlich ein gekühltes Bier.

„Ich hätte nie gedacht, dass es hier wie im Sommerschlussverkauf zugeht. Deine Gäste haben sich ja wie die Tiere auf deine Werke gestürzt."

„Das war ja noch harmlos. Bei ihrer letzten Ausstellung haben sie sieben Frauen geprügelt, weil alle dasselbe Bild haben wollten." Warf Kimberly mit ein, als sie sich eine neue Flasche Bier aus dem Kühlschrank holte und ihr Smartphone zwischen Kopf und Schulter klemmte, als sie versuchte, die Bierflasche zu öffnen. Es gelang ihr nicht, weil das Smartphoner drohte immer wieder wegzurutschen. Indigo nahm ihr die Flasche ab und öffnete diese für sie.

„Danke, flüsterte sie ihr zu. Ja ich bin immer noch dran. Oder besser gesagt hänge ich seit einer geschlagenen halben Stunde in ihrer verdammten Warteschleife und muss mir Ihre dämliche Musik anhören! Kimberlys Stimme klang eine Spur zu harsch. Wenn Sie einen vierundzwanzig Stundenservice anbieten, dann müsste es doch möglich sein, auch die richtigen Personen an das Telefon zu bekommen, der sich mit der verdammten Thematik ein wenig auskennt."

Kimberly schnappte sich ihre Bierflasche um weiter in die Lagerhalle hinein zu gehen, um ungestört zu telefonieren. Man konnte hören, dass ihre Stimme wieder anschwoll.

„Ach hören Sie doch auf! Wollen Sie mich verarschen? Und wagen Sie es ja nicht mich wieder in diese Hölle von Warteschleifenmusik zu schicken!"

„Sie ist verdammt hartnäckig." Bemerkte Berry und beobachtete Kimberly, wie sie ein eine leere Dose mit ihren rechten Fuß weg kickte.

„Oh ja das ist sie. In den Verhandlungen mit unseren Käufern, ist sie knallhart. Das tut meinen Konto wieder gut. Ich hab ja Ausgaben. Die ganzen Materialien für meine Ideen, fressen schon viel Geld. Aber unterm Strich machen wir immer Gewinn dabei."

„Aber ich bin gespannt, wie viel du für diesen Penismann bekommen wirst."

Indigo lachte und schaute rüber zu der Figur, von der man, von der Bar, nur die nackte Rückseite betrachten konnte.

„Da steht Kimberly noch mit drei Kunden in der Verhandlung. Und die überbieten sich praktisch stündlich."

„Wie lange läuft denn so etwas?" Fragte Berry neugierig nach.

„Das kann schon mal ein paar Tage dauern. Die drei Interessenten und Kimberly sind online in einem Forum. Geboten wird praktisch fast jede Minute. Und die Kunden bieten solange, bis zwei von Ihnen aufgeben. Es ist wirklich witzig, das mitzuverfolgen. Besonders, wenn die Kunden anfangen, in der Endphase sich gegenseitig zu beleidigen."

„Aber du hast doch morgen auch einen wichtigen Tag vor dir? Hattest du keine Präsentation oder so etwas Ähnliches?"

„Ja die habe ich. Aber ehrlich gesagt gehe ich da morgen nur hin, um live dabei zu sein, wie Cherry sich vor der ganzen Arbeitsgruppe blamieren wird."

„Klingt so, als hättest du einen Plan."

„Ja das stimmt. Diesen Plan hatte ich vor Wochen. Aber ich war mir bis heute Abend ja nicht mal sicher, ob ich das durchziehen soll."

„Wie ist denn das Thema?"

„Völlig unspektakulär. Wir sollen für eine Teamverbesserung mehrer Schlagworte finden, die den Teamgeist fördern soll. Und die Anfangsbuchstaben dieser Schlagworte sollen einen Schlagbegriff bilden, die jeder Teilnehmer dann praktisch als Eselsbrücke benutzen kann, um sich an die eigentlichen Worte besser erinnern zu können, was ein gutes Team ausmacht."

„Ich verstehe. Und du solltest ja Cherrys Präsentation erarbeiten. Und was für Worte hast du für sie benutzt?"

Berry lachte laut auf, als sie sich kurz daran erinnerte, wie zu Hause in der Küche das Plakat für Cherry anfertigte.

„Nun ja, zuerst wollte ich Geschlechtskrankheiten nehmen. Aber ich vermute mal, dass sie fast jede Geschlechtskrankheit schon hatte, diese kleine Schlampe, da dachte ich, mir es muss etwas anderes sein. Versuche mal einen Geschlechtskrankheit zu finden, die mit Anfangsbuchstaben F beginnt."

„O k a y, und für was hast du dich dann entschieden?"

Berry lächelte verschmitzt.

„Ich habe mich für Phobien entschieden. Was wirklich witzig war, dass es so viele Phobien gibt und praktisch fast alle mit Cherry auf einer gewissen Art kompatibel sind, mit ihrem verschrobenen Charakter."

„Interessant. Und wie würde ihr Schlagwort für ihre Begriffe aussehen, wenn sie Ihr Flipchart an die große Tafel hängt?"

„Ein einfaches Schlagwort. Das praktisch alles widerspiegelt, was diese egoistische Kuh ausmacht."

„Ach und das wäre was genau für ein Wort?"

„Fotze!" Sagte Berry trocken.

Indigo fing laut an zu lachen und beide stießen ihre Bierflaschen aneinander und nahmen jeder einen großen Schluck zu sich.

*

Berrys Smartphone klingelte schon in den frühen Morgenstunden. Es dauerte knapp eine halbe Stunde, bis sie begriff, dass es der Ton von ihrem Handy war, der sie wecken sollte. Mühsam öffnete sie ihre Augen. Ihr kam es so vor, als wäre sie vor drei Minuten ins Bett gegangen. Für eine Sekunde dachte sie darüber nach, ob sie sich nicht krankmelden sollte, um einfach weiter schlafen zu können. Aber eine kleine gehässige Stimme in ihrem Hinterkopf wollte nicht auf Cherrys dummes Gesicht verzichten, wenn sie sich bei ihrer eigenen Präsentation blamieren würde. Also gab Berry sich einen innerlichen Ruck und kroch aus ihrer warmen gemütlichen Bettdecke, die leicht nach Vanille duftete. Langsam ging sie in die Küche und startete die Kaffeemaschine. Sie stand über fünfzehn Minuten unter der heißen Dusche, bis sie das Gefühl hatte, das Wasser hätte sämtlichen Restschlaf aus ihrem Gesicht weggespült. Der Kaffee war ihr eine Spur zu stark geworden. Aber bei diesem Tag, der vor ihr lag, konnte sie eine große Ladung Koffein gut gebrauchen. Besonders weil die Schulungen von der Schulungsleiterin immer so langweilig waren, dass Berry immer sich mehr auf das nicht Einschlafen konzentrieren musste, als auf den Unterrichtsstoff selber. Die monotone Stimme von Frau Münzberg, schallte durch den Raum, wie ein Schlafsignal, dass einen das Hirn sofort langsamer laufen ließ. Ihren Kollegen erging es nicht anders. Ein Kollege schlief einmal im Sitzen ein und erwachte schreckhaft, als sein Kopf nach vorne kippte und er fast mit der Stirn auf der Tischplatte aufgekommen wäre. Frau Münzberg war eine kleine dünne Frau, mit kurzen blonden Haaren und großen Glubschaugen. Sie trug immer Schuhe mit hohen Absätzen, aber dadurch wirkte sie nicht größer. Sie blieb trotz ihrer hohen Hacken immer klein und hinter ihrem Rücken nannte man sie heimlich Glubbschzwerg oder der kackende Hobbit.

Zu Berry war sie immer nett. Weil sie genau wusste, dass sie regelmäßig ihre Projekte perfekt und genau ablieferte. Das galt natürlich auch für Cherry. Bis jetzt. Sie wusste ja nicht, dass Berry immer Cherrys Arbeiten für sie erledigte. Dies würde sich allerdings heute ändern. Frau Münzberg, war die Schulungsleiterin für die neuen Führungskräfte für morgen. Wer einen Platz sich in diesem Seminar sich erkämpft hatte, konnte in der Firmenkette es bis nach oben schaffen. Berry hatte eigentlich nie besonders Lust sich weit nach oben zu arbeiten. Sie war immer mit ihrer Position zu frieden gewesen. Aber Cherry wollte weit nach oben. Da bekam sie schon den Druck aus ihrem Elternhaus. Wenn sie schon nicht studieren wollte, dann sollte sie wenigstens eine wichtige Führungskraft werden. Sie war aber stinkfaul. Aber irgendwie schaffte sie es auch Berry mit in diese Gruppe mit rein zu bekommen. Aber nur aus einem egoistischen Grund, dass Berry für sie immer alle Arbeiten erledigen sollte. Und gleichzeitig nahm sie es als Vorwand, ihr dass immer vorzuhalten, wenn jeder in der Gruppe ein neues Projekt vorzubereiten hatte.

„Vergiss bitte nie, wer dich hier in diese Gruppe hineingebracht hat!" Sagte sie immer mit ihrem diabolischen falschen Lächeln. Und Berry knickte immer sofort ein und nickte stumm und tat, was Cherry von ihr verlangte. Aber das war jetzt Schnee von gestern. Endlich hatte man ihr einen Spiegel vors Gesicht gehalten und was sie darin erkannte, gefiel ihr gar nicht.

Berry schloss ihr Schlafzimmer ab. Die Wohnungstür war ja immer noch kaputt und praktisch für jedermann offen. Sie schnappte sich die zwei aufgerollten Flipcharts, mit den beiden Projekten für ihre Arbeitsgruppe, hängte sich ihre Aktentasche um, schnappte sich die große Baumwolltasche mit ihren gefüllten Tupperwaredosen, für die Mittagspause und griff beim Rausgehen ihre Handtasche und verließ das Haus. Sie legte alles ordentlich in den Kofferraum von ihrem Auto und fuhr dann los. Sie brauchte knapp eine Stunde durch die ganze Stadt, da der morgendliche Berufsverkehr sich zähflüssig durch die Straßen drückte. Ein typischer Montagmorgen halt, als sie mit ihrem Wagen auf die Hauptstraße abbog und sich in die wartende Autoschlange anstellte. Normalerweise nervte sie der Stau und sie nahm meistens die U-Bahn, um schneller an ihr Ziel zu gelangen. Aber heute war sie so bepackt, dass sie keine Lust hatte, die ganze Fahrt über in der U-Bahn zu stehen, weil sie mit ihren ganzen Gepäck fast einen vierer Sitz für sich beanspruchen müsste. Und auf das Gemecker von den alten Weibern, die immer auf ihr Recht zu Sitzen pochten, besonders wenn die ganzen Pendler unterwegs waren, hatte sie heute überhaupt keine Lust.

Das Radio spielte leise Musik und sie machte einen kurzen Abstecher zu ihrer Arbeit. Sie parkte auf dem Mitarbeiterparkplatz und ging direkt in das Personalbüro. In ihrer Handtasche brannte ein besonderes Schreiben. Ihre Kündigung. Sie hatte mit Jen telefoniert und ihr neues Zimmer war ihr sicher. Indigo würde ihr beim Umzug helfen. Auch wenn Berry vorhat, den größten Teil aus ihrer Wohnung zu verkaufen oder einfach da zu lassen für den Nachmieter. Es war alles in trockenen Tüchern. Auch wenn sie ihr neues Zimmer in der Wohngemeinschaft noch nicht persönlich gesehen hatte. Jen hatte ihr eine ganze Fotoreihe über *Whatsapp* geschickt, wo sie jedes Zimmer im Haus mehrfach aus allen Winkeln fotografiert hatte und zu jedem Foto eine Sprachnachricht dazu schickte.

Der Filialleiter war nicht da. Aber dafür seine hochnäsige Empfangsdame, die sie mit einem skeptischen Blick über ihren Brillenrand anblickte. Sie schob ihre Brille zurück über ihr knochiges Nasenbein und schaute auf die paar Zeilen, die Berrys Kündigung ausmachten. Sie blickte wieder hoch.

„Und darf ich fragen? Was *Sie* jetzt vorhaben?" Fragte sie hochnäsig und haute mit einer kräftigen Handbewegung einen Eingangsstempel auf Berrys Kündigungsschreiben drauf. Sie hatte diese Frau noch nie lächeln sehen. Der feste Haarknoten, schien sämtliche Glückshormone in ihrem Körper abzuschnüren. Berry lächelte sie breit an.

„Nein! Dürfen Sie nicht! Ach ja und ich nehme meinen Resturlaub ab sofort!"

Der verblüffende Gesichtsausdruck von Berrys Gegenüber, ließ sie nur noch mehr strahlen. Berry hielt kurz inne, damit die Empfangsdame sich ein wenig zeit hatte, ihre Geschichtsmimik wieder in den Griff zu bekommen.

„Und da mein Resturlaub sich auf vier Wochen erstreckt, wünsche ich Ihnen schon mal alles Gute." Sagte Berry und verließ ohne ein weiteres Wort abzuwarten das Personalbüro.

*

Berry betrat den beengten Schulungsraum im vierten Stock, der sich mitten in der Innenstadt, in der Fußgängerzone sich befand. Klein und stickig und ohne Klimaanlage. Nicht die idealen Voraussetzungen, um hier im Sommer für eine Führungskraft ausgebildet zu werden. Schon bei dem Gedanken, schwitzte sich Berry zu Tode.

Die kleine Münzberg saß vorne an ihrem Schreibtisch und sortierte ihre Unterlagen für den heutigen Tag. Berry würde bis zur Mittagspause mitmachen, und dann verschwinden. Sie war jetzt frei und konnte sich um ihren bevorstehenden Umzug kümmern. Cherry war schon da. Sie hatte einen Taschenspiegel in der linken Hand und zog sich ihre Lippen mit einem roten Lippenstift nach. Jeder in der Gruppe hatte seinen festen Sitzplatz und Berry stellte ihre Taschen neben Cherry auf den Tisch ab. Und legte die zwei aufgerollten Flipcharts neben sich auf dem Boden.

„Ich dachte schon, du kommst zu spät." Sagte Cherry ohne dabei ihren Blick von ihren Lippen abzuwenden. Berry setzte sich auf ihren Stuhl und schaute vor zu Frau Münzberg, die sie mit einem kurzen Kopfnicken begrüßte. Sie nickte ihr freundlich zurück.

„Frau Brix! Sie strahlen ja heute so. Sie scheinen ja einen schönen Montag zu haben."

Ihre Stimme tropfte nur so von Sarkasmus.

„Jedenfalls sehe ich nicht aus wie ein kackender Hobbit." Dachte sich Berry und grinste nur breiter, als sie ihr antwortete.

„Ja das stimmt. Heute ist ein besonderer Tag für mich."

Cherry klappte ihren Taschenspiegel zu und ließ Spiegel und Lippenstift in ihre riesige Handtasche gleiten. Sie schaute Berry skeptisch an.

„Ach wirklich Brix? Wie kommt es, dass du so gute Laune hast an einem Montagmorgen?" „Das wird wohl an meinem

163

kräftigen Kaffee gelegen haben." Log Berry und stellte ihre Tasche mit ihren vollen Tupperwaredosen unter den Tisch.

Nach und nach erschienen die anderen Kursteilnehmer und fanden ihre alten Plätze und warteten gespannt, dass Frau Münzberg den heutigen Kurs endlich eröffnete.

„Ich hoffe für dich, dass meine Präsentation eine Wucht ist." Zischte Cherry leise zu ihr rüber.

„Aber natürlich! Du kannst dich auf mich verlassen, Cherry. Ach ja da fällt mir ein. Indigo hat mich gebeten dir ihre Handynummer zu geben."

Für ein paar Sekunden wurden Cherrys Augen groß, aber sie versuchte, sich nichts anmerken zu lassen. Und Berry genoss diesen kurzen Moment.

„Los gib sie her!" Sagte Cherry leise und schaute dabei auf Frau Münzberg, die rüber zur Tür schritt und dieses schloss.

Berry wusste, dass Cherry für so etwas keine Geduld hatte. Sie wollte so eine wichtige Nummer sofort in ihre Finger bekommen. Sie versprach sich davon einen gesellschaftlichen Aufstieg. Berry konnte sich nur zu gut vorstellen, dass sich Cherry schon neben Indigo in Blitzlichtgewitter sah und sie ihre dicken aufgespritzten Kunstlippen den Reportern entgegenstreckte. Darum hatte Berry Indigos Nummer fein säuberlich auf einen Zettel geschrieben. Sie holte ihn aus ihrer Handtasche und reichte Cherry ihn langsam rüber. Sie grabschte nach dem Zettel, wie eine Cracksüchtige nach ihrer Pfeife. Sie wusste nicht, dass genau diese Reaktion von Indigo vorausgesagt wurde. Und die Nummer nur von einem Wegwerfhandy stammte, dass Indigo entsorgen würde, wenn Cherry den Köder für Berrys Rache geschluckt hatte. Und das war gerade der Fall gewesen.

Berry grinste, als Cherry sich den Zettel ordentlich faltete und diesen in ihrer Brieftasche verstaute. Sie griff erneut in ihre Handtasche und holte ebenfalls einen Zettel hervor.

„Und hier ist die Liste, für meine Sommerparty, die ich jedes Jahr veranstalte. Du weißt ja, was du zu tun hast. Ach und ich denke, dieses Jahr könntest du dem Personal helfen, zu bedienen. Sonst stehst du ja nur gelangweilt in einer Ecke herum. Da kannst du dich gleich nützlich machen und mir und die Gäste die Getränke und kleinen feinen Fingerfoodspeisen reichen. Deine Uniform habe ich schon von unserer Hausdame bestellen lassen." Cherry grinste sie falsch an.

Berry wollte etwas erwidern, als Frau Münzberg das Seminar für heute eröffnete.

„Meine Damen, jetzt ist aber Schluss mit dem Geschnatter. Wir möchten gerne anfangen!" Sie schaute genau zu Berry und Cherry.

„Das werde ich sicher nicht tun!" Sagte Berry mit einem breiten Lächeln und schaute dabei nach vorne, wo Frau Münzberg gerade ein Flipchart umklappte, wo sie lustlos *Guten Wochenstart* mit einem roten Edding aufs Papier geschmiert hatte.

Cherry lachte laut auf. Es klang schon fast hysterisch. Sie konnte nicht glauben, dass Berry ihr widersprochen hatte.

„Dir wird nichts anderes übrig bleiben, wenn du auf meine Sommerparty erscheinen willst. Du kannst als Personal dort auftauchen oder einfach weg bleiben. Aber mach dir keine sorgen! Meine neue Freundin Indigo und ich werden uns ohne dich köstlich amüsieren."

„Frau Graf! Bitte reißen Sie sich zusammen, wir wollen mit unserem Seminar anfangen! Und wir fangen gleich mit Ihren

165

Projekten an, die sie als Aufgabe zu Hause für heute fertig stellen sollten."

Berry hob ihre linke Hand. „Ja Frau Brix?"

„Dürfte Cherry… Entschuldigung, Frau Graf anfangen? Sie hat sich so Mühe mit ihrem Projekt gegeben. Und ich kann es kaum abwarten, wie sie es finden werden, Frau Münzberg. Frau Graf redet sein Tagen von nichts anderen mehr."

Cherry wurde rot im Gesicht und schickte Berry einen ihrer giftigen Blicke zu.

„Frau Graf, ich hatte ja gar keine Ahnung, dass sie es gar nicht abwarten können, ihr Projekt vor ihren Kollegen zu präsentieren."

Frau Münzberg klatsche auffordern. Und die anderen Teilnehmer aplaudierten teilnahmslos mit. Manche klopften laut mit ihren Fingerknochen auf den Tischplatten.

Cherry setzte ihr bestes Kunstlächeln auf und schickte es durch den Raum.

„Genau so ist es!" Sagte sie und erhob sich von ihrem Platz und schnippte mit ihren Fingern in Berrys Richtung.

„Wer kann noch einmal das Thema ihrer Projekte kurz erörtern? Frau Münzberg schaute in die Runde und nickte einen jungen Mann mit schwarzen Haaren zu. Ja, Herr Winter!"

„Wir sollten Schlagworte finden, die besonders in einem Team oder Teambildung wichtig sind. Und die Anfangsbuchstaben dieser Schlagworte, soll ein Wort ergeben, die wir dann als Eselsbrücke verwenden können, um uns an die aufgeschriebenen Schlagworte leichter erinnern können."

Cherry drehte sich unbemerkt zu Berry um und schaute sie finster an.

„Sehr gut beschrieben, Herr Winter. Frau Graf? Wären Sie dann bereit?"

„Das wirst du mir büßen Brix!"

Berry griff unter den Tisch und zog das eingerollte Flipchart hervor, wo sie Cherry Projekt liebvoll aufgeschrieben hatte.

„Droh mir lieber nicht!" Sagte Berry lächelt und hielt ihr die Papierrolle entgegen.

„Gib schon her!" Cherry riss sie Berry aus der Hand.

Berry hob ihre Hände und machte die Daumengeste in Cherrys Richtung, die langsam nach vorne schritt und wie eine gewonnene Schönheitskönigin zum Mikro ging, um ihre Rede zu halten.

Gespannt blickten alle nach vorne, wo Cherry vorsichtig das Schleifenband von der Papierrolle abzog und bei Frau Münzberg auf den Schreibtisch legte. Frau Münzberg stand mit Block und Stift bereit, sich alles zu notieren, was sie nach Cherrys Vortrag zu beanstanden, oder zu fragen hatte.

Berry lehnte sich entspannt zurück und beobachtete genüsslich, wie Cherry mit zittrigen Fingern ihr Flipchart an die Korktafel pinnte.

*

Alle starrten auf das entrollte Flipchart, das Cherry aufgehängt hatte. Sie ging einen kleinen Schritt zur Seite und schaute in schockierte Gesichter. Auch Frau Münzberg hatte ihre Lippen wütend zusammen gepresst, dass nur ein dünner Strich von ihren Lippen übrig war. Dann fing, eine Kollegin aus der letzten Reihe an laut zu lachen. Und alle anderen stimmten mit ein. Cherry blickte panisch zur Wand und las schnell die Worte auf dem Plakat und guckte wieder erschrocken zur Gruppe, die sich vor Lachen nicht mehr einkriegen konnten.

Wie ich mein Team verbessern kann:

F **Felinophobie – Angst vor Katzen**
O **Oneirogmophobie – Angst vor feuchten Träumen**
T **Triskaidekaphobie – Angst vor der Zahl 13**
Z **Zemmiphobie – Angst vor Nacktmullen**
E **Erophobie – Angst vor Arbeit**

Der Geräuschpegel war enorm angestiegen und keiner der Kursteilnehmer konnte sich mehr ruhig verhalten. Alle hielten sich die Bäuche vor lachen und ein paar weibliche Kollegen wischten sich die Tränen aus den Gesichtern.

„Und das Schlagwort heißt Fotze!" Brüllte Kollege Winter vor lachen durch den Raum, wo durch die Menge nur mehr lachte und sich nicht beruhigen ließe.

„Ich bitte um Ruhe! Schrie Frau Münzberg vergeblich gegen die laute Geräuschkulisse an. Und zwar sofort! Frau Graf auf ein Wort!" Ihre Stimme klang wütend und ihr Gesicht war von ihrer Wut völlig verzerrt.

Mit einem Stechschritt ging Frau Münzberg aus dem Schulungsraum und Cherry folgte ihr mit hochrotem Kopf. Die Tür stand offen und selbst durch das laute Gelächter, konnte man Frau Münzbergs wütende Stimme hören, die in den Raum drang.

„Was haben Sie sich nur dabei gedacht? So etwas ist mir in meiner ganzen Laufbahn, als Schulungsleiterin nie unterkommen. Ich werde Ihren Vorgesetzten über diesen inakzeptablen Scherz informieren, Frau Graf. Und, dass Sie nicht die nötige Disziplin mitbringen, den ich von meinen Kursteilnehmern erwarte!"

Frau Münzberg kam wieder zurück in den Schulungsraum und sie klatschte mehrmals laut in ihre Hände, um ihre Aufmerksamkeit zurück Zugewinnen. Danach beruhigten sich alle langsam wieder. Und Frau Münzberg drehte die Tafel einfach um.

„Damit sich alle wieder beruhigen, machen wir jetzt erstmal eine halbe Stunde Pause. Und danach wünsche ich mir mehr Disziplin in meinem Kurs!" Rief sie und verschwand selber aus dem Raum.

Cherry blieb erst einmal verschwunden. Und Berry packte ihre sieben Sachen zusammen und folgte ihren Kollegen in das Personalcasino, wo sie sich einen großen Cappuccino holte und sich mit den Anderen zusammen auf die Terrasse setzte und die Sonne genoss. Berry hatte ihre Augen halb geschlossen und spürte die warmen Sonnenstrahlen auf ihrem Körper, als ein dunkler Schatten vor ihr auftauchte und das Sonnenlicht verdunkelte. Sie schaute auf und Cherry stand vor ihr. Auf ihrem Gesicht eine schwarze Sonnenbrille.

„Hey Cherry! Wo bist du denn gewesen? Die anderen Kollegen haben dich schon vermisst." Cherry riss sich wütend die Sonnbrille von ihrem Gesicht und schaute sie mit aufgequollen Augen böse an. Ihr Make-up war verschmiert und sie hatte vom Heulen hässliche Tränensäcke unter den Augen. Berry war im ersten Moment überrascht, dass Cherry überhaupt solche menschlichen Schwachpunkte im Gesicht hatte. Sonst sah sie immer aus, wie die perfekte Kopie einer Barbiepuppe. Nur mit dickeren Lippen, dank ihrer Ärzte, die sie immer regelmäßig aufpumpen ließ.

„Ich denke jetzt, sind wir quitt, was deine Wohnung betrifft."
Sagte sie trocken und setzte sich wieder ihre Sonnbrille auf
und nahm wieder ihre hochnäsige Haltung ein.
Berry lachte auf und guckte zu Cherry auf. Auch wenn sie
nicht ihre Augen sehen konnte, weil ihre dunkle Sonnenbrille
alles verdeckte.
„Ach glaubst du?" Sie hielt dem Blick stand. Auch wenn sie
nur auf Cherrys Brillengläsern blickte.
„Eins kann ich dir versprechen. Wenn ich wegen deiner
verzapften Scheiße aus der Arbeitsgruppe rausfliege, dann
werde ich dafür sorgen, dass du gleich mit fliegst. Das
schwöre ich dir."
Berry zuckte nur kurz mit ihren Schultern. „Ist mir egal." Und
nahm einen weiteren Schluck von ihrem Cappuccino. Cherry
wusste im ersten Moment, wie sie reagieren sollte. Berry
knickte nicht mehr ein und hatte keine Angriffsfläche mehr.
Cherry entdeckte die volle Tasche mit der Tupperware und
holte, ohne zu fragen, die vollen Boxen heraus.
„Na wenigstens hast du an mein Essen gedacht!"
Sie riss die Boxen auf und ohne genau zu achten, stopfte sie
sich den Mund voll. Berry trank aus ihrem Becher und
beobachtete über den Becherrand, wie sie noch einmal
herzhaft in die offenen Boxen nach dem Essen griff. Selbst
das Trockenfleisch biss sie drauf rum und kaute sehr lange,
um dieses endlich runterschlucken zu können. Berry stellte
ihren leeren Becher zur Seite und beobachtete Cherry dabei,
wie sie sich einfach weiter aus den offenen Boxen ohne zu
Fragen bediente. Aber Berry hatte nichts anderes, erwartete.
Sie musste immer für Cherry Essen mit zur Arbeit bringen.
Egal ob sie in der Firma arbeiteten oder auf einen Seminar
waren. Das war für Cherry ganz selbstverständlich geworden.

Cherry riss die letzte Box auf und brach sie ein großes Stück von der weißen Schokolade ab, die sie schnell aus dem Papier gewickelt hatte.

„Mein Essen war nie so gut wie heute." Sagte sie und brach sich ein weiteres Stück Schokolade ab, was sie sich sofort in ihren Mund stopfte.

„Wer hat denn behauptet, dass es dein Essen sei?" Fragte Berry nüchtern nach. Cherry kaute langsam und versuchte mit vollem Mund zu lachen. Sie schluckte alles runter und räusperte sich.

„Für wen solltest du sonst so viel Essen mitbringen?" Fragte sie mit einem gekünstelten Lachen und griff wieder zur Schokolade.

„Na ja eigentlich war das alles für den Hund für meine Nachbarin gedacht. Ich hatte das arme Tier so vernachlässigt und mit ihm so lange nicht mehr spazieren gegangen. Da wollte ich ihm heute Nachmittag eine kleine Freude bereiten. Aber nachdem du alles aufgegessen hast, wird sich der kleine Hund mit ein paar Hundeknochen begnügen müssen. Tiere sind da ja nicht so nachtragend. Die freuen sich über Kleinigkeiten."

Cherry hielt kurz inne und starrte auf das Stück Schokolade in ihrer Hand, wo sie gerade vor drei Sekunden wieder abgebissen hatte.

Dann schob sie sich langsam die Sonnenbrille nach oben auf den Kopf, um besser gucken zu können. Und jetzt ohne Sonnenbrille, sah das Essen für Cherry, in den offenen Tupperschalen ganz anders aus.

„Cherry? Stimmt etwas nicht?" Berrys Stimme klang eine kleine Spur zu schadenfroh. Cherry warf das angebissene Stück Schokolade zurück in offene Schale.

„Ich hoffe nur, es war nichts schlecht davon. Der kleine Hund von meiner Nachbarin liebt normalerweise seine Lachsschnitten, die Straußenkekse, das Pferdetrockenfleisch oder die Pansenfrikadellen. Na ja die Frikadellen hast du ja alle aufgegessen. Aber ein Stück Hundeschokolade hast du dem kleinen Kerl ja noch übrig gelassen."

Plötzlich tauchte Frau Münzberg neben den beiden auf.

„Meine Damen und Herren, die Pause ist vorbei! Bitte kommen Sie sofort in den Schulungsraum zurück! Rief sie laut über die Terrasse. Dann schaute sie zu der erstarrten Cherry und kam ein paar Schritte näher. Sie auch Frau Graf! Ich hoffe nur für Sie, dass sie sich keinen weiteren Fehltritt mehr leisten heute!"

Die Stimme von ihr klang streng. Cherry blickte zur ihr auf und beugte sich vor und kotzte der Münzberg auf die offenen Sandalen. Frau Münzberg kreischte laut auf. Und ihr schriller Ekelschrei hallte über die ganze Terrasse und sprang dabei immer wieder auf der gleichen Stelle, um die Kotzbröckchen von ihren nackten Füßen zu vertreiben. Aber Cherry rutschte auf die Knie und versuchte, ihre Kotze von den Füßen der Schulungsleiterin zu wischen. Aber der starke Würgereflex war für Cherry einfach zu groß, dass sich ihr Oberkörper immer wieder nach vorne warf und sie immer wieder neu auf die Füße von Frau Münzberg übergeben musste. Berry verzog angewidert ihr Gesicht und schnappte sich ihre Handtasche und warf ihre offenen Plastikschalen zurück in die Tasche.

Frau Münzberg schrie immer noch wie am Spieß und konnte sich einfach nicht mehr beruhigen. Cherry hockte immer noch in derselben Position am Boden und würgte die Reste von dem Hundefutter aus ihrem Körper.

„Ach Frau Münzberg, es ist vielleicht ein wenig unpassend. Aber ich habe heute Morgen gekündigt. Und ich muss dann jetzt auch los." Sagte Berry kurz und schaute kurz zu Cherry nach unten, die versuchte etwas zu sagen, aber ein neues Würgen hinderte sie daran.

„Ach Cherry du hast da einen großen Kotzfaden an deinem linken Mundwinkel. Mach das Mal weg. Das sieht nicht hübsch aus."

Berry warf ihr eine kleine Packung Taschentücher zu und ging ohne sich einmal umzudrehen, von der lauten Szenerie davon.

Kapitel 14

Nachdem Berry die Tasche mit den restlichen Hundeleckerein in der nächsten Mülltonne entsorgt hatte, ging sie gemütlich durch die Innenstadt an den Geschäften vorbei. Sie steuerte die nächste Parfümerie an. Sie hatte das Gefühl, dass ihre Kleidung den ganzen Kotzgeruch von Cherry aufgesogen hatte. Und da wollte sie entgegenwirken und sich ein neues Parfüm leisten. Eine Dreiviertelstunde später, hatte Berry ein überteuertes Parfüm in einer edlen Glanzpapiertasche. Durch das schnüffeln an verschiedenen Pappstreifen, hatte sie das Gefühl ihren Geruchssinn verloren zu haben. Denn diese aufdringliche Verkäuferin, die offensichtlich nur auf ihre beschissen Provision scharf war, hielt Berry fast jedes Parfüm unter die Nase, was diese Filiale für weibliche Kunden zu bieten hatte. Immerhin warf die junge Verkäuferin, die sie wie ein lautloser Schatten durch die Verkaufsräume verfolgt hatte, eine Handvoll Proben mit in die Tasche.

Immerhin hatte sie jetzt das Gefühl nicht mehr nach Kotze zu riechen und ging langsam zurück zu ihrem Auto. Berry versuchte Indigo telefonisch zu erreichen. Aber sie erwischte nur Kimberly.

„Hallo Berry. Ja sie ist zwar da, aber mit in einem wichtigen Geschäftsessen. Aber ich sage ihr, dass sie dich anrufen soll, wenn sie fertig ist."

„Ich danke dir Kim. Du bist doch später mit dabei, wenn wir uns zum Essen treffen, oder?"

„Ja natürlich. Wieso? Gibt es bei dir schon etwas Neues zu berichten?"

Berry konnte an Kimberlys Stimme hören, dass sie vor Neugier schon fast umkam. Berry musste lachen.

„Oh ja, sehr ereignisreich für einen Tag."

„Interessant! Geht es um diese hochnäsige Zicke von der Ausstellung?"

„Wenn du Cherry meinst. Ja genau, um die geht es."

„Wunderbar! Oh das Anklopfzeichen. So ein Mist, ich muss auflegen. Das sind sicherlich die zwei übrig gebliebenen Verkäufer, die sich um die Penisstatur streiten wollen. Das wird wieder eine fesselnde Telefonkonferenz für mich. Wir sehen uns später." Hörte Berry Kimberly sagen, bevor die Leitung unterbrochen wurde.

Berry stieg in ihr Auto und fuhr aus dem Parkhaus heraus. Sie überlegte kurz. Sie hatte ein paar Stunden Zeit, bevor sie sich mit Indigo und Kim zum Essen traf. Gott sei dank. Bis dahin dürfte ihr Appetit wieder vollständig da sein. Nachdem Cherry ihren kompletten Mageninhalt auf Frau Münzberg nackten Füßen entleert hatte, war ihr die Lust auf Essen für die nächsten Jahre vergangen. Sie würde auch in nächster Zeit keine Tierhandlung mehr betreten können, ohne bei diesen Gerüchen an diesem Vormittag erinnert, zu werden. Gott sei Dank, hatte sie keine Haustiere, dachte sie sich, als sie den Blinker von ihrem Auto betätigte und links abbog. Sie machte einen kleinen Umweg. Um ihr letztes dunklen Kapitel aufzuräumen, um ohne Altlasten in ihr neues Leben starten zu können. Den Weg zur ihrer Mutter.

*

Berry parkte direkt vor dem Wohnblock von ihrer Mutter. Dort wo sie aufgewachsen war. Hier schien hier die Zeit stillzustehen. Alles sah genauso aus wie immer. Sie stieg aus dem Wagen und schaute zum Fenster hoch, wo sich das Wohnzimmer von ihrer Mutter befand. Die Gardinen waren mittlerweile Gelb. Aufgetankt von dem ganzen Nikotin, dass ihre Mutter in den letzten Jahren an den Gardinenstoff ausgeatmet hatte. Man konnte um diese Tageszeit nicht feststellen, ob ihre Mutter zu Hause war. Abend und nachts sah man das unregelmäßige Aufflackern vom Licht des Fernsehers, dass bewies, dass etwas Leben in dieser Wohnung auszumachen war. Berry hatte zwar einen Schlüssel, aber um die Privatsphäre ihrer Mutter zu respektieren, klingelte sie unten an dem Klingelknopf. Der Name Brix hing schief im Klingelschild. Sie drückte zwei Mal drauf. Es dauerte eine Weile, bis sich eine ihre bekannte Stimme über Sprechanlage meldete.

„Was ist?" Bellte es aus dem Lautsprecher ihr entgegen. Untermalt von einem langen tiefen Hustenanfall.

„Ich bin es Berry!"

„Wer ist da?"

Berry stöhnte genervt auf und schloss ihre Augen für einen kleinen Moment. Das fing ja gut an. Wenn sie schon an der Türklingel genervt war. Dann würde es oben in der Wohnung wieder mal in einem Streit eskalieren.

„Deine Tochter!" Antwortete sie mit Nachdruck.

„Ach lässt sich die feine Dame von Welt *mal* wieder blicken?!"

Der Türsummer wurde betätigt und Berry drückte die Tür zum Treppenhaus auf. Im Treppenhaus roch es nach altem Fett und Spargel.

Die Wohnungstür war nur angelehnt, als Berry das Stockwerk erreichte. Sie drückte die Tür auf. Sofort kam ihr der Geruch von kalten Zigarettenrauch und abgestandener Luft entgegen. Sie warf die Tür hinter sich ins Schloss.

„Ich bin hier!" Hörte sie die Stimme ihrer Mutter aus dem Wohnzimmer.

„Wo sonst?" Setzte Berry in Gedanken hinzu und trat durch den Türrahmen, der ins Wohnzimmer führte. Seitdem Berry ausgezogen war, lebte ihre Mutter weiterhin nur im Wohnzimmer. Jetzt wo sie die kleine Wohnung für sich alleine nutzen konnte und ihr zwei Zimmer zur Verfügung standen, spielte sich ihr Leben nur in diesem einem Raum ab. Sie schlief, aß und verbrachte ihren ganzen Tag vor dem Fernseher. Das arme Gerät war fast vierundzwanzig Stunden im Einsatz. Berry schritt langsam durch den Flur. Überall standen volle Mülltüten herum, die bestialisch stanken und einem die Luft zum Atmen nahm. Sie kam an der Küche vorbei. In dem kleinen Raum sah und roch es nicht anders. Es grenzte schon an ein Wunder, dass dieser widerliche Gestank nicht nach draußen ins Treppenhaus kroch. Die Vorstellung, dass die Nachbarn wüssten, wie ihre Mutter hier drinnen lebte, oder besser gesagt vor sich hin vegetierte.

Sie bekam eine Gänsehaut, wenn sie nur daran dachte, was für Konsequenzen sich wegen diesem Verfall dieser Wohnung mit sich ziehen würde, wenn die Wohnungsbaugesellschaft davon wind bekam, dass ihre Mutter in ihrem eigenen Dreck fast schon erstickte und die Wohnung so verwahrlosen ließ. Berry betrat das Wohnzimmer. Ihre Mutter lag auf der Seite, auf der durchgesessenen Couch und starrte wie paralysiert auf den Fernsehbildschirm. Eingehüllt in ihrer fleckigen Bettdecke ohne Bezug. Um sie herum lagen leere Pizzaschachteln, wo viele davon offen am Boden. In manchen waren die Reste von den Pizzarändern vorhanden.

Oder sie hatte ihren übervollen Aschenbecher einfach darüber ausgeleert. Der Raum lag im halbdunklen. Die

Vorhänge standen vor Dreck und waren schon seit Monaten nicht mehr zurückgezogen worden. Viele Möbel hatte Berrys Mutter hier nicht drin stehen. Die alte rote Couch, die nicht mehr von ihrer alten Farbe behalten hatte. Der ehemalige dunkele rote Stoff war mit vielen Flecken und Brandlöchern von Zigaretten übersäet worden. Der Esstisch hinten links in der Ecke war zugeschüttet mit offenen Briefen und anderen Müll. Man konnte nur mit Mühe und Not eine alte Nähmaschine unter dem Müllberg erkennen.

Berry blickte zur achtziger Jahre Schrankwand, worauf der Fernseher stand. Überall lag der Staub zentimeterdick und es grenze schon an ein wunder, dass man überhaupt etwas von dem Fernsehbild erkennen konnte, dass sich unter einer fetten Staubschicht befand. Berry war erst vor ein paar Wochen hier gewesen und hatte versucht die Wohnung etwas aufzuräumen. Wenigsten die vollen Müllsäcke wollte sie entfernen. Und ein kurzer Blick in ihr altes Jugendzimmer, versetzte sie in einem Schock. Alles war vollgestellt mit dreckiger Wäsche, alten Zeitungen, vollen Müllsäcken, fettigen alten Pizzaschachteln die, sich über einen Meter an der Wand schon türmten. Ihre Mutter hatte sich einfach aufgegeben.

Berry wusste, dass sie keinen Draht zu ihrer eigenen Mutter hatte. Sie hatte schon mehrfach versucht, mit ihr die Wohnung wieder herzurichten, und sie davon zu überzeugen, dass sie wieder am Leben teilnehmen sollte. Aber das einzige was ihre Mutter tat war essen und den ganzen Tag vor dem Fernseher zu verbringen. Sie gab immer Berry die Schuld, weil es hier so aussah. Und wenn sie sich damals doch für eine Abtreibung entschieden hätte, dann hätte ihr Vater sie nicht verlassen und sie müsste nicht in diesem Dreck hier sitzen. Diese Sätze hörte Berry schon ihr leben lang. Sie konnte machen was sie wollte, ihrer Mutter betitelte sie immer als den größten Unfall ihres Lebens. Den Fehler, den man nie wieder gerade biegen könne. Oder die hässliche fette Missgeburt aus der Hölle.

Aber wenn das Geld für ihre Mutter knapp war, weil sie wieder Alkohol und Zigaretten oder andere Dinge brauchte, da war Berry gut genug ihr alles zu besorgen. Sie wusste, dass ihre Mühen immer umsonst waren. Aber es gab immer diesen kleinen Funken Hoffnung in Berrys Herzen, dass ihre Mutter doch so etwas wie Liebe für sie empfand. Durch ihr ganzes Leben zog sich dieser steinige Weg, etwas Liebe von ihrer Mutter zu bekommen. Aber sie war am Ende ihrer Kräfte. Sie hatte praktisch ihr ganzes Leben damit verbracht, ihrer Mutter hinterher zu räumen, um nur ein wenig Aufmerksamkeit und Liebe von ihr zu bekommen. Aber Berry wurde nur von ihrer Mutter gedemütigt und mit anderen Kindern aus der Nachbarschaft verglichen.

Berry erinnerte sich an eine Szene, wie sie als junges Mädchen aus der Schule kam und Christina, Cherry, gerade mal zwei Wochen in ihrer Schulklasse war.

„Wieso kannst du nicht so sein wie Christina? So hübsch und so schlank? Wir hätten dann einfach ein besseres Leben. Aber es geht alles den Bach runter, weil du einfach nur dumm, fett und hässlich bist. Und du wirst es immer bleiben!" Sagte sie damals mit einer liebevollen honigsüßen Stimme, die aber nur Hass und Boshaftigkeit versprühte und Berry immer mehr innerlich zerfraß mit Selbstzweifeln an sich selbst.

Damals sah die Wohnung nicht so aus. Es war zwar alles alt oder gebraucht. Aber es war sauber. Ihre Mutter versuchte mit allen Mitteln, die sie in ihrem Rahmen zur Verfügung hatte, sich optisch von der armen Unterschicht abzuheben. Niemand sollte ihr ansehen, dass sie Gelder vom Amt bezog. Sie schneiderte ihre Kleider selber und versuchte an jeder Ecke zu sparen. Allerdings blieb da die Liebe und die Beziehung zu ihrer eigenen Tochter auf der Strecke. Berry seufze, als sie von einem lauten Rülpser ihrer Mutter wieder zurück in die Wirklichkeit gezogen wurde.

„WAS?!" Schrie sie erbost. Und es war das erste Mal, dass sie vom Fernseher wegschaute. „Mama, ich muss dir etwas sagen." Begann Berry und spürte einen festen Knoten in ihren Magen, der sich langsam immer mehr zuzog.

„Nenne mich nicht so! Es ist schon peinlich, genug zu wissen, dass die Nachbarn dich sehen könnten, wenn du meine Wohnung betrittst. Da müssen diese neugierigen Bastarde nicht erfahren, dass ich mit so einer hässlichen und fetten Missgeburt verwand bin."

Berry schluckte die Tränen hinunter, die versuchten sich durch ihre Augen zu brechen. Sie war am Ende und konnte keine solcher Beleidigungen mehr ertragen. Es war ihr einfach zu viel. Sie hatte endlich Leute kennen gelernt, die sie mochten. Und sie wertschätzen und sie nicht als eine hässliche Missgeburt oder schlimmeren beleidigten.

„Ich werde gehen Mama! Und ich werde nicht mehr zurückkommen!" Berry atmete schwer und wartete auf eine Reaktion von ihrer Mutter, die wieder zum Fernseher sah.

Ohne ihren Blick zu verändern, griff sie, mit ihrer rechten Hand in die durchlöcherte von braunen Flecken übersäte Jogginghose, und holte ein bisschen Kleingeld hervor. Erst jetzt sah Berry, dass die Fingernägel von ihrer Mutter lang und braun verfärbt vom Rauchen waren. „Ja du kannst runter zum Kiosk gehen und mir einen Sechserpack Dosenbier und ein paar Schachteln Kippen besorgen. Aber nur das billige Dosenbier, das reicht. Und die Kippen egal. Hauptsache du bringst ein paar Schachteln mit. Am besten wäre gleich eine ganze Stange." Sagte sie und bewarf Berry mit ein paar Münzen. Das Geld landete auf dem schmutzigen Teppich und verlor sich in der Dunkelheit. Berry machte keine Anstalten sich zu bewegen. „Ich könnte dir Hilfe besorgen. Damit du wieder richtig Ordnung in deine Wohnung bekommst. Das hat doch alles keine Lebensqualität mehr, Mama."

„Was willst du mir besorgen? Was denn für eine Hilfe?"

„Eine Putzfrau vielleicht?" Antwortete Berry und merkte dass ihre Stimme wieder kleiner wurde und ihr Selbstvertrauen wieder dabei war zu schrumpfen.

„Nein Danke! Ich bin doch keine Lesbe!"

Berry schaute sie kopfschüttelnd an. Sie konnte einfach nicht begreifen, wieso der Verstand ihrer Mutter so kaputt war.

„Das einzige was ich brauche, ist mein Bier und meine Kippen! Man kann doch von seiner hässlichen Brut diesen kleinen Gefallen erwarten. Oder?! Schließlich hab ich dich nicht gleich nach der Geburt in die Gosse geworfen zu den Ratten."

„Vielleicht hättest du, dass mal tun sollen. Die Ratten hätten mehr Liebe für mit übrig gehabt, als du jemals in deinem Leben mir gegenüber aufbringen würdest. Ich werde jetzt gehen." Berry umklammerte ihre Handtasche und machte vorsichtig ein paar Schritte zurück in den Flur.

„Ja geh nur! Wo willst du hässlicher Haufen Scheiße denn schon hin?"

Berry schüttelte nur ihren Kopf. Sie war in der Hölle groß geworden. Und nun hatte sie die Chance aus dieser grausamen Welt endlich frei zu kommen.

Berrys Mutter spreizte ihre Beine. Sie hatte ein faustgroßes Loch in ihrer Jogginghose, so dass Berry ihre behaarte Vagina sehen konnte.

„Ja hau du nur ab! Und schick mir ruhig die lesbische Putzfrau." Ihre Mutter zog ihre Oberlippe hoch und machte übertriebene Hasenzähne und spreizte ihre Beine noch mehr und fing an ihren linken Mittelfinger in ihre Vagina zu stecken. Berry drehte sich angewidert von ihr weg.

„Ja schau du nur weg, du dreckige Missgeburt! Willst mir eine lesbische Putzfrau schicken, die mich dann vergewaltigt. Ich fingere mir meine Fotze schon mal weich, dann hat die Lesbe leichtes Spiel mit mir!" Schrie sie laut Berry hinter her, die bereits an der Wohnungstür war und ins Treppenhaus flüchtete.

Berry lief schnell die Treppe nach unten und riss die Haustür auf. Sie wollte einfach nur noch fort von hier. Die warme Sommerluft tat gut. Ihr liefen die Tränen über die Wangen. Nicht aus Trauer. Sondern weil sie erleichtert war. Erleichtert über ihren Entschluss dieses Übel hinter sich zu lassen und endlich ein neues Leben anzufangen. Ohne dass man sie wie ein Stück Dreck behandelte.

Kapitel 15

Berry saß in ihrem Auto und hatte die Hände am Lenkrad. Sie hatte ihre Augen geschlossen und weinte. Ihr ganzer Körper schüttelte sich dabei und ihr liefen die Tränen über ihr Gesicht. Es war, als wollte ihre Seele den ganzen Müll, der sich in ihrem Leben angesammelt hatte einfach nur noch nach draußen spülen. Sie schaute durch die Windschutzscheibe zu dem Wohnblock hinauf, wo sie ihre Kindheit verbracht hatte. Sofort kamen die Erinnerungen wieder in ihr hoch und spielten sich vor ihre geistigen Augen ab.

Sie konnte sich an einen Geburtstag erinnern. Da war sie fünf oder sechs Jahre alt. Damals lud ihre Mutter ein paar Verwandte zu sich ein, wenn sie oder ihrer Mutter Geburtstag hatten. Die Familie war nicht besonders groß. Die Schwester von ihrer Mutter, Tante Gaby und ihre Lieblings Cousine Katrin. Berry stand an diesem Tag schon früh auf, weil sie so aufgeregt war. Und sie freute sich schon auf den Besuch von Tante Gaby und Katrin. Sie würde Geschenke bekommen, es würde Kuchen geben und Katrin würde mit ihr den ganzen Nachmittag spielen. Berry trug ihr hellrosa Nachthemd mit kleinen weißen Blumen, als sie leise durch die kleine Wohnung schlich. Sie linste durch den Türspalt ins Wohnzimmer. Die Tür war nur angelehnt. Ihre Mutter schlief. Sie hatte die Augen geschlossen und atmete leicht und regelmäßig.

Auf Zehenspitzen drehte sich Berry um und schlich in die Küche. Sie hatte durst und wollte sich ein Glas Milch holen. Sie musste leise sein, da sie genau wusste, dass ihre Mutter immer schlechte Laune bekam, wenn sie durch Krach geweckt wurde. Was Berry in diesem Moment nicht ahnte, dass ihre Mutter schon wach war und sich nur schlafend gestellt hatte, als sie sie heimlich durch den Türspalt beobachtet. Berry hob leise einen Küchenstuhl an und trug ihn rüber zum Küchentresen, um besser an den Schrank mit den Gläsern zu kommen. Leise und vorsichtig stieg sie auf den alten wackligen Stuhl, den ihrer Mutter auf dem Sperrmüll gefunden hatte, und öffnete langsam den Schrank mit den Gläsern.

Sie spürten unter ihren nackten Füßen das zerkratzte rote Polster von dem Stuhl. Vorsichtig beugte sie sich vor und griff nach einem Glas. Langsam zog sie es aus dem Schrank und schloss leise die Tür wieder. Sie stieg vom Stuhl und stellte das Glas auf der Arbeitsfläche ab. Sie ging zum Kühlschrank und wollte gerade die Milchtüte herausholen, die in der Innenseite der Kühlschranktür stand, als sie von etwas im inneren des Kühlschrankes abgelenkt wurde. Im Kühlschrank stand eine große braune Schokoladensahnetorte. Die Schokoladencreme dufte herrlich süß ihr entgegen. Berrys Herz machte einen Sprung. Das war ihr Geburtstagskuchen. Ihr Lieblingskuchen. Schokolade. Der Kuchen roch einfach so verführerisch, dass sie einfach nicht anders konnte. Sie bohrte ihren kleinen rechten Zeigefinger in die Schokoladencreme und naschte heimlich davon. Sie hatte gerade den Finger in den Mund gesteckt und schmeckte diesen göttlichen süßen Geschmack auf der Zunge, als sie von einer starken Hand an ihrer Schulter vom offenen Kühlschrank zurückgezogen wurde. Erschrocken schaute Berry hinter sich und sah dass ihre Mutter mit einem grimmigen Gesichtsausdruck direkt hinter ihr stand.

„Was machst du da?" Hörte sie ihre scharfe Stimme sie fragen. Es war ja so offensichtlich Aber Berry versuchte trotzdem, mit einer Lüge davon zu kommen. Sie zog ihren Finger aus dem Mund und zeigte auf die Milch.

„Ich wollte nur ein Glas Milch trinken."

Die Ohrfeige kam ohne eine Vorwarnung. Es klatschte laut und Berrys rechte Gesichtshälfte fing fast im selben Moment wie Feuer an zu brennen.

„Lüge mich ja nicht an, du hässliches Kind!" Schrie ihre Mutter laut und gab ihr gleich eine zweite Ohrfeige auf dieselbe Stelle.

Berry weinte los und zitterte am ganzen Körper. Berrys Mutter blickte in den Kühlschrank und sah die kleinen Spuren, die der Kinderfinger in der Schokoladencreme hinterlassen hatte. Sie drehte sich wieder zu ihrer Tochter.

„Du weißt ja, dass du jetzt bestraft wirst!" Berry weinte immer mehr und konnte sich gar nicht mehr beruhigen.

„Höre auf zu flennen! Und setzt dich auf den Stuhl!" Brüllte ihre Mutter. Die kleine Berry setzte sich auf den wackligen Stuhl und traute sich nicht zu widersprechen. Sie hielt ihre Hand auf ihre brennende Wange und hoffte, dass der Schmerz von den Ohrfeigen endlich vorübergehen würde. Ihre Mutter packte sie am Kinn und zog ihren Kopf hoch, damit Berry ihr direkt in die Augen schauen konnte. Sie kam nah mit ihrem Gesicht an den ihrer Tochter. Berry guckte in ihren kalten blauen Augen. Sie roch den schlechten Atem ihrer Mutter. Nach kalten Zigarettenrauch und Dosenbier.

„Du willst also fressen wie ein Schwein?" Fragte sie mit einer zischenden Stimmenlage. Berry versuchte, ihren Kopf zu schüttelt, um die Frage stumm mit einen nein zu beantworten. Aber der starke Klammergriff von ihr ließ keine Bewegung zu. Berry schaute ihr wieder in ihr Gesicht. Sie sah etwas Tückisches in den Augen ihrer Mutter.

„Weißt du, wie lange ich gebraucht habe, dir so einen Kuchen zu machen? Wie viele Geld ich zur Seite legen musste, um die ganzen Zutaten zu bezahlen?" Sie wartete erst gar keine Antwort von ihrer Tochter ab. „Natürlich weißt du das nicht! Weil du einfach nur ein dummes hässliches Kind bist, was sich wie ein gefräßiges Schwein verhält."

Sie schob den Stuhl mit ihrer Tochter an den kleinen Küchentisch. Dann ging sie zwei Schritte zum Küchenschrank und zog eine Schublade auf. Berry bewegte ihren Kopf etwas nach links, um zu sehen, was ihre Mutter davor holte. Im ersten Moment vermutete, dass es der Holzlöffel war. Damit bekam sie ja regelmäßig Prügel von ihr, wenn Berry in den Augen ihrer Mutter sich mal wieder falsch oder frech ihr gegenüber verhalten hatte. Aber sie holte ein Knäuel grauer Paketschnur aus der Schublade heraus.

„Hände auf den Rücken!" Befahl sie mit lauter Stimme. Berry guckte sie nur mit großen ängstlichen Augen an. Sie traute sich nicht, sich nur einen Zentimeter sich zu bewegen, weil sie Angst hatte weitere Ohrfeigen von ihrer Mutter zu kassieren.

„Du sollst mich nicht so blöd anglotzen! Streck deine Hände nach hinten!" Noch immer bewegte sich Berry nicht. Da packte sie die zarten Handgelenke ihrer Tochter und zog sie nach hinten.

„Ich sagte, Hände auf den Rücken!" Zischte ihre Stimme wütend.

Berry heulte wieder auf, als ihre Arme von ihrer Mutter gewaltsam nach hinten gezogen wurden. „Das tut mir weh, Mama!"

„Wenn du dich wie ein Schwein verhältst, dann wirst du auch wie ein Schwein deinen scheiß Kuchen fressen!"

Mit ein paar schnellen Bewegungen fesselte sie die Handgelenke ihrer Tochter hinter ihren Rücken zusammen. Den Rest von dem grauen Paketbandknäuel ließ sie einfach achtlos auf den Boden fallen, wo es langsam unter den Tisch rollte.

Sie holte den Schokoladenkuchen aus dem Kühlschrank und stellte ihn direkt vor Berry auf dem Tisch. Berrys Herz schlug schnell gegen ihrer Rippen. Sie war verunsichert und hatte eine lähmende Angst, weil sie nicht wusste, was als Nächstes passieren würde.

„Na gefällt dir dein Kuchen?" Fragte sie mit einem diabolischen Lächeln. Aber Berry war zu klein, um ein echtes oder ein fieses Lächeln auseinanderhalten zu können. Sie blickte auf den üppigen Schokoladenkuchen, mit der Schokoladencreme, der seinen zuckerhaften köstlichen Duft langsam in dem ganzen Raum verteilte. Berry versuchte, ihre Hände zu befreien. Aber es gelang ihr nicht.

„Mama, es tut mir leid. Ich wollte wirklich nicht naschen. Aber der Kuchen sah einfach so lecker aus." Berrys Stimme zitterte und hoffte, dass sie ihre Mutter beruhigen könnte. Aber sie griff blitzschnell über den Tisch und packte Berry fest an den Haaren und drückte ihr Gesicht tief in den Kuchen rein.

Berry schrie laut auf, aber ihre Schreie wurden von dem Kuchen gedämmt.

„Hier hast du deinen Kuchen! Du fettes hässliches Schwein!" Sagte sie und drückte den Kopf von ihrer Tochter noch zweimal tief in das Backwerk hinein.

Berry hielt das Lenkrad ihres Autos immer noch fest. Sie atmete tief durch, als langsam diese grausame Erinnerung verblasste. Seit diesem Tag hatte sie nie wieder einen

Schokoladenkuchen angefasst. Schon deshalb nicht, weil ihrer Mutter später am Nachmittag behauptete, dass sie ganz alleine den Kuchen heimlich aufgegessen hatte und sie jetzt nichts mehr hätte, um den Gästen anzubieten.

„Ja so sieht es aus! Meine Tochter ist einfach ein verfressenes Schwein." Sagte sie in die Kaffeerunde, wo keiner zu diesem Thema etwas erwidern wollte. Berrys Mutter rührte in ihrer Kaffeetasse und nahm einen kleinen Schluck zu sich.

„Ich bin ja froh, dass Berta keinen Kaffee mag. Sonst hätte sie diesen womöglich auch noch weggefressen." Lachte sie bitter und versuchte, die Situation mit einem albernen Gelächter zu untermalen.

An diesem Nachmittag gab es nur Kaffee für die Gäste. Der zermatschte Kuchen lag in der Mülltonne vor dem Haus. Berry konnte sich noch genau an dieses unangenehme Gefühl erinnern, als alle sie von allen angestarrt wurde, als ihre Mutter das vor den ganzen Gästen behauptet. Sie starrte auf den leeren Kuchenteller vor sich, der für sie an diesem Nachmittag leer bleiben würde.

*

Als Berrys Mutter mitbekam, dass Christina, die Tochter von der reichen Familie war, die ihre Traumvilla ein paar Straßen weiter errichten ließ, und bei Berry in die Klassen kommen würde, war sie Feuer und Flamme. Sie verlangte von Berry, dass sie sich mit Christina anfreundete und sie die beste Freundin von Cherrys Mutter werden würde. So würde sie automatisch in eine bessere Gesellschaft rutschen. Sich in neue gehobener Kreise bewegen können, wo sie auf jeder wichtigen Party eingeladen wurde. Sie sah sich schon elegant, sich durch das gehobene Partyvolk schreiten, ein Glas Champagner in der einen und Lachshäppchen in der anderen Hand. Jeder würde ihr freundlich zulächeln und mir ihr ab und an ein kleines Schwätzchen halten. Und da würde sie sich dann einen gut betuchten Singlemann angeln, der sich schließlich aus dem ganzen Elend befreien würde. Dann würde sie diesen reichen Mann heiraten, wieder schwanger werden und Berry, diesen kleinen Unfall einfach ins nächste Internat abschieden. Dann war sie ja in der reichen Gesellschaft und Geld würde keine Rolle mehr für sie spielen. Sie wäre dann eine gemachte Frau. Allerdings war Birgit Brix nicht gerade die schlauste Person. Sie hatte keine richtige Ausbildung und ihre Schullaufbahn hatte sie mehr schlecht als recht hinter sich gelassen. Sie hielt die Schwangerschaft für ihre Wechseljahre. Auch wenn das im Alter von ende zwanzig ziemlich unwahrscheinlich war, glaubte sie fest daran. Aber als Birgit schließlich zum Arzt ging, weil immer eine morgendliche Übelkeit sie plagte, erfuhr sie die ganze Wahrheit.

Einen richtigen Vater gab es nicht zu diesem Kind. Jedenfalls konnte sie sich nicht mehr an den Vater erinnern. Der Schleicher der Erinnerung ließ sich einfach nicht mehr lüften, da sie sich nach einer langen Kneipentour durch die Stadt, sich rotz besoffen von einen fremden Mann auf dem dreckigen Damenklo, in einer Bahnhofsspelunke, hat ficken lassen.

Erst in den frühen Morgenstunden kam sie in der Damentoilette wieder zu Bewusstsein. Der typische Filmriss, den sie drei oder vier Mal in der Woche durchlebte. Da sie das Kind nicht mehr abtreiben konnte, gab sie aus lauter Gehässigkeit ihr den Namen Berta. Ja ihr Kind sollte Berta heißen. Und nun musste ihre Tochter dafür sorgen, dass sie in eine bessere Gesellschaft aufgenommen wurde. Schließlich war ja alles Berrys Schuld, dass sie an der Armutsgrenze leben mussten.

Berry wusste das alles. Diese kranken Gedankengänge kamen dann immer von ihrer Mutter zum Vorschein, wenn sie im Vollsuff, ihr im Wohnzimmer, ihrer Tochter diese selbst zusammen gestrickten Vorwürfe mit lallender Stimme entgegen schmetterte, bevor sie vom Alkohol narkotisch niedergestreckt wurde und ihren Rausch bis in den nächsten Mittagsstunden ausschlief.

Es war auf einem Sonntag im Sommer. Draußen war es heiß. Berrys Mutter hatte die letzten Wochen damit verbracht das neue zu Hause von der Familie Graf genau zu beschatten. Sie ging jeden Tag mindest vier Mal zum Supermarkt. Extra einen langen Umweg, damit sie auch wirklich an dem großen Eisentor von der Villa von der Familie Graf vorbei musste. Insgeheim hoffte sie ja, dass sie Frau Graf mal am Tor antreffen würde, damit sie sie in ein persönliches Gespräch anbändeln konnte. So von Mutter zu Mutter.

Auch wenn zwischen ihnen Welten lagen, die man nicht so leicht überwinden konnte. Aber Frau Brix ließ sich von ihrer fixen Idee nicht abbringen. Sie schaffte es sogar in den letzten Wochen herauszufinden, wann genau der Postbote die Briefe in den majestätischen weißen Briefkasten rein warf. Sie lauerte immer an der Ecke, mit der Hoffnung, Frau Graf würde persönlich ihre Post mal ins Haus tragen. Aber das Familie Graf praktisch für jeden Bereich in ihrem üppigen zu Hause Personal hatte, konnte Birgit Brix mit ihren begrenzten Vorstellungsvermögen nicht ahnen.

Da sie das Gefühl hatte, die letzten Wochen sich nur im Kreise zu drehen und ihrem Ziel keinen Schritt näher zu kommen, änderte sie kurzer Hand ihre Taktik. Sie entschied sich für den Frontalangriff. Sie würde direkt mit Berry als Köder, schließlich war sie ja Christinas Klassenkameradin, vor Frau Grafs Türschwelle auftauchen und sie freundlich wie sie selber war in der Nachbarschaft begrüßen. Dann würde Frau Graf sie hineinbitten, die Mädchen würden zusammen in den großen Garten spielen und Sie und Frau Graf würden sich sofort anfreunden. Mütter verstanden sich immer sofort auf Anhieb. Und das war praktisch ihre goldene Eintrittskarte auf zukünftige Partys, einen neuen reichen Ehemann an ihrer Seite, eine kleine Abschiebung von Berry ins Internat und der schnellste Weg aus dem Elend, dass sie zur Zeit ihr Leben nennen musste.

Sie ging mit schnellen Schritten ins Berrys Kinderzimmer und öffnete den wackeligen Kleiderschrank und suchte nach einen bestimmten Kleid. Nach ein paar Minuten fand sie es. Es war ein gelbes Strickkleid mit einem roten leicht ausgefransten Satinband. Sie hielt es Berry vor die Nase.

„Das ziehst du jetzt an!" Ihre Stimme klang streng und drückte ihrer Tochter das Kleidungsstück in die Hände. Berry befühlte den kratzenden Stoff und verzog leicht das Gesicht.

„Sofort!" Befahl sie noch mal lauter. Sie verließ den Raum und ging in den Flur, um sich selber ein passendes Outfit rauszusuchen, dass auch würdig war, Frau Graf so unter die Augen zu treten. Sie entschied sich für ein enges Kostüm in Eierschalfarben, was sie vor Jahren mal auf einer Hochzeit ihrer Cousine getragen hatte. Das war schon Jahre her. Sie knöpfte sich die Kostümjacke zu und merkte schon beim ersten Knopf, dass sich der Stoff spannte. Sie stellte sich vor dem Spiegel und zog ihren Bauch ein. Wenn sie den Bauch einzog und kaum atmete, würde das alles gehen. Und später, wenn Frau Graf ihre neue beste Freundin wäre, würde sie nach ein paar neuen Kleidungsstücken fragen, die sie ihr leihen könnte. Das machten ja beste Freundinnen ja untereinander. Das wusste sie schließlich aus den Fernsehen. Birgit kämmte ihre leicht fettigen Haare nach hinten und setzte sich einen kleinen Hut schräg auf den Kopf. Sie fand sich wunderschön. Sie schminkte sich schnell die Augenlider blau und trug sich einen knallroten Lippenstift auf, den sie aus dem Grabbeltisch vom *Aldi* günstig erworben hatte. Sie betrachtete sich im milchigen alten Spiegel von allen Seiten. Sie war bereit in ihr neues Leben zu starten. Vorsichtig zog sie sich die guten alten Pumps an, die fast denselben Farbton wie ihr Kostüm hatte. Wie auf rohen Eiern ging sie zurück zu Berry, die versuchte in das kratzende gelbe Kleid zu kommen. Birgit stöhnte genervt auf, als sie ihre Tochter sah.

„Kannst du überhaupt irgendwas, du dummes Kind?" Sagte sie laut und packte ihre Tochter am Oberarm und drehte sie zu sich um.

„Hübsch siehst du aus, Mama!"

„Halt deinen Mund!" Sie fummelte an dem Reißverschluss herum, der sich an der Seite befand. Er ließ sich einfach nicht nach oben ziehen.

„Das Kleid ist einfach zu klein für mich." Sagte die kleine Berry und stellte sich auf ihre Zehenspitzen, um irgendwie ihrer Mutter behilflich sein zu können.

„Unsinn! Du bist einfach zu fett! Wenn du so schön schlank wärst, wie Christina, dann würde dir auch dieses Kleid passen!"

Berry wollte etwas sagen, aber sie sah den stechenden gestressten Blick von ihrer Mutter und hielt lieber den Mund.

„Ich bekomme den Reißverschluss einfach nicht zu. Birgit überlegte kurz. Dann ziehst du eben eine Wolljacke drüber, dann sieht man das nicht."

Birgit band das rote Satinband fest um Berrys Taille.

„Aber für eine Jacke ist es draußen zu warm!" Jammerte Berry und nahm die weiße Strickjacke entgegen, die ihr ihre Mutter reichte.

„Ein wenig schwitzen schadet dir bestimmt nicht. Vielleicht nimmst du sogar noch etwas ab dabei. Dann könnte dir das Kleid ja nächsten Sommer passen. Das kommt auch nur, weil du wie ein Schwein alles in dich rein frisst. Und das ist nun mal die Quittung, die man als fettes Schwein bezahlen muss, wenn man zu viel frisst. So ist das nun mal!"

Der Weg kam Berry ewig lang vor. Die Mittagssonne brannte vom Himmel und Berry spürte, wie ihr der Schweiß langsam am ganzen Körper herunter lief. Birgit konnte in ihren Pumps kaum laufen. Daher konnte sie nur kleine Trippelschritte machen. Berrys Gesicht war mittlerweile rot vor Hitze und auf ihren Armen und Beinen hatte sie bereits schon einen leichten Sonnenbrand. Ihre Mutter schwitzte in ihrem zu engen Kostüm. Und langsam bildeten sich dunkle Flecken unter ihren Achseln. Das Make-up sah nicht mehr so frisch aus, wie Frau Brix es sich aufgetragen hatte. Aber sie traute sich nicht ihr Gesicht zu berühren, weil sie Angst hatte, sie würde ihre ganze billige Schminke einfach mit einer Handbewegung wegwischen. Nach einer gefühlten Ewigkeit kamen sie endlich an die große Ausfahrt an. Birgit Brix drückte den Klingelknopf.

Aufgeregt blickte sie die geschwungene Auffahrt zum Haus hinauf. Sie standen direkt an der Eingangspforte und der Fußweg verlief parallel neben der Ausfahrt zum Haus hinauf.

In der rechten Hand hielt Frau Brix einen kleinen Blumentopf mit einer Sonnenblume, die auch schon ziemlich angeschlagen aussah bei dieser Hitze.

„Mama, mir ist so heiß. Ich will nach Hause." Berry wischte sich den Schweiß von ihrer Stirn. „Halt deinen Mund! Ich habe es gleich geschafft."

„Ja bitte?" Hörten sie eine Stimme über die Gegensprechanlage fragen. Birgit stellte sich gleich automatisch gerader hin als sonst.

„Guten Tag, mein Name ist Birgit Brix. Wir möchten gerne zu Frau Graf." Flötete Berrys Mutter freundlich in die Sprechanlage.

„Haben sie denn einen Termin?" Fragte die Lautsprecherstimme kurz. Birgit war etwas überfordert mit dieser Frage. Was sollte sie jetzt am besten antworten?

„Gehen Sie mal bitte einen Schritt zurück. Sie stehen zu dicht an der Kamera." Frau Brix schaute verdutzt auf den Klingelknopf, wo gleich daneben sich eine schwarze Wölbung mit einer Kamera darin befand. Sie trat einen Schritt zurück und wartete auf weitere Anweisungen von der Lautsprecherstimme.

„Ach Sie müssen die neue Putzfrau sein! Dann benutzen Sie bitte den Dienstboteneingang in der kleinen Nebenstraße. Das hier ist der Haupteingang für die Familie und Gäste."

„Ich bin hier, um Frau Graf freundlich in der Nachbarschaft zu begrüßen und ein kleines Präsent abzugeben."

Eine kurze Pause.

„Einen kleinen Moment bitte!"

Geschlagene zehn Minuten später, die sich in der prallen Mittagssonne wie Stunden anfüllte, meldete sich die Stimme wieder.

„Frau Graf wird sie oben an der der Eingangstür empfangen."
Der Türöffner wurde betätigt und Frau Brix drückte die
schwere Eisenforte auf. Sie ging jetzt schneller und zog Berry
hinter sich her. Die Blumenbeete rechts und links waren
frisch angelegt und leuchteten in sämtlichen bunten Farben.
Der Weg machte eine leichte Biegung nach links und man
konnte schon die Steinstufen sehen, die zur großen Flügeltür
am Ende des Wegs führte. Vorsichtig schritt Frau Brix die
Steintreppen hinauf. Das war praktisch die Tür, die alles
verändern würde. Ihre neue Welt lag hinter dieser Tür.
Praktisch ihr neues Leben. Sie schaute kurz zu Berry hinunter,
die völlig rot und verschwitzt aussah.
„Halte dich gerade! Wie siehst du nur wieder aus! Man kann
sich auch wirklich nur schämen mit dir!" Mit ein paar
schnellen unlieben Handgriffen versuchte Birgit die
verschwitzen Haare von ihrer Tochter wieder einigermaßen
in Form zu bringen.

Sie wollte sich gerade vorbeugen, um noch einmal an die Tür
zu klopfen, als diese von Frau Graf persönlich aufgerissen
wurde. Birgit starrte die Frau an, die praktisch einen Kopf
größer war wie sie selbst. Und auf ihren hohen Absätzen
gefühlt zwei Meter groß war. Sie hatte einen engen
hellbraunen Badeanzug an und einen leichten
Morgenmantel aus weißer Seide. Ihre hellblonden Haare
saßen perfekt. Ihre Haut war gleichmäßig gebräunt. Selbst
ihr Make-up war tadellos in ihrem frisch gelifteten Gesicht
aufgetragen. Ihre Diamantenohrringe funkelten in der Sonne.
In der rechten Hand hielt sie ein gefülltes Cocktailglas mit
blauer Flüssigkeit dadrin. Bei jeder kleinsten Bewegung
konnte man die Eiswürfel gegeneinander klirren hören. Frau
Graf musterte die beiden fremden Besucher von oben bis

unten. Frau Graf versuchte eine Regung in ihrem Gesicht anzudeuten, aber das Botox verhinderte irgendeine Mimik in ihrem Gesicht preiszugeben. Ihre spitze Nase, die eindeutig mehrfach operiert worden war, stand zu einem starken Kontrast zu ihren aufgespritzten Lippen.

„Unsere Hausdame meinte, dass sie mich persönlich sprechen wollen. Was möchten *Sie*?" Ihre Stimme klang eingebildet und zickig und rundete das Gesamtpaket von Frau Graf ab. „Meine Tochter geht mir ihrer Tochter in eine Klasse, in der Grundschule. Und ich wollte Sie ganz herzlich in der Nachbarschaft begrüßen." Sagte Frau Brix überfreundlich und reichte Frau Graf den Blumentopf entgegen, den sie angewidert ansah, als handelte es sich um einen frischen Hundehaufen.

„Wie *nett*!" Sagte sie und betrachtete das vergessende Preisschild, das an der Seite noch klebte und den roten Sonderpreis von 1,99 Euro verriet.

Birgit schaute schnell an Frau Graf vorbei und war kurz erstaunt über so viel Luxus, der ihr schon an der Haustür entgegen strahlte. Frau Graf kniff ihre Augen zusammen. Und versuchte ihre Augen mit dem vollen Glas von der Sonne zu schützen.

„Es tut mir leid, dass ich so schnippisch rüberkomme. Aber die Sonne heute macht mich fertig. Und ich habe meine Sonnenbrille am Pool vergessen. Ich bin immer sehr anfällig für eine Migräne. Ich bin stark lichtempfindlich müssen sie wissen."

„Ja das verstehe ich nur zu gut." Antwortete Frau Brix mitfühlend und spürte, wie ein großer Schweißtropfen sich von ihrer linken Schläfe löste und über ihre linke Gesichtshälfte lief. „Möchten Sie nicht reinkommen? Die

Mädchen können ja im Garten spielen. Und wir können uns bei einem kühlen Getränk etwas unterhalten."

Das waren die Worte, die Birgit Brix hören wollte. Man gewährte ihr den lange ersehnten Eintritt in die Villa und praktisch in ihr neues Leben. Erleichtert atmete sie aus. Ihre Wünsche würden alle in Erfüllung gehen und vor ihrem geistigen Augen nahm ihre neue Zukunft langsam gestalt an.

Doch das unbedachte ausatmen von Frau Brix ließ ihre durch geschwitzte Kostümjacke so spannen, dass sich ein Knopf wie ein Gewehrschuss löste und wie eine Kugel in Frau Grafs linkes Auge schoss. Ein markerschütternder Schrei ließ Frau Graf los, als das Knopfgeschoss in ihr Auge flog. Sie ließ den Blumentopf und ihr volles Glas zeitgleich fallen und beides fiel vor ihr auf den hochwertigen Fliesboden. Das Glas zersprang in tausend Teile und Frau Graf fiel mit lautem Geschrei auf ihre Knie. Sie versuchte sich mit der linken Hand abstützen und den Sturz abzufedern, während sie mit ihrer rechten Hand auf ihr angeschossenes rechte Auge drückte. Sofort kamen aus allen Himmelsrichtungen das Personal von Frau Graf angelaufen und kümmerten sich sofort um sie. Birgit Brix stand wie gelähmt vor Schock, immer noch vor der offenen Haustür. Ein Dienstmädchen warf die Tür ins Schloss und somit war das Tor zur ihrer neuen Welt für Birgit Brix wieder verschlossen. Es dauerte ein paar Minuten, bis Frau Brix realisierte, was überhaupt geschehen war. Sie klopfte mit beiden Fäusten an die Eingangstür.

„Frau Graf, es tut mir so leid. Ich hoffe, es geht Ihnen gut. Kann ich Ihnen irgendwie helfen? Lassen Sie mich doch rein. Dann kann ich Ihnen einen kühlen Umschlag oder eine kalte Kompresse für Sie fertig machen."

Die Tür wurde aufgerissen und ein Mann in Dienstkleidung stand plötzlich vor Frau Brix. Es war offensichtlich, dass er zum Personal von Familie Graf stammte.

„Frau Graf würde es begrüßen, wenn so augenblicklich das Grundstück verlassen und nicht mehr zurückkehren. Frau Graf wünscht sich keine weiteren spontanen Besuche mehr von Ihnen."

Ohne ein weiteres Wort abzuwarten, wurde die Tür wieder verschlossen und Birgit Brix zog ihre Tochter zurück über den Weg, den sie vor ein paar Minuten mit voller Hoffnung und Vorfreude entlanggegangen waren.

Frau Graf hatte Glück im Unglück. Der Knopf traf sie zwar am Auge, aber sie wurde glücklicherweise nicht schwer verletzt. Natürlich trug Frau Graf vier wochenlang eine Augenklappe von *Louis Vuitton*, obwohl der zuständige Arzt meinte, das sei eigentlich nicht von Nöten. Aber Frau Graf bestand darauf und erzählte in ihren Kreisen, dass eine Verrückte sie an der eigenen Haustür angegriffen hätte.

Und seitdem galt die Order von ihrem Mann an das Personal, das keine fremden Personen mehr ohne Anmeldung auf das Grundstück gelassen werden durfte.

Kapitel 16

Erinnerungen. Der Sog von ihnen kann man sich manchmal nicht entziehen. Es ist wie ein Kopfkino, was man nur schwer ausschalten kann. Egal ob es sich um schöne oder schlechte Erinnerungen handeln, die einen für das Leben für immer prägen.
So erging es Berry. Sie saß immer in ihrem Auto und ließ ein paar alte Erinnerungen noch einmal aufleben.

*

Urlaub war nie ein großes Thema bei Berry und ihrer Mutter gewesen. Aber als Cherry vor der ganzen Klasse damit prahlte, dass sie praktisch ihre kompletten Sommerferien in der Karibik verbringen würde und jemand aus ihrem Freundeskreis mitfahren dürfte, war die ganze Klasse nicht mehr zu halten. Jeder wollte Cherrys Reisebegleitung sein. Egal ob es sich um die Mädchen oder die Jungen handelte. Alle scharten sich um Cherry und jeder versuchte sein Bestes, sie davon zu überzeugen das er oder sie die richtige Wahl wäre, für einen gemeinsamen Urlaub. Berry machte sich gar nicht erst die Mühe sie zu fragen. Nachdem ihre Mutter Frau Grafs Auge mit einem Knopf fast blind geschossen hatte, kam sie gar nicht mehr in eine engere Auswahl, selbst wenn sie die einzige Klassenkameradin von Cherry gewesen wäre. Berry war mittlerweile einer von den besten Schülern in der Klasse. Ihre Leistungen waren sehr gut und sie hatte spaß daran sich mit Büchern ihre Freizeit zu gestalten, da ja eh keiner mit ihr befreundet sein wollte. Sie würde vermutlich die ganzen Sommerferien mit Peggy

Lorenz verbringen, die nie mit ihrer Familie in den Urlaub fuhr. Und da Peggy in ihrer Klasse gekommen war, sie würde diese Klassenstufe jetzt zum dritten Mal wiederholen, standen die Chancen nicht schlecht, dass die Sommerferien für Berry nicht so langweilig verlaufen würden. Auch wenn Peggy dumm war, wie ein Sack Bohnenstroh. Frau Brix meinte immer:

„Dieses Mädchen hat irgendeine Behinderung im Kopf. Die Ärzte haben nur einfach noch nicht feststellen können, was dem Mädchen fehlte. Also halte dich von ihr fern! Nachher ist es ansteckend und du bist am Ende genauso dämlich wie sie selber."

Aber Berry war das egal. Lieber verbrachte sie ein wenig zeit mit einem dummen Mädchen, als wie die ganzen Sommerferien alleine. Und sechs Wochen können verdammt lang sein, wenn man niemanden zum Reden hatte.

Es war die letzte Schulstunde vor den großen Ferien, und keiner machte irgendwas mehr. Die Lehrerin, Frau Wutz schaute immer wieder auf die Uhr. Sie wollte selber einfach raus oder hoffte, dass es endlich eine Durchsage für Hitzefrei für die Schüler geben würde. Peggy saß zwei Plätze vor Berry in der Nebenreihe. Sie malte irgendwelche Pferde mit einem rosa Stift. Für Berry sah es so aus, als wären es verkrüppelte Esel, die vor Schmerzen nicht richtig laufen konnten. Dieser Eindruck kam wohl, weil die Hinterbeine von den Viechern viel zu lang waren und es aus Berrys Blickwinkel aussah, als würden die Eselpferde versuchen einen Handstand auf ihre Vorderhufe fehlerfrei aufzuführen.

Berry schrieb schnell einen kleinen Zettel und warf in Peggy genau auf die Tischplatte.

Frau Wutz merkte von dem Zettelaustausch nichts. Sie mochte keine Papiernachrichten durch den Raum fliegen.

Smartphones gab es damals nicht und Berry hätte eh keins von ihrer Mutter bekommen. Peggy legte den rosa Stift zur Seite und öffnete Berrys Flugpost.

Was machst du in den Ferien?
Berry

Peggy war wie schon erwähnt dumm. So richtig dumm. Berry war sich nicht mal sicher, ob sie überhaupt kapierte, dass die Klassenstufe bereits ein drittes Mal wiederholen musste und sich nicht wundern, dass sie jedes Jahr neue Schüler um sich herum hatte.
Sie drehte sich zu Berry um und grinste ihr dümmlich entgegen.
„Cherry hat mich gefragt, ob ich sie in das Karibikland mit begleite. Und ich habe ja gesagt." Frau Wutz stöhnte laut auf, als sie den Satz von Peggy hörte.
Sie war auch schwer begeistert so eine Leuchte jetzt in ihrer Klasse zu haben. Man hatte Peggy schon heute in ihre neue Klasse gesetzt. Wahrscheinlich war es egal, wo sich, während der Schulzeit aufhielt. Die Lehrer glaubten wohl, dass bei ihr, eh Hopfen und Malz längst verloren waren. Und vom Lehrkörper glaubte keiner an ein göttliches Wunder, dass die Peggy doch ein Funken Schläue abbekommen würde.
Am aller wenigstens der Religionslehrer Herr Schwarz, der Peggy nur anstarrte, als sie ihn völlig ernst fragte: „Hatte Jesus Schwimmflügel unter seinen Deichmannsandalen darunter, als er über das Wasser gehen konnte?"
Berry schaute kurz zu Cherry, die sie mit einem breiten Lächeln angrinste, weil sie genau wusste, dass sie so Berrys Sommerferien richtig versaut hatte. Was Berry nicht wusste,

dass ihrer Mutter später am Nachmittag Peggys Mutter im Supermarkt an der Ecke traf. Natürlich musste Frau Lorenz es gleich Frau Brix die brandneue Neuigkeit unter die Nase reiben, dass ihre Tochter Peggy von der Familie Graf in den Urlaub eingeladen wurde.

Das war noch einmal einen zusätzlichen Schlag ins Birgit Brix Gesicht. Hätte sie ihren Bauch nur ein paar Minuten länger angehalten, würde Berry jetzt womöglich mit Familie Graf in die Karibik reisen. Berry hätte sie einen *Zwanni* auf den Küchentisch für Essen da gelassen und gegenüber der Familie Graf behauptet, dass Berry krank sei und sie ihre Tochter auf der Reise vertreten würde.

„Ihre Tochter ist bestimmt etwas enttäuscht, dass Christina sie nicht ausgewählt hat."

Frau Lorenz überflog noch mal ganz wichtig ihren handgeschriebenen Einkaufszettel.

„Ich muss dann auch weiter. Meine Peggy braucht noch eine gute Sonnencreme. Vielleicht schreibt sie ihnen beiden ja ein Postkärtchen." Sagte sie mit einem flötenden Unterton und verschwand in den nächsten Gang mit den Kosmetikartikeln.

Berry wurde an ihrem ersten Ferientag unsanft von ihrer Mutter geweckt. Es war noch sehr früh. Erst hörte Berry nur etwas Schweres in ihr Zimmer poltern. Dann wurde ihre Bettdecke weggerissen.

„Stehe auf! Wir müssen unsere Koffer packen!" Rief Frau Brix laut und schritt zum Fenster, um die alten Vorhänge aufzuziehen.

Berry stöhnte und vergrub ihren Kopf unter ihrem Kopfkissen. Sie hatte Ferien und wollte einfach nur ausschlafen.

Auch das Kopfkissen wurde von ihrer Mutter weggerissen und landete zu der Bettdecke auf den Fußboden.

„Was ist denn passiert?" Fragte sie verschlafen und schaute sich in ihrem Zimmer um. Frau Brix schwankte ein wenig. Berry vermutete, dass sie die letzte Nacht wieder durchgesoffen hatte und ihr Körper völlig unter dem Alkoholeinfluss stand.

„Pack deinen Koffer! Wir müssen uns beeilen. Wir verreisen heute!" Lallte sie und verschwand aus dem Zimmer. Berry hörte, wie im Wohnzimmer etwas zu Bruch ging. Langsam wurde Berry wach. Sie sprang aus dem Bett und sah den alten Koffer, den ihre Mutter aus dem Keller geholt haben musste. Dieser war dunkelbraun und die Schale war mehrfach gebrochen und mit schwarzem Tapeband notdürftig geflickt worden. Noch so ein grausamer Fund vom Sperrmüll, denn Birgit Brix mit nach Hause genommen hatte. Der Keller war voll von solchen Schätzen, die andere Leute lieber auf einen Müllberg entsorgen wollten. Berry rieb sich ihre Augen und betrat das Wohnzimmer, wo ihre Mutter versuchte, in ihrem betrunkenen Zustand einen anderen Koffer mit ihrer Kleidung zu füllen. Sie stopfte praktisch alles ein, was sie in die Finger bekam. Als das Gepäckstück voll war, setzte sie sich drauf und versuchte diesen an den silbernen Schnallen zu verschließen. Birgit Brix stellte den vollen Koffer hin. Sie bemerkte nicht, dass auf der linken Seite die eine Hälfte von einem BH, und auf der rechten Seite ein Bein von einer braunen Nylonstrumpfhose herausschaute.

„Was soll das alles?" Fragte Berry, immer noch zu verschlafen, um auch nur ansatzweise zu verstehen, was hier überhaupt gerade passierte.

„Wir fahren heute in den Urlaub! Du packst jetzt deinen Koffer! Sie ließ sich auf die Couch fallen und fiel auf den Rücken. Und stemmte sich in eine sitzende Position wieder auf. Und ich, Ich trinke noch ein Bier."

Wenn Berry etwas in ihrer Kindheit gelernt hatte, dann ihrer Mutter nicht zu widersprechen. Egal ob sie nüchtern oder betrunken war, sie schaffte es immer, Berry mit irgendwelchen Gegenständen zu verprügeln.

Berry zog sich an und verschwand ins Badezimmer um sich kurz frisch zu machen und sich die Zähne zu putzen. Als sie wieder aus dem Bad trat, war ihre Mutter an ihrem Kleiderschrank zugange und warf praktisch den ganzen Inhalt auf den offenen Koffer, der am Boden hinter ihr lag.

„Wir nehmen am besten alles mit. Man weiß ja nie, wie das Wetter so in der Klinik werden wird." Sie warf sich auf die Knie und versuchte den übervollen Koffer zu schließen. Berry stand am Türrahmen und schaute ihrer Mutter dabei zu.

„Meinst du Karibik?"

„Jaaaaa, sagte sie lang gezogen und das lange Ja wurde von einem lauten Rülpser noch einmal verlängert. Hab ich doch gesagt."

Berry nahm stumm ihren Koffer und folgte Frau Brix in das Treppenhaus. Mit lautem Gepolter versuchte, sie den Koffer die Treppen nach unten zubringen. Ihre braune Nylonstrumpfhose blieb am Treppengeländer hängen und wurde ein wenig mehr herausgezogen. Berry folgte ihr aus dem Haus bis zur nächsten Bushaltestelle.

„Wir müssen auf den Bus warten, der uns zum Flughafen bringt." Sagte sie und trank den Rest Bier aus ihrer Dose, die sie achtlos unter die Wartebank in das Bushäuschen warf. Berry schaute nach links und sah einen Bus ankommen.

„Berta, du nimmst die Flugtickets!"

Birgit Brix drückte ihrer Tochter ein gefaltetes Stück Papier in die Hand. Sie schaute auf das Papier. Es war eine Seite eines alten *Penny* Prospekt, wo ein Spielzeugflugzeug abgebildet war. Berry hatte keine Ahnung, wo sie das gefunden hatte. Das Firmenlogo war inzwischen schon mehrfach modernisiert worden. Sie vermutete mal, dass sich dieser alte Zettel sich in irgendeinen Koffer gelegen haben musste. Und in ihrem Vollsuff glaubte, das wären ihre Flugtickets. Der Bus hielt direkt vor den beiden an. Der Fahrer öffnete die Türen und schaute auf Berry und Frau Brix.

„Fahren Sie zum Flughafen?" Die Zunge wurde immer schwerer und man konnte Berrys Mutter kaum verstehen. Das letzte Bier hatte langsam das Sprachzentrum von Birgits Gehirn erreicht.

„Nein zum Bahnhof. Aber von dort aus können sie mit der S-Bahn direkt zum Flughafen weiterfahren."

Der Busfahrer half Berry mit dem schweren Gepäck. Frau Brix krabbelte auf allen vieren in den Bus und zog sich an einem Vierer Platz auf der rechten Seite hoch und warf sich praktisch in den gepolsterten Sitz. Es war früh und der Bus war leer, bis auf eine ältere Frau mit Gehstock, die vorne rechts auf dem Behindertenplatz saß und Berrys Mutter die ganze Zeit anstarrte.

„Was glotzt du so, du alte Eule? Noch nie Leute gesehen, die in den Urlaub fahren?"

Pikiert schaute die alte Frau sofort nach vorne und schüttelte ihren Kopf. Sie war offensichtlich völlig schockiert über so ein Benehmen in den frühen Morgenstunden. Die Odyssee führte Berry, mit ihrer völlig betrunkenen Mutter, fünf Stunden mit verschiedenen öffentlichen Verkehrsmitteln durch die ganze Innenstadt. Erst die Fahrt mit dem Bus zum Bahnhof. Dann mit einer Straßenbahn bis an die Stadtgrenze und mit einem kurzen Aufenthalt, da Frau Brix sich übergeben musste. Danach wieder mit derselben Line der Straßenbahn zurück zum Bahnhof, wo Berry von ihrer Mutter runter in die U-Bahn geführt wurde. Wo sie praktisch einmal quer durch das U-Bahnnetz fuhren, dann in einer S-Bahn landeten und dann später mit derselben Buslinie wieder zu Hause vor der Tür standen. Birgit Brix schaute zu dem Wohnhaus hinauf, indem sie wohnten.

„Das ist schon komisch. Das Hotel sieht genauso aus, wie unser zu Hause." Mittlerweile war es mittags und die heiße Sonne und die Hitze gaben Frau Brix den Rest. Der Alkohol in ihrem Kopf machte sie noch schwerfälliger. Sie kroch auf allen vieren die Treppen nach oben. Berry schloss die Haustür auf und ihre Mutter krauchte bis zum Wohnzimmer, wo sie sich an dem Türrahmen versuchte hochzuziehen. Berry half ihr dabei. Sie stolperte ein paar Schritte und guckte sich verwirrt in ihren eigenen vier Wänden um.

„Und das soll eine Fünf Sterne Anlage sein?" Lallte sie laut, bevor sie bewusstlos auf die Couch fiel und auf dem Bauch liegen blieb. Berry holte jeden schweren Koffer einzelne zurück in die Wohnung. Den Koffer ihrer Mutter stellte sie in den Flur. Ihren Eigenen packte sie aus und legte ihre Kleidung ordentlich in ihren Schrank zurück. Die anderen Kleidungsstücke, die Frau Brix auf dem Boden in ihrem ganzen Zimmer verteilt hatte, räumte Berry wieder auf. Dabei wurde sie von den lauten Schnarchgeräuschen, von ihrer Mutter begleitet, die aus dem Wohnzimmer zu ihr drangen.

*

Es war in der folgenden Nacht, als Berry von einem gequälten Stöhnen aus dem Wohnzimmer wach wurde. Zuerst dachte sie, sie hätte das nur geträumt. Das Mondlicht schien hell in ihr Zimmer und tauchte alles in ein silbernes Licht. Sie hatte den ganzen Tag gelesen und war beim Lesen eingeschlafen. Neben ihrem Kopfkissen lag ein Buch über Kunst und ein aufgeschlagenes Buch aus der Buchreihe *Narnia*. Orte an die sie fliehen konnte, wenn sie ihre eigene Welt nicht mehr ertrug. Ihr persönlicher Rückzugsort. Langsam wurde sie wacher. Und das gequälte Stöhnen lauter. Vorsichtig stieg Berry aus dem Bett und schlich durch den Flur. Die Tür vom Wohnzimmer war wie immer nur angelehnt und die einzige Lichtquelle war das flimmernde Fernsehbild. Das Stöhnen war jetzt deutlicher zu hören. Es klang gequält und wurde von einem hitzigen Keuchen untermalt. Berry gab der Tür einen kleinen Schubs und diese schwang langsam auf. Ihre Mutter lag nackt auf der Couch und über ihr lag ein nackter Mann, der rhythmisch seinen behaarten Hintern bewegte und dabei schwer keuchte. Berry machte automatisch einen Schritt zurück und wollte sich davon Stelen, als ihre Mutter sie anstarrte. Der fremde Mann guckte kurz zu ihr und bewegte sich einfach weiter, als wäre sie gar nicht da.

Berry rannte zurück in ihr Zimmer und schloss die Tür hinter sich. Sie kroch unter ihre Bettdecke und hielt sich die Ohren zu. Ihre Mutter stöhnte jetzt lauter und steigerte sich langsam über in wilde lustvolle Schreie. Das Keuchen wurde von einem tiefen männlichen Stöhnen abgelöst. Beide steigerten sich, immer Schneller, bis ihre Mutter einen lauten Endschrei ausstieß und plötzlich alles still war. Es dauerte ein paar Minuten, dann hörte Berry die Wohnungstür ins Schloss fallen. Ihre Zimmertür wurde aufgeschmissen und sie vernahm wie ihre Mutter durch das Zimmer schritt.

„Ich weiß dass du nicht schläfst!"

Berry nahm den Geruch von Schweiß und frischen Zigarettenrauch wahr, den ihre Mutter in ihrem Zimmer verbreitete. Berry bewegte sich nicht. Sie spürte ihren schnellen Herzschlag an ihre Rippen pochen.

„Das war mein neuer Liebhaber, Helmut. Und der Helmut wird jetzt mal öfters abends vorbeischauen. Und dann will ich, dass du kleiner hässlicher Unfall in deinem Zimmer bleibst. Oder ich sperre dich über Nacht in den Keller, damit wir unsere Ruhe haben!" Berry hörte, wie ihre Mutter näher an ihr Bett kam.

„Hast du mich verstanden, du kleiner Scheißhaufen? Sie zog wieder an ihrer Zigarette und blies den blauen Dunst durch das Zimmer. Gott ich wünschte, ich hätte dich damals abgetrieben, du hast nicht nur meinen Körper, sondern auch mein ganzes Leben ruiniert!"

Berrys Smartphone klingelte und riss sie wieder in die Gegenwart zurück.

Sie griff blind in ihre Handtasche und drückte auf das Display. Sie hatte gar nicht auf den Namen geschaut und hielt sich gleich das Smartphone an ihr Ohr.

„Ja Hallo?" Ihre Stimme klang belegt und sie musste sich einmal kurz räuspern.

„Hey Berry! Hier ist Indigo."

Sofort tauchte ein kleines Lächeln auf Berrys Gesicht auf. Die lange Pause verwirrte Indigo ein wenig.

„Berry, ist alles okay bei dir? Deine Stimme klingt so merkwürdig." Indigos klang besorgt.

„Nein alles gut. Ich sitze hier im Auto und habe einen letzten Abstecher bei meiner Mutter gemacht. Und einen Schlussstrich für mich gezogen."

„Okay. Ich hoffe, es war nicht zu hart für dich."

Berry lachte kurz auf.

„Na ja es ging. Eine kleine private Freakshow von meiner Mutter in ihrer versifften Messi Wohnung. Ein paar Erinnerungen, dazu Heulanfälle im Auto, die mich an ein paar Kindheitserinnerungen aufleben haben lassen. Aber jetzt bin ich leer geheult und bereit für etwas Neues."

„Ich denke mal, das schreit nach einem großen Abendessen. Kimberly nervt mich schon die ganze Zeit, dass sie tierischen Hunger hat. Aber Berry, deine neue Zukunft beginnt bald in einer neuen Stadt und da kannst neue und schöne Erinnerungen für später sammeln."

„Das stimmt. Wo treffen wir uns?"

„Am besten wir essen hier bei uns im Hotel. Das Essen soll hier gigantisch sein." Schlug Indigo vor.

„Ich bin auf den Weg. Bis gleich." Berry legte auf und warf ihr Smartphone zurück in ihre Handtasche. Sie schaute ein letztes Mal zum Wohnzimmerfenster von ihrer Mutter.

„Meine neue Zukunft hat begonnen. Und neue Erinnerungen habe ich schon gesammelt, damit die alten hässlichen Erinnerungen langsam verblassen können. Lebe wohl Mum!" Sagte Berry laut zu sich selber, startete ihren Wagen und fuhr die Straße hinunter und ließ die Schatten ihrer Vergangenheit endlich hinter sich.

Kapitel 17

Berry warf ihre weiße Serviette auf ihren leeren Teller. Sie hatte sich eine Portion Pasta mit einer Käsesahnesoße bestellt.

„Oh man das war wirklich gut. Ich hatte den ganzen Tag noch nichts gegessen."

Indigo schaute skeptisch auf Berrys Teller, der noch fast zur Hälfte voll war.

„Du hast ja nicht viel gegessen. Hast du keinen Hunger mehr?" Berry nahm die Serviette wieder herunter, die sie neben den Nudeln abgelegt hatte. Indigo hatte sich wie Kimberly eine große Pizza bestellt. Kimberlys Smartphone summte in Minutentakt, so dass sie ihr Essen immer unterbrechen musste. Sie war sichtlich genervt, dass ihr Gabel auf den Tisch knallte und wieder ein neues Gespräch annahm. Ihre Stimme klang freundlich, was man von ihrem Gesichtsausdruck nicht sagen konnte.

„Also wenn du möchtest, darfst du gerne noch meine Nudeln haben." Indigos Gesicht strahlte auf. „Oh ja gerne!" Sagte sie und griff nach Berrys Teller und holte sich diesen zu sich herüber. Berry grinste, als Indigo sich die ersten Nudeln auf eine Gabel pikste und in ihrem Mund verschwand. „Wahnsinn. Die sind wirklich köstlich."

„Wo lässt du nur die ganzen Kalorien? Du hast dir gerade eine ganze Pizza gegönnt." Indigo kaute schneller und schluckte, um Berrys Frage schnell beantworten zu können.

„Ich hab glücklicherweise die Gene von meinem Vater geerbt. Ich kann essen, was ich will und nehme kein Gramm zu."

„Wie tragisch!" Sagte Kimberly mit einer ironischen Stimme und hielt das Handy etwas weiter weg. „Ja ich bin noch dran. Nein! Das galt doch nicht ihnen!" Flötete sie mit einer überfreundlichen Stimme in ihr Smartphone und verdrehte ihre Augen.

„Das ist bemerkenswert." Berry schaute an sich herunter und betrachtete ihre kleinen Rundungen an den Seiten. „Ich brauche mir nur Essen vorzustellen und nehme schon automatisch ein paar Gramm zu."

„So ein Quatsch! Du siehst doch toll aus. Es ist bei dir alles gut verteilt. Aber die Portionen fallen hier im Restaurant aber immer so üppig aus."

Die Mädchen hatten sich im Hotel eigenen Restaurant verabredet, wo sie aßen. Alle bis auf Kimberly, die schon wieder am Smartphone mit einem Kunden eine kleine Diskussion hatte. „Nein! Ich werde mich da bestimmt nicht einmischen!" Kimberly machte eine kurze Pause und man hörte undeutliches Gebrabbel aus ihrem Smartphone kommen. „Ja das hab ich gelesen! Ich bin ja auch im Forum angemeldet."

Wieder Stimmengewirr, was Berry und Indigo nicht verstanden.

„Ja das war eine direkte Beleidigung in Ihre Richtung. Ja … Ja das war mehr als offensichtlich. Aber ich bin nur dafür da, um Ihre Gebote meiner Chefin weiterzugeben und zwischen ihr und den endgültigen Verkäufer zu vermitteln. Ich bin nicht als Streitschlichtern eingesetzt, nur wenn sich eine Person in dem privaten Forum sich nicht benehmen kann."

Kimberly warf ihren Kopf nach oben und verdrehte genervt die Augen, als das nächste unverständliche Gebrabbel über den Tisch klang.

„Geht es immer noch um diese Pimmelstatur?" Fragte Berry Indigo und nahm einen kleinen Schluck von ihrem alkoholfreien Radler.

„Genau um die geht es. Die zwei letzten beiden Interessenten, beleidigen sich gerade im Forum so richtig. Mit der Hoffnung das sein Gegenüber das Handtuch werfen wird. Aber das stachelt sie beide umso mehr an den anderen zu überbieten."

„Da bekommt der Begriff Penisneid gleich eine ganz andere Bedeutung für mich." Scherzte Berry und konnte sich ein Lachen nicht verkneifen.

Kimberly hörte ein Anklopfen in ihrer Leitung. Sie hielt ihr Smartphone mit der Hand zu. „Jetzt versucht, der andere Trottel mich anzurufen." Stöhnte Kimberly und gab sich wieder dem Gespräch hin.

„Wo liegen wir gerade?" Fragte Indigo sie. Kimberly hielt wieder ihr Smartphone zu.

„Bei Zweihundert!"

„Dann lege doch einfach auf. Und die zwei sollen das unter sich im Forum ausmachen. Du hast schon seit zwei Stunden Feierabend."

„Zweihundert Euro?" Fragte Berry irritiert. „Deswegen führen die sich so kindisch auf?"

„Nein Schatz, wir reden hier von zweihunderttausend Euro." Sagte Indigo mit einem Lächeln und zuckte kurz mit ihren Schultern. Berrys Augen weiteten sich, als sie die korrigierte Summe hörte, um die es dort ging. Sie gab Kimberly ein kurzes Handzeichen, dass sie auflegen sollte.

„Ich stehe überhaupt auf keiner Seite. Ich bin praktisch nur die Vermittlerin." Wieder eine kurze Pause von Kimberly. Sie schloss kurz ihre Augen, um nicht die Fassung zu verlieren.

Und man hörte ein leises Schnauben von ihr, was ihr Gesprächspartner nicht mitbekam.

„Genau dasselbe haben sie mir vorhin schon einmal erzählt. Langsam drehen wir uns thematisch im Kreis. Wie auch immer! Herr Professor Meyer, ich muss leider das Gespräch jetzt beenden, ich muss mich noch um einen anderen Kunden kümmern, der schon sehr lange in der Warteschleife hängt." Eine kurze Pause.

„Ja das sehe ich auch so. Was für einen Tipp?" Wieder eine kleine Gesprächspause.

„Gerne. Dann holen Sie doch einfach zum letzten Schlag aus. Geben Sie ihr nächstes Gebot ab, dass ihren Konkurrenten so richtig wehtut. Da gewinnen Sie praktisch doppelt. Sie bekommen das gewünschte Objekt und gleichzeitig können Sie sich für diese unverschämte Beleidigung rächen." Kimberly nickte kurz und hörte kurz zu.

„Ja gerne. Werde ich Ihr ausrichten. Ja Danke! Ihnen einen angenehmen Abend!" Sagte sie schnell und drückte auf dem Display und schaltete das Smartphone sofort an der Seite aus. Sie warf es direkt vor ihr auf den Tisch und schaute dann in Berrys und Indigos Gesicht.

„Jetzt brauche ich starken Drink!" Sagte Kimberly und ließ sich erschöpft nach hinten an ihre Stuhllehne sinken. Sie winkte kurz nach dem Kellner, der sofort ihren Tisch ansteuerte. Der junge Mann lächelte und trat an den Tisch.

„Was darf ich Ihnen bringen?" Fragte er und blickte freundlich in die Runde.

„Ich hätte gerne einen doppelten Martini." Antwortete Kimberly als Erste. Der Kellner nickte mit einem Lächeln, als würde er Kim ansehen, dass sie gerade ihren harten Tag beendet hatte.

„Für mich bitte nicht. Ich muss noch Autofahren später. Aber ich würde gerne noch eine Cola nehmen."

Indigo überlegte gar nicht lange. „Ein doppelter Martini klingt nicht verkehrt. Ich nehme auch Einen."

„Sehr gerne. Solle ich alles auf ihre Zimmer schreiben lassen?" Fragte der junge Mann und gab die Bestellung sofort in sein kleines Tablet ein.

„Das wäre perfekt!" Antwortete Kimberly mit einem Lächeln. Der Kellner nickte freundlich und entfernte sich sofort.

„Wieso bleibst du über Nacht nicht hier?" Fragte Kimberly überrascht. Berry schaute verwirrt, zu Indigo, als wäre ihr eine wichtige Information entgangen.

„Nun ja, du könntest hierbleiben. Unsere Zimmer sind so groß, die wir hier haben. Da würde bequem eine Großfamilie mit sechs Kindern locker mit reinpassen."

„Das ist ja wirklich nett von euch. Aber ich habe eine Wohnungstür, die sich seit ein paar Tagen nicht mehr abschließen lässt. Das Schloss wird praktisch nur von ein wenig Ökoknete von meiner verrückten Nachbarin und von meiner verzweifelten Tesafilmkonstruktion zusammen gehalten. Und ich bekomme Bauchschmerzen, wenn ich mir nur vorstelle, was alles passieren könnte, wenn ich nicht nachts zu Hause bin."

„Also ich würde Bauchschmerzen bekommen, wenn ich in der Wohnung übernachten müsste, wo jeder rein und rausgehen kann, wie er möchte."

„Ach Kimberly, das geht schon. Ich habe einen großen Schrank vor der Wohnungstür und meine Schlafzimmertür ist abgeschlossen und mit einem Klappstuhl unter der Türklinke noch mal extra gesichert."

Indigo hob ihre Hände hoch und gestikulierte somit ihre Haltung gegenüber diesem Thema. „Ganz ehrlich? Ich würde kein Auge zumachen, wenn ich wüsste, ich liege da wie auf einem Präsentierteller."

„Schätzchen, dein Schloss in der Werkstatt konnte man früher viel leichter knacken. Da hätte schon eine ausrangierte Büroklammer gereicht, um sich Zugang bei dir zu beschaffen."   „Kim, das war ja auch früher. Da war ich, wie alt? Sechzehn oder Siebzehn? Da habe ich mir über so etwas nie sorgen gemacht."

„Ja da beneide ich dich immer noch. Du warst so jung und hast praktisch schon deine Freiheit in vollen Zügen genossen. Ich dagegen, trug da eine hässliche Zahnspange und kämpfte, um meine Pickel loszuwerden."

Der Kellner kam mit ihren Bestellungen und verteilte die vollen Gläser auf den Tisch. Kimberly nahm ihr Glas und hob es an zu einem Toast.

„Mögen meine Pickel für immer verschwunden sein. Und wenn ich morgen ohne Kater erwache, soll die Pimmelstatur endlich einen neuen Besitzer haben!"

Berry wollte gerade ihr volles Glas Cola an Kimberlys anstoßen, als sie ihres wieder wegzog. „Nicht so schnell meine Süße. Jeder von uns muss hier einen Toast aussprechen."

„Ich verstehe nicht." Berry schaute, abwechselt zu den beiden anderen.

„Das ist bei uns immer so eine kleine Tradition. Nach jeder Ausstellungen spricht eine von uns einen Toast aus. Um genau zu sein, dass was man sich als nächstes Ziel hat und dann stoßen wir alle an. Und unsere Ziele werden dann auch erfüllt. Egal auf welche Wege. Alleine oder gemeinsam. Sie werden von uns umgesetzt." Verriet Indigo Berry mit einem breiten Grinsen. „Ich habe meinen Toast ausgesprochen. Jetzt bist du dran!" Kimberly nickte, Berry aufmuntert zu.

„Und bitte keine falsche Bescheidenheit. Wir haben alle einmal angefangen damit."

Berry überlegte kurz und schaute auf das weiße Tischtuch vor sich. Dann erhob sie erneut ihr Glas.

„Auf ein neues Leben! Auf neue Freunde! Und auf einen gewaltigen Arschtritt, denn ich dieser blöden Cherry zum Schluss geben werde, weil sie meine ganze Wohnung verwüstet hat."

Beide schauten erwartungsvoll Indigo an, was sie für einen Toast aussprechen würde. Sie erhob ihr Glas als letztes.

„Auf neue Ideen für meine nächste Ausstellung. Gute Geschäfte, neue Skandale, neue Kunden." Sie zwinkerte Berry zu. „Auf eine neue Freundin in unserer Mitte." Berry musste schlucken, so etwas Nettes hatte bis jetzt noch nie jemand zu ihr gesagt. Die Mädels ließen ihre Gläser klirren und nahmen jeder einen großen Schluck zu sich und besiegelten somit ihre neuen Ziele.

*

Indigo hatte die vierte Runde beim Kellner bestellt. Mittlerweile hatten sich die Mädels in der gemütlichen Lounge, die sich gleich neben der Bar befand, umgesetzt, da dass Restaurant schon geschlossen hatte und der freundliche Kellner sie darauf hinwies, dass sie die Tische für den morgigen Tag neu eindecken wollten.

Die Lounge bestand aus bequemen weichen Ledersesseln im alten Kolonialstil. Das braune Leder war butterweich und schmiegte sich perfekt an den Körper an. Berry strich ein paar mal über das weiche Leder und hatte das Gefühl, als würde sie auf einer Wolke sitzen. Der dunkle rote Polsterstoff war die perfekte Kombination zu den braunen

Möbelstücken, die sich im selben Stil in der ganzen Lounge erstreckten. Außer ihnen waren ein paar andere Gäste anwesend, die sich weit verteilt im selben Raum befanden und wie die Mädels gemütlich den Tag ausklingen ließen.

Kimberly hatte Berry doch überreden können ein wenig Alkohol zu sich zu nehmen. Berry hatte einen kleinen Schwips, aber fühlte sich total entspannt und genoss die Stunden in der fröhlichen Runde.

Jeder erzählte aus seinem Leben. Bis Kimberly plötzlich anfing etwas Geheimes aus ihrem Nähkästchen, zu erzählen. Sie landeten bei einer Geschichte. Es handelte sich um einen jungen Mann, in den sie sich, vor ein paar Jahren, als über Kopf verliebt hatte.

„Der Tod einer Beziehung ist nicht das Fremdgehen. Nun ja das war es jedenfalls nicht bei mir, wenn ich auf meine letzte Beziehung zurückblickte." Erzählte Kimberly mit einer ruhigen Stimme und schien leicht in ihren Gedanken versunken zu sein. Sie hatte ihre Schuhe ausgezogen und ihre Beine leicht angewinkelt, sich in eine bequeme Sitzposition begeben. Der Alkohol machte Kimberly immer sehr redselig.

Indigo lag halb in dem Sessel und schaute rüber zu Kim, als sie ihre Geschichte begann.

„Da bin ich aber mal gespannt."

Berry nippte an ihrem bunten Cocktail und hörte Kim aufmerksam zu.

„Nein. Mein letzter Beziehungskiller, war ein Furz. Ein richtig hässlicher Furz." Erzählte Kimberly und hielt kurz inne, als Indigo sich an ihrem neuen Martini fast verschluckte, als sie das hörte. Berry musste grinsen.

„Wie kann denn ein Furz, eine Beziehung zerstören?" Fragte Berry nach. Indigo stellte ihr Glas zurück auf den Tisch.

„Das muss ja ein ziemlicher Megafurz gewesen sein." Lachte sie und kuschelte sich wieder zurück in den bequemen Sessel. Berry schaute rüber zu Indigo, die nur mit den Schultern zuckte. „Schaue mich nicht so an. Ich höre diese Geschichte auch zum ersten Mal."

„Ich war mit Thomas schon ein paar Mal ausgegangen. Er war ein Einzelkind und aus einer sehr gut betuchten Familie, die in den höheren Gesellschaftskreisen verkehrte. Es sollte eine Überraschung werden. Er wollte mich seinen Eltern vorstellen. Nur leider wusste ich davon nichts. Wir wollten am Vormittag zusammen zum Brunchen aufbrechen. Ich wusste ja nicht, dass ich auf seine Eltern treffen würde. Am Abend zuvor waren wir beide auf einem Geburtstag eingeladen. Und ich hatte es am Büffet etwas übertrieben. Ich aß zwei Portionen von dem Cilli Con Carne, dann noch ein paar Senfeier. Sonntag hatte Thomas immer seine Tennisstunden und ich plante einen gemütlichen Tag auf dem Sofa. Mit ein paar Stunden Netflix und einem guten Buch. Mich einfach mal einen Nachmittag von allen erholen und es mir gutgehen lassen. Ein paar Stunden nur für mich alleine. Mein Magen machte mir an diesem Vormittag so Probleme. Das scharfe Essen und die Senfeier hatten sich nicht so richtig vertragen und es rumorte die ganze Zeit schon in meinem Bauch. Thomas war wie immer pünktlich da, um mich abzuholen. Wir gingen zu seinem Auto. Er fuhr einen schwarzen Siebener BMW und ich freute mich schon auf ein entspanntes Frühstück. Trotz meiner Magenprobleme, hatte ich mein Lieblingskleid angezogen. Es war ein knappes blaues Sommerkleid. Sein Smartphone klingelte und nahm das Gespräch an. Ich wollte auf ihn warten, aber er machte mir Handzeichen, dass das Gespräch nicht lange dauern würde und ich schon mal einsteigen solle.

Ich ging zur Beifahrertür und stieg in den Wagen und machte die Tür zu. Und da passierte es. Ich konnte es einfach nicht länger zurückhalten. Die ganze Luft in meinen Bauch, die sich in den letzten Stunden davor angesammelt hatte, musste einfach meinen Körper verlassen."

Berry hielt sich die Hand vor dem Mund, weil sie nicht wollte, dass Kimberly ihr Grinsen sah. Aber man konnte es ihr schon an ihren Augen ablesen, das sie kurz davor war laut loszulachen. Sie wechselte kurz stumme Blicke mit Indigo, die es nicht andere erging. Auch sie versuchte sich, zusammenzureißen.

„Ich schwitzte und kämpfte dagegen an, es irgendwie zurückzuhalten. Aber der Druck war einfach größer. Und da Thomas noch draußen war und telefonierte, sah ich das als meine einzige Chance, mich von diesem unangenehmen Druck zu befreien. Also gab ich auf und die menschliche Natur nahm ihren Lauf.

Es war ein langer gequälter Furz, der sich da aus meinem Körper stahl. Und er war noch nicht mal leise. Es klang wie ein Tier, das qualvoll verendete und einen letzten verzweifelten Schrei abgab. Und dann dieser Geruch! Es roch nach faulen Eiern. In diesem Moment ekelte ich mich vor mir selbst und mir wurde richtig schlecht von meinem eigenen Furz. Aber dieses erleichterte Gefühl, war einfach göttlich.

Das Problem war nur, dass ich so selbst mit mir beschäftigt war, dass ich nicht die zwei Personen auf der Rückbank im Wagen bemerkte, als ich eingestiegen war. Es waren Thomas Eltern, die er zuvor abgeholt hatte. Thomas Mutter, eine hochnäsige Frau, in einem rosa Kostüm riss schreiend die Wagentür auf und flüchtete ins Freie. Sie schrie und fächerte sich hektisch mit ihrer Hand die rettende frische Luft zu. Dann beugte sie sich vor und musste sich übergeben. Ihr

Mann, Thomas Vater, sprang ebenfalls von seinem Sitz nach draußen, um seiner Frau beizustehen.

Ich saß wie versteinert in meinem Sitz und begriff ganz langsam, was da gerade passiert war. Ich hoffte inständig, dass es nur ein böser Traum war. Aber der penetrante Geruch im Wageninneren hielt an und holte mich relativ schnell wieder in die Realität zurück. Thomas beendete hastig sein Telefonat und steckte sein Smartphone in die Innentasche seiner braunen Lederjacke. Er rannte schnell um das Auto, um seiner Mutter zur Hilfe zu eilen. Ich nutzte die Chance und sprang aus dem Wagen und rannte wie eine Geisteskranke, die Straßen hinunter. Ich wollte einfach nur weg. Meine Pein war viel zu groß. Ich lief, so schnell ich konnte, dabei liefen mir die Tränen über die Wangen und ich heulte wie ein kleines Kind. Ich versteckte mich in irgendeinen fremden Hinterhof hinter stinkenden Mülltonnen und heulte mich aus."

„Das ist ja fürchterlich! Wie lange hast du denn da ausgeharrt, hinter diesen stinkenden Mülltonnen?" Fragte Berry bestürzt.

„Wahrscheinlich länger, als Thomas Mutter in dem Auto." Kicherte Indigo los. Berry und Kimberly schaute entsetzt in ihre Richtung.

„Ach kommt schon!" Lachte sie laut los. „Bei dieser Vorlage, konnte ich mir diesen Kommentar nicht verkneifen."

Kimberly musste selber grinsen. Berry war froh, dass sie es Indigo nicht übel nahm. Auch sie musste sich so das Lachen verkneifen, weil sie Kim damit nicht verletzten, wollte.

„Nun ja eigentlich ist Thomas ja selber schuld." Begann Berry und schaute in die Runde. Kimberly schaute sie fragend an.

„Inwiefern?"

„Ihr wart einen Abend vorher auf dieser Party. Und da hätte er dich ja von diesem scharfen Essen abhalten können. Das war doch sicherlich keine spontane Idee, dich seinen Eltern vorzustellen. Eigentlich hätte er damit rechnen müssen, dass so etwas passiert, wenn man so eine Kombination aus solchen Essen zu sich nimmt. Jeder Mensch würde wie ein Eisluftballon aufgehen, bei scharfen Bohnen und Senfeiern."

Indigo fing schon wieder an zu lachen und wischte sich die Tränen aus dem Gesicht. Beide schauten wieder zu ihr rüber.

„Es tut mir leid Kim." Sie konnte sich einfach nicht mehr zurückhalten. „Wirklich Kim? Dein Furz hat sich wie ein sterbendes Tier angehört?"

Indigos Lachen wurde immer lauter und steckte die beiden Anderen damit an. Alle restlichen Gäste in der Lounge starrten zu den dreien hinüber und schenkten ihnen amüsierte Gesichter, weil ihr herzhaftes Lachen den ganzen Raum erfüllte.

Kapitel 18

Am nächsten Morgen war Berry schon früh aufgestanden und stand in ihrer Küche und bereitete ein großes Frühstück vor. Sie hatte Indigo und Kimberly zu sich nach Hause eingeladen. Sie war erst in den frühen Morgenstunden nach Hause gekommen. Berry nahm eine Taxe und ließ ihren Wagen beim Hotel stehen. Indigo und Kimberly würden dann mit ihrem Auto zu ihr kommen. So bräuchte sie sich darum nicht zu kümmern. Berry schaute auf die Uhr über der Küchentür. Beide wollten gegen halb zwölf da sein. Sie hatte den Esstisch im Wohnzimmer schon gedeckt. Sie hatte bis jetzt noch nie jemanden zu sich eingeladen. Es spukte immer dieser Gedanke in ihrem Hinterkopf, dass ihre Wohnung für andere Leute nicht gut genug sei. Aber in den letzten Tagen hatte sich praktisch Berrys Leben einmal von vorne bis hinten komplett geändert und sie war das erste Mal in ihrem Leben glücklich.

Berry bearbeitete die aufgeschlagenen Eier in einer Rührschüssel. Sie wollte unbedingt Rührei zu ihrem Frühstück den Beiden anbieten. Der Speck knisterte schon in der Pfanne und verströmte einen angenehmen Duft. Die Kaffeemaschine lief im Hintergrund und Berry goss die frisch aufgerührten Eier in die heiße Pfanne. Das Radio spielte einen fröhlichen Sommersong und Berry summte entspannt vor sich hin.

*

Zur selben Zeit parkte Indigo Berrys Wagen in eine Parklücke direkt vor dem Haus. Sie schaute nach draußen und verzog, beim Anblick von dem heruntergekommen Wohnblock, etwas ihr Gesicht.

„Bis du dir sicher, dass Berry hier wohnt?" Fragte sie Kimberly und zog den Zündschlüssel aus dem Schloss.

Kimberly blickte auf ihr Smartphone. Sie hatten sich per Navi einmal quer durch die Stadt führen lassen, weil beide sich hier überhaupt nicht auskannten.

„Also die Adresse stimmt. Ich denke wir sind hier richtig."

„Das befürchte ich auch. Die arme Berry, so hatte ich mir ihre Wohnsituation nicht vorgestellt."

„Aber das ist ja eh praktisch Schnee von Gestern. In ein paar Tagen nehmen wir sie mit und dann wohnt sie in der berühmten *Freakstreet*."

„Das hast du Recht, Kim." Indigo deutete mit einer kurzen Kopfbewegung nach draußen, wo sie eine Frau am offenen Fenster stehen sah, die rauchte. „Also wenn sie mit solchen Nachbarn klar gekommen ist, dann wird sie die verrückten Freaks in Jennifers Nachbarschaft für eine Verbesserung halten."

Kimberly musste grinsen. Sie hatte schon so viel über die merkwürdigen Leute in der Freakstreet gehört. Aber leider nie etwas Verrücktes dort miterleben können.

„Irgendwie beneide ich Berry schon."

Indigo schaute Kimberly fragend an.

„Wieso denn das?" Wollte sie von ihr wissen.

„Nun ja, sie ist dann praktisch hautnah dabei, wenn diese verrückten Nachbarn wieder ihre Show abziehen. Wie hieß noch mal der Typ, der sich als Vogel verkleidet hatte?"

Indigo musste bei dieser Erinnerung kurz lachen.

„Das war Günter. Ja Günter der sich für einen Vogel hielt und dann im Baum über einer Parkbank saß und auf eine andere Nachbarin praktisch herunter geschissen hatte."

Kimberly kringelte sich vor lachen und wischte sich die ersten Lachtränen aus den Augenwinkeln.

„Oh ja stimmt! Die Geschichte war echt der absolute Wahnsinn. Oder dieser Nachbarsjunge direkt nebenan, der immer mit einem altmodischen Damenhut durch die Gegend läuft und laut singt."

„Ja dass ist wirklich eine Freakfamilie. Die Mutter, die sich Mondlicht nennt und ihre Kinder so komische Doppelnamen verpasst hat, die gar nicht zusammen passen. Und der Junge mit dem Hut, will immer die *My fair Lady* sein und mit seinen Geschwistern diese Musical im Garten für die Nachbarn aufführen."

„Klingt ja wirklich spannend, lachte Kimberly. Kann ich mir da noch eine Karte sichern?"

Indigo schaute sie ernst an.

„Glaub mir Kim, das möchtest du dir nicht freiwillig antun. Ich weiß noch, wie ich die Kinder mit einem Gartenschlauch abgespritzt habe, weil die sich einfach nicht vertragen wollten."

„Indigo! Das hast du nicht getan!" Kimberlys Stimme klang eine Spur ersetzt.

„Na was hätte ich denn tun sollen? Diese Mondlichtmutter hat sich ja nicht darum gekümmert. Die war ja schwer beschäftigt."

„Womit denn?"

„Die hat sich zur selben Zeit von ihrem Mann im Gemüsebeet vögeln lassen."

Kimberlys Augen wurden groß. „Ach du Heiliger!"

„Also langweilig wird es in Jennifers Straße nie. Das kann ich dir versichern."

„Vielleicht sollte ich Jen mal fragen, ob sie mir auch ein Zimmer in ihrem Haus vermietet. Meine Nachbarn sind so langweilig. Die schauen um zwanzig Uhr die Nachrichten und sind spätestens um einundzwanzig Uhr im Bett verschwunden."

„Wie langweilig ist das denn?" Indigo guckte auf die Uhr auf dem Display. „Na komm, wir sind ausnahmsweise mal pünktlich. Und außerdem habe ich einen riesigen Hunger."

„Du sagst es! Ich hoffe, Berry hat einen frischen Kaffee gekocht." Sagte Kimberly und stieg aus dem Wagen.

Indigo stieg aus und blickte über das Wagendach zu Kim.

„Ich denke da, brauchst du dir keine Sorgen machen. So wie ich Berry einschätze, hat sie überschlagen und das frühstückt, wird für eine Großfamilie reichen."

*

„Ach, *was* haben wir denn da?" Hörten Kimberly und Indigo eine verrauchte tiefe Stimme sagen, als sie sich dem Eingang näherten.

Beide schauten zu der rauchenden Nachbarin am offenen Fenster hoch.

„*Entschuldigung*!?" Fragte Kimberly nach und dachte, sie hätte sich verhört. Indigo zog ihre rechte Augenbraue hoch, als sie die Nachbarin begutachtete.

„Ich erkenne sofort, dass Sie nur hier sind, um ein paar Drogen zu kaufen. Bei ihren blauen Haaren ist dass ja offensichtlich. Kein anständiges Mädchen würde sich so die Haare färben." Kimberly und Indigo guckten sich kurz an und waren in den ersten Sekunden nicht einig, wer von ihnen verbal zurückschießen sollte.

„Ich glaube, dieser Kommentar ging an dich, meine Liebe." Sagte Kimberly und machte eine leichte Geste, dass sie

Indigo praktisch den Vortritt ließ. Indigo grinste breit und schaute zur rauchenden Frau hinauf.

„Ihre angedeutete Anspielung in Bezug auf meiner Haarfarbe, würden Sie dir mir ein wenig mehr verdeutlichen?" Fragte Indigo zuckersüß und schickte gekonnt ein aufgespieltes falschen Lächeln hinterher.

Ein langer schleimiger Hustenanfall zögerte die Antwort von der Nachbarin hinaus. Nachdem sie sich wieder gefangen hatte und den schleimigen Unrat aus ihrem Mund auf den Fußweg gespuckt hatte, der mit einem Klatschen auf dem Steinboden aufkam, fand sie dann auch ihre Worte wieder.

„Nur drogensüchtige Schlampen oder billige Huren färben sich so die Haare. War das jetzt deutlich genug für dich?"

Die Alte zog wieder an ihrem Zigarillo und pustete ihren Stinkqualm genau in die Richtung von Indigo.

„Diese Worte aus ihrem Mund beweist nur, wie erbärmlich Sie sind! Bevor Sie andere Menschen wegen ihrer Haarfarbe verurteilen und beleidigen, sollten Sie mal ihren Spiegel in ihrer Wohnung putzen und mal selber einen Blick auf ihr verkommendes Aussehen werfen. Ich würde ja mal Wasser und Seife empfehlen. Das könnte auch ihrem starken Körpergeruch entgegenwirken. Eine Zahnreinigung würde ihren maisgelben Zähnen auch mal gut tun. Aber ich vermute mal, dass Ihre Zähne nur von Dreck, Essensresten und dem Nikotin zusammengehalten werden, dass Sie sich täglich reinballern. Höchst wahrscheinlich bleiben dann nur noch ein paar kleine traurige Stumpen übrig, in Ihrem dreckigen Schandmaul."

Indigos Stimme blieb die ganze Zeit ruhig. Sie tippte sich kurz an ihre Stirn und drehte sich einfach um zu Kimberly.

„Ich bin beeindruckt, dass du sie nicht aus dem Fenster gezogen hast." Sie gingen weiter bis zum Hauseingang.

„Das hat tatsächlich auch nur zwei Gründe, dass ich mich zusammengerissen habe. Erstens, ich habe tierischen Hunger. Und zweitens: Ich fasse so eine Person bestimmt nicht ohne verstärkte Gummihandschuhe an. Da holt man sich naher noch etwas weg."

„Auch wieder wahr. Die roch schon aus der geringen Entfernung nicht mehr so frisch. Ich möchte mir gar nicht ausmalen, was diese Person für einen Gestank ausstrahlt, wenn die einen direkt gegenübersteht." Sagte Kimberly und schaute auf die Klingeltafel und suchte nach Berrys Nachnamen.

„Das kannst du dir schenken Kim. Wir brauchen nicht zu klingeln. Die Tür ist offen." Indigo zeigte auf die Eingangstür. Die Türklinke fehlte. Indigo drückte sie mühelos auf.

Sie stiegen langsam die Treppen hinauf. Kimberly verzog angewidert ihr Gesicht und blieb plötzlich stehen.

„Herr im Himmel! Nach was stinkt es denn hier so bestialisch?" Kimberly hielt sich ihre Hand vor Mund und Nase.

„Ich tippe mal, das ist eine Mischung aus alten Urin und verkochten Weißkohl." Sagte Indigo trocken und ging die letzten Stufen nach oben. „Ich glaube, wir haben Berrys Wohnung gefunden." Indigo zeigte auf das aufgebrochene Türschloss und die grünliche Knetmasse, die an der Tür und am Rahmen verteilt war.

„Oh mein Gott! Ich dachte, wirklich Berry hatte das als Scherz gemeint, dass ihre Wohnungstür nur von Knetmasse zusammengehalten wurde."

Indigo wollte etwas kommentieren, als sie beide hinter sich ein Geräusch hörten. Aus der Nachbarwohnung wurde der Schlüssel gedreht und langsam die Sicherheitskette zurückgezogen. Kimberlys Augen wurden groß.

„Wir gehen einfach rein." Kimberlys Stimme klang schon fast panisch.

„Ohne zu klingeln?" Fragte Indigo überrascht.

„Noch so eine Nachbarin, wie diese Person da unten, halte ich einfach nicht aus." Sagte Kimberly und öffnete die Tür zu Berrys Wohnung. Kimberly sprang in den kleinen Flur und Indigo gleich hinter her. Kimberly drückte die Wohnungstür sofort wieder zu und lehnte sich an sie. Entspannt atmete sie aus.

Beide hörten eine Tür quietschen. Es war offensichtlich die Wohnungstür von gegenüber. Und dann hörten sie eine verärgerte weibliche Stimme durch das Treppenhaus brüllen.

„Frau Brix! Ich weiß, dass Sie zu Hause sind. Sie haben immer noch nicht das Treppenhaus geputzt! Sie müssen sich an den Putzplan halten! Ich weiß genau, dass Sie mich hören können! Und ich verlange, dass sie in der nächsten Stunde, diese Aufgabe erledigt haben. Und denken Sie gar nicht daran, ihre giftigen Reiniger für die Treppenreinigung zu benutzen!"

Es quietschte wieder und die Tür wurde laut ins Schloss geworfen. Kimberly schaute Indigo mit großen Augen an.

„Oh Mann! Kaum zu glauben, dass die so auf Sauberkeit achten, wenn das ganze Treppenhaus nach Urin stinkt."

„Indigo wir können sie nicht hier lassen. Ihr habt zwar abgesprochen, dass sie in knapp drei Monaten zu Jennifer ins Haus ziehen soll. Aber mal ehrlich. Ich bin jetzt schon völlig fertig mit meinen Nerven. Und wenn ich mir nur ansatzweise vorstellen muss, hier zu wohnen und in einer ungesicherten Wohnung zu schlafen…" Kimberly brauchte ihren Satz gar nicht zu Ende bringen.

„Schon gut! Wir reden mit ihr. Aber wie willst du das alles so schnell organisieren?"

Kimberly schaute sie vorwurfsvoll an.

„Ich habe schon andere Sachen organisiert. Und außerdem schulden mir noch ein zwei Leute ein paar Gefallen."

*

Berry kam aus der Küche und zuckte beim Anblick von Indigo und Kimberly, die plötzlich in ihrem Flur standen, zusammen. Beinahe hätte sie die Schüssel mit dem frischen Rührei fallen gelassen.

„Sorry! Die Tür stand offen." Scherzte Indigo und ging Berry entgegen.

„Gott, habt ihr mich vielleicht erschreckt." Berry atmete erleichtert aus.

„Ja wir haben uns praktisch selbst rein gelassen. Wir waren auf der Flucht vor deiner Nachbarin und den grausamen Gestank aus dem Treppenhaus."

„Ja das ist in diesem Haus nicht schwer. Besonders nicht bei meiner Tür. Auch die Ökoknete von meiner Nachbarin lässt das nicht wirklich verhindern."

Indigo und Kimberly folgte ihr durch den kleinen Flur ins Wohnzimmer, wo Berry die Schüssel auf dem gedeckten Esstisch abstellte.

„Hübsch hast du es hier." Sagte Kimberly und sah den hässlichen Schriftzug an der Wand, den Cherry ihr hinterlassen hatte. Für ein paar Sekunden verfinstere sich ihr Blick. Sie lächelte sofort wieder und schaute zu Berry.

„Wie schaffst du es, den Gestank aus dem Treppenhaus in deiner Wohnung fernzuhalten?"

„Kim!" Sagte Indigo mit einer vorwurfsvollen Stimmlage.

„Ich habe viele Duftstecker. Aber setzt euch erstmal. Ihr habt bestimmt Hunger. Ich hole nur schnell den Kaffee." Berry verschwand und man hörte, wie sie den frischen Kaffee in eine Thermoskanne schüttete.

„Ich kann nicht verstehen, dass sie sich so lange schlecht behandelt hat lassen von dieser Cherry." Bemerkte Kimberly und zeigte wieder auf die Schmiererei auf der Wohnzimmerwand.

„Na deswegen sind wir doch heute hier. Wir werden einen Racheplan erstellen. Und der wird so ausfallen, dass diese Cherry noch die nächsten Jahre daran zu knabbern hat."

Kapitel 19

Nachdem ausgedehnten Brunch saßen alle Mädels völlig entspannt auf Berrys bequemer Couch. Berry hatte die dritte Kanne Kaffee gekocht und jeden noch einmal die Kaffeebecher aufgefüllt, als sie sich wieder auf ihren Platz setzte.

„Und wie schaut nun unser Plan aus?" Fragte sie in die Runde. Sie hatte zwar vor an Cherry sich zu rächen. Aber mit der Rache ist das immer so eine Sache. Wo fängt man an? Und wo hört man auf? Berry hatte keine Ahnung, wie sie so etwas in die Tat umsetzten sollte.

Indigo grinste breit und griff in ihre Handtasche. Sie holte ein billiges Handy hervor.   „Das gute Teil, ist mein zweites Handy. Als Smartphone kann man dieses grottenschlechte Ding nicht bezeichnen."

Berry schaute auf das handgroße Gerät, was in einer hässlichen giftgrünen Hülle steckte.   „Ich verstehe nicht so ganz." Sagte Berry verwirrt und schaute rüber zu Kimberly, die direkt neben Indigo saß.

„Das ist Indigos zweites Handy. Oder besser gesagt, die Nummer für Leute, die deine richtige Nummer nie bekommen sollen." Erklärte Kim trocken.

„Richtig. Oder für Leute, die sich meine richtige Nummer erst verdienen müssen."

Berry schluckte kurz, und zögerte erst für einen Moment mit ihrer nächsten Frage, weil ihre Gedanken sich mal wieder überschlugen.

„Dann nehme ich mal an, dass ich die Nummer von diesem Teil habe."

Indigo und Kimberly schauten sich an und schüttelten fast synchron ihre Köpfe.

„Nein wirklich nicht. Du hast meine richtige Nummer. Aber es gibt Leute, wie diese Cherry oder andere Verrückte, die besser mit einer Zweitnummer abgespeist werden."

„Das hält die Telefonstalker etwas mehr auf abstand. Und man kann das Gerät einfach ausschalten und ist für seine wichtigen Menschen trotzdem immer erreichbar." Erklärte Kimberly und zog ihr zweites Handy aus ihrer Tasche, das auch in einer ähnlichen hässlichen grauen Hülle steckte.

„Vielleicht sollte ich mir auch so ein Teil anschaffen. Klingt gar nicht so verkehrt. Aber habt ihr eine Idee, wie ich Cherry eins auswischen kann?"

„Du hast uns ja erzählt, dass du ihr Tagebuch kopiert hast. Und da ein paar unschöne Sachen drinnen stehen."

„Ja das schon." Sagte Berry und zögerte einen Augenblick.

„Also haben wir sie am Arsch." Sagte Kimberly trocken.

„Hast du es dir noch gar nicht durchgelesen?" Fragte Indigo neugierig.

„Nicht wirklich. Ich wollte es zwar immer. Aber irgendwie sind das ja auch ihre privaten und geheimsten Gedanken. Ich weiß selber nicht so genau, wieso ich es heimlich kopiert habe."

„*Hallo?!* Sie hat deine komplette Wohnungseinrichtung zerstört. Mit Leuten, die sie obendrein noch verabscheut. Ich halte jede Wette, dass in ihrem Tagebuch viele Leute sehr schlecht wegkommen, den sie immer die beste Freundin vorspielt."

„Und ich denke, dein Unterbewusstsein wollte nur auf Nummer sicher gehen, falls du doch noch mal sie auf irgendeiner Art fertig machen möchtest." Gab Indigo hinzu.

„Aber wo fangen wir an?" Berry hatte überhaupt keinen Funken an Fantasie, wenn es um Pläne für das Rachenehmen ging.

Indigo nahm ihr Zweithandy in die rechte Hand.

„Als Erstes gibst du mir mal ihre Nummer. Und dann werde ich diese Bitch anrufen. Und dann sehen wir weiter." Sagte Indigo ruhig und lehnte sich entspannt zurück.

Berry gab ihr die Nummer durch, die Indigo gleich unter den Kontakten unter *BITCH* abspeicherte.

„Diese Cherry, wird sie sofort zu ihrer Party einladen wollen." Kimberly stand vom Sofa auf. „Ich hole mir noch so ein Croissant. Gott, die schmecken einfach zu köstlich."

„Ruhe! Es klingelt!" Zischte Indigo in die Runde. „Ich werde den Lautsprecher einschalten. Aber ihr müsst ruhig sein."

„Oh bitte! Das bekommt die doch gleich mit, dass du den Lautsprecher anhast."

„Ja ich glaube, Kim hat Recht."

„Glaubt mir. Diese Person ist so mit sich selbst beschäftigt. Sie bekommt gar nichts mit. Außer sie sieht sich selber im Spiegel, wo sie sich wieder bewundern kann." Sagte Indigo und schaltete den Lautsprecher ein und legte das Handy auf den Wohnzimmertisch. Berry und Kimberly hielten vor Spannung ihren Atem an, als das Laute blechende Tuten aus dem Lautsprecher, den Raum erfüllte.

*

Cherry saß entspannt in ihrem Ankleidezimmer vor ihrer Spiegelwand. Vor ihr auf den weißen breiten Designertisch lagen unzählige Make-up Artikel und nahmen jeden Zenitmeter von der Tischfläche ein. Cherry beugte sich weit vor. Sie saß nur in ihrer rosa Seidenunterwäsche vor dem

Spiegel. Ihre dunklen Haare hatte sie mit einer Klammer nach oben gebunden. Sie schaute konzentriert auf ihr Spiegelbild und malte gekonnt ihre Lippen mit einem dunkelrosafarbenen Lippenstift nach. Mehrmals machte sie einen Kussmund zu ihrem Spiegelbild und griff blind nach ihrem goldenen Smartphone. Sie hob es mit der linken Hand hoch und streckte ihren linken Arm so weit aus, wie nur möglich und aktivierte die Kamera. Sie machte einen Schmollmund und ließ eine kurze Fotoserie von ihrer Position losschießen. Dabei beugte sie sich etwas nach vorne, um ihre großen Busen besser zu unterstreichen. Sie liebte es, sich auf den Internetplattformen so zu präsentieren. Sie hatte eine Menge *Follower,* die jedes halbnackte Foto von ihr mit einem Herzen markierten. Sie holte sich die Anerkennung, die sie brauchte aus allen Richtungen.

Ob es über das Internet war oder täglich aus ihrem Pulk an Leuten, die sie wie Schatten den ganzen Tag über verfolgten, wenn sie unterwegs war. Sie warf anmutig ihren Kopf nach hinten, um eine andere Pose anzunehmen, als ihr eigenes Abbild vom Display verschwand und eine fremde Nummer erschien. Ein fremder Anrufer. Es könnte jeder sein. Eine Modelagentur, eine Filmfirma, die sie als Schauspielerin haben wollte, weil sie so fotogen war. Schließlich postete sie fünfmal am Tag immer neue Fotos von sich auf allen Kanälen im Internet. Das musste sich ja irgendwann mal auszahlen.

Ohne zu zögern nahm sie das fremde Gespräch an.

„Hallo! Hier ist Cherry!" Flötete sie mit einer lasziven Stimme in das Gerät und leckte sich verführerisch über ihre Lippen, als würde der Anrufer sie gerade auf einer perversen Art beobachten können.

*

Indigo verdrehte ihre Augen, als sie die laszive Stimme von Cherry über den Lautsprecher hörte. Kimberly zog ihre Augenbraue nach oben und blickte rüber zu Berry, die sich ihre Hände vor dem Mund hielt, um ja keinen lauten Ton von sich zu geben.

„Hallo Cherry! Hier ist Indigo. Wir hatten uns gestern auf meiner Ausstellung kennen gelernt." Indigos Stimme überschlug sich fast schon vor Fröhlichkeit. Kimberly machte eine kurze Handbewegung, dass sie es nicht übertreiben sollte. Indigo hob ihre Hände hoch und zuckte kurz mit ihren Schultern. Cherry räusperte sich kurz, um ihre normale Stimmenlage wieder zu finden.

„Ja ich erinnere mich." Ihre Stimme klang etwas zu gleichgültig, als wäre ihr es völlig egal, dass Indigo sie anrief. Aber in Wirklichkeit war sie an Indigos Bekanntschaft so interessiert, wie der Teufel persönlich an ein paar neuen unschuldiger Seelen. Cherry hatte nur ein Ziel vor Augen. Indigos Bekanntheitsgrad ausnutzen, um sich selber in das Licht der Medienwelt rein zu bekommen. Alles andere war für sie belanglos. Und es war ihr auch egal, wenn sie dabei ein paar sentimentale Gefühle von anderen Leuten mit Füssen treten musste. Sie wollte einfach nur im Rampenlicht stehen. In ihrem Sekundenwunschtraum sah sie sich schon bei diversen Talkshows und als Gewinnerin im Dschungelcamp und bei Big Brother. Sie konnte die Schlagzeilen förmlich schmecken, was die Klatschpresse über sie verbreiten würde. Und jeder würde sie für ihre Schönheit und ihrer Beliebtheit lieben. Sie anbeten und alle wären neidisch auf sie. Dann würde sie wie alle jungen angesagten Stars ihre eigene Kosmetik Line starten, dass passende

Cherryparfüm kreieren, wo sie sich selber halbnackt auf Werbefotos sah, wie sie mit ihrem sexy Körper ihren eigenen entworfenen Flakon präsentieren würde, bis danach die Modewelt mit ihrem eigenen Modelabel die Welt überfluten würde.

„Bist du noch dran?" Fragte Indigo nach, weil die Pause nach ihrem Räuspern etwas zu lange dauerte. Indigos Stimme riss Cherry wieder aus ihren Wunschträumen heraus.

Kimberly tippte sich mit dem Zeigefinger an ihre Stirn und grinste Berry an, die leise in ihre Hände kicherte.

„Aber natürlich bin ich noch dran. Ich bin nur so überrascht, dass du mich auf meinem Handy mich anrufst. Wir hatten leider gar nicht mehr die Gelegenheit gestern Abend gehabt unsere Nummern auszutauschen."

„Ja das stimmt. Ich war auch sehr erschüttert darüber." Sagte Indigo mit einem leichten Sarkasmus in ihrer Stimme. Sofort ernte sie von Kimberly einen strengen Blick und ein energisches Kopfschütteln, dass sie es nicht übertreiben sollte.

„Aber glücklicherweise war Berry so freundlich und hat mir deine Nummer gegeben. Sie meinte auch, es würde dir sehr viel bedeuten, wenn ich mich bei dir melde."

„Ja die gute alte Berry. Ich hoffe es geht ihr wieder besser. Die arme war ja in einem Sanatorium, weil sie so eine Art Nervenzusammenbruch hatte. Die Arme, ich hatte versucht, ihr zu helfen. Aber leider waren da meine Bemühungen umsonst gewesen. Nun ja, ich kann ja schon viel bewirken. Aber wenn die Seele eines Menschen so etwas von kaputt ist, da kann dann auch nur noch medizinischen Fachpersonal und starke Medikamente helfen, um den zerfressenden Verstand von den kranken Wahnvorstellungen zu befreien, die sie die ganze Zeit mit sich herumschleppen muss."

Berry schnappte empört nach Luft, als sie das hörte. Kimberly drückte ihren Zeigefinger auf ihre Lippen, um ihr zu signalisieren, dass sie unbedingt leise sein sollte.

Kimberly stand auf und setzte sich rüber neben Berry und klopfte ihr sanft auf die Schultern. Sie wollte sie unbedingt beruhigen, damit Berry sich leise verhielt und sie nicht vor dem eigentlichen Ziel aufflogen.

„Ich hatte ja keine Ahnung!" Gespielt ließ Indigo ihre Stimme entsetzt klingen.

„Ja das waren sehr lange Monate für Berry. Aber sie war völlig isoliert von der Außenwelt. Man konnte sie nicht besuchen. Ich hatte es mehrfach versucht, aber wurde immer wieder vertröstet, dass es noch viel zu früh war und Berry unbedingt Ruhe brauchte, damit sie sich komplett erholen konnte. Dafür ließ ich ihr immer ein Strauß Blumen dort. Damit sie etwas Freude bekam und damit sie wusste, dass ich ihre *beste* Freundin immer in Gedanken bei ihr war, in dieser schweren Zeit.

Allerdings hatte sich Berry wirklich stark verändert, seit sie wieder draußen ist. Ich vermute mal das müssen die schweren Medikamente sein, die diese Wahnvorstellungen teilweise bei ihr auslösen." Erklärte Cherry in einer zuckersüßen ruhigen Stimme.

Indigo schüttelte fassungslos ihren Kopf, weil Cherry ohne zu stottern, diese Lügen so einfach über ihre Zunge brachte. Jeder Mensch, der Berry nicht kannte, würde ihr sofort diese Geschichte abkaufen.

„Das klingt ja wirklich schrecklich. Ich bin nur noch ein paar Tage hier in der Stadt. Vielleicht sollte ich mal nach Berry sehen, bevor ich wieder nach Hause fahre."

Kimberly hob ihren Daumen nach oben. „Clever!" Formte sie tonlos mit ihren Lippen in Indigos Richtung.

„Mmmmh." Hörten sie Cherry durch den Lautsprecher sagen. Indigo grinste diabolisch. Sie hatte ihren letzten Satz mit bedacht gewählt. Cherry war hin und her gerissen, dass jemand Berry ihr vorzog, trotz dieser fiesen Lügengeschichte, die sie sich praktisch gerade frisch aus dem Ärmel gezaubert hatte. Das ging ja gar nicht. Cherry musste unbedingt dagegen ansteuern.

„Ich würde dich gerne mit deiner Assistentin am Wochenende zu meinem Sommerball einladen. Es kommen zwar eine Menge Leute, aber ich würde euch gerne als meine Ehrengäste begrüßen. Ein paar von meinen Freunden waren auch auf deiner Ausstellung gewesen. Sie sind auch ein paar Kunstliebhaber dabei, die sich wahnsinnig freuen würden noch einmal mit dir ins Gespräch zu kommen."

„Liebend gerne. Kimberly und ich werden sehr gerne vorbeischauen. Wird denn Berry auch mit auf der Party sein?" Hackte Indigo sofort nach. Weil Berrys Rache wäre ja sinnlos, wenn sie selber nicht anwesend wäre. Da wäre ja nur der halbe Spaß für alle beteiligten.

„Ja natürlich ist Berry auch mit dabei. Ich habe sie schon vor Wochen Bescheid gegeben. Allerdings wird sie an diesem Abend nicht als Gast fungieren. Ihr Arzt meinte, es wäre die beste Therapie, wenn sie nicht als normaler Gast, sondern dem Dienstpersonal als Kellnerin fleißig zur Seite steht. So kann sie wieder in der Gesellschaft teilnehmen und hat gleichzeitig doch den sicheren Abstand vor lästigen Fragen und Gesprächen, die man ihr sonst stellen würde, wegen ihrer Abwesenheit in dem Sanatorium. Das ist praktisch eine Art neue Therapie. Sie heilt sich praktisch selber in der Gruppe und im Kreise von Freunden, die sie immer schon geliebt und geschätzt haben."

„Indem sie als Kellnerin auf deiner Party, dir und den anderen Gästen Getränke und Häppchen reicht?" Fragte Indigo verblüfft nach.

„Ja ich fand das auch ziemlich fragwürdig. Aber ihr Arzt meinte, dass es für ihren angeschlagenen Geisteszustand nötig ist. Berry braucht dringend diese halbe Ausgrenzung, damit sie für sich selber erkennt, zu welcher Gesellschaftsschicht sie sich nun mehr hingezogen fühlt. Manche Menschen können einfach nur in der normalen Arbeiterklasse leben und wir, und da beziehe ich dich natürlich mit ein, in der gehobener Gesellschaft können uns nicht mal ansatzweise vorstellen, wie stressig das für Berry sein muss, in unseren Kreisen zu stehen, zu leben, oder versuchen ständig mit uns mitzuhalten. Darum finde ich diese Maßnahme, dass sie sich ihres gleichen anpasst, und erstmal versucht unter dem einfachen Dienstpersonal ein paar Freundschaften zu schließen, die auch auf den gleichen geistigen Level wie Berry sind. Dann kann sie sich mal völlig stressfrei unter ihres gleichen unterhalten und brauch keine Angst zu haben, dass sie gewissen Themeninhalte einfach nicht versteht."

Berrys Blick verfinsterte sich. Mit ihren langen Fingernägeln kratzte sie über den Stoff von der Couch. Ein leises Knurren kam ihr über die Lippen.

Indigo fand, dass jetzt der passende Zeitpunkt, um das Gespräch zu beenden.

„Das klingt wirklich einleuchtend. Aber wir müssen unbedingt noch mal das Thema bei deiner Party vertiefen. Schickst du mir noch mal genau die Daten für deine Sommerparty? Ich muss jetzt ein anderes Gespräch annehmen, da klopft es schon wieder in der Leitung. Schicke mir das doch einfach alles rüber. Du hast ja jetzt meine Nummer."

„Liebend gerne. Ich schicke dir alles sofort. Wir sehen uns dann am Wochenende. Und liebe Grüße an Kimberly, wenn du sie siehst."

„Werde ich ihr ausrichten. Bis bald." Sagte Indigo und drückte schnell auf das Display vom Smartphone und unterbrach die Verbindung.

*

„Was für ein fieses Dreckstück!" Sagte Kimberly laut und holte aus ihrer Handtasche ihre Zigaretten heraus und steckte sich sofort eine an. Geschockt schaute sie zu Berry.

„Oh Berry, tut mir leid. Soll ich lieber nach draußen gehen mit meiner Zigarette."

Berry war immer noch rot vor Wut im Gesicht.

„Ach Quatsch! In ein paar Tagen bin ich hier eh raus aus der Wohnung."

„Ich denke mal Dreckstück, trifft es nicht, annähert. Wenn ihr mich fragt, brauch diese Cherry mal eine Therapie. Die scheint eine notorische Lügnerin zu sein."

„Ich könnte sie erwürgen. Ich habe mir seit Jahren immer alles gemacht und getan. Nur damit ich irgendwie zu ihrem Freundeskreis dazugehöre. Und das ist nun der Dank?"

Indigo und Kimberly schauten Berry mit großen Augen an, als sie von ihrem Platz aufstand und im Wohnzimmer auf und ab lief, um sich wieder zu beruhigen.

„Ich will, dass wir ihr den Arsch aufreißen! Jeder auf dieser Party soll erfahren, was sie für ein verlogenes Miststück ist. Und am besten noch, dass es jeder in den Achtuhr Nachrichten davon erfährt."

„Das mit den Nachrichten könnte schwierig werden. Aber es wäre machbar." Überlegte Kimberly laut.

„Was genau muss ich tun?" Fragte Berry und hatte ihre Hände zu Fäusten geballt.

„Erst einmal musst du dich beruhigen. Glaub mir, wir werden dieser Cherry einen gewaltigen Tritt in den Arsch geben. Aber du musst die Ruhe bewahren. Bekommst du dass bis zum Wochenende hin?" Fragte Indigo mit ruhiger Stimme.

„Ja natürlich bekomme ich das hin. Aber ich bin nur so wütend."

„Du spielst deine Rolle als Kellnerin auf der Party und um alles andere kümmere ich mich. Wir haben zwar fast nur achtundvierzig Stunden zeit. Aber glaub mir, ich habe schon mehr organisiert und das in einem noch kürzeren Zeitraum. Ich bräuchte nur die Kopie von Cherrys Tagebuch."

„Lass Kimberly nur machen. Und ich werde auch noch ein paar Telefonate führen. Ich habe da ein paar Leute, die mir diverse Gefallen schuldig sind. Ich denke, es ist an der Zeit, diese mal einzufordern."

„Ja und was soll ich in den ganzen zwei Tagen tun?" Wollte Berry wissen.

„Du wirst deine Sachen hier zusammenpacken. Wir werden dich in zwei Tagen mitnehmen. Kim und ich haben vorhin schon beschlossen, dass wir dich nicht länger hier lassen. In diesem komischen Haus mit seinen fragwürdigen Gestalten, die sich deine Nachbarn schimpfen. Und ich persönlich hätte keine ruhige Nacht mehr, wenn ich wüsste, dass du hier in dieser ungesicherten Wohnung ohne Tür leben musst, zwischen den ganzen verrückten Menschen hier unter diesem Dach."

„Nun ja sie sind nicht weniger verrückt als wir drei zusammen." Gab Berry zu bedenken.   „Ich würde mal behaupten, dass wir in Sachen körperlicher Reinheit deinen Nachbarn um Jahre voraus sind. Besonders wenn ich an diese widerliche Frau aus dem Erdgeschoss denke. Bei dem Gedanken muss ich den innerlichen Zwang unterdrücken mich ständig an sämtlichen Körperteilen zu kratzen." Kimberly schüttelte es, wenn sie nur darüber nachdenken musste.

„Ich soll wirklich schon mitkommen? Aber ich habe mit Jen abgesprochen, dass ich erst in drei Monaten in die Wohngemeinschaft ziehen soll."

„Berry das ist schon alles so gut wie geklärt." Sagte Indigo und schnappte sich ihr Telefon. Berry schaute sich panisch um. Sie hatte zwei Tage Zeit ihre ganzen Sachen einzupacken. Dann würde sie hier verschwunden sein und ihr neues Leben würde beginnen. Sie konnte es immer noch nicht fassen. Ihr liefen die Tränen über das Gesicht.

Kimberly drückte ihre Zigarette im Aschenbecher aus und ging auf Berry zu und nahm sie in den Arm.

„Süße! Alles wird gut." Sie löste sich, aus der Umarmung.

„Was mache ich nur mit allen meinen Sachen?" Sie blickte sich im Wohnzimmer um.

„Ich wollte in Ruhe noch alles Aussortieren und gegebenenfalls etwas verkaufen."

Kimberly schaute sich kurz um.

„Wieso willst du denn etwas von deinen schönen Sachen verkaufen? Du suchst dir alles aus, was du für die Wohngemeinschaft brauchst. Am besten du telefonierst heute Abend noch einmal mit Jen und klärst einmal alles ab. Und den Rest lagern wir ein, wo du jederzeit rankommst. Und wenn du dann immer noch etwas verkaufen willst, dann kannst du dass in Ruhe machen."

„Okay. Das klingt nach einer guten Idee. Ich wüsste gar nicht, wo ich anfangen sollte. Das alles kommt so plötzlich."

„Ja aber glaube mir. Ich denke das ist der bessere Weg. Ich befürchte, nach Cherrys Sommerparty wirst du hier keine ruhige Minute mehr haben. Und ich denke, diese Cherry ist zu allen fähig, wenn sie erste Mal den ersten Schock überwunden hat. Und wenn sie dich dann hier aufsuchen sollte. Ist diese Wohnung komplett leer, du verschwunden und in einer neuen Stadt und in einem neuen Leben."

„Ich bin so froh, dass ich euch kennen gelernt habe." Sagte Berry und wischte sich eine neue Flut von Tränen aus ihrem Gesicht.

„Wir auch Süße. Du bist echt ein Goldstück." Sagte Kimberly und zwinkerte Berry frech zu. Indigo warf ihr Smartphone in ihre Handtasche.

„So es ist alles geklärt. Jennifer weiß Bescheid und freut sich schon auf dich. Das Zimmer ist schon frei. Bianca ist gestern schon zu ihrem Mann gezogen."

„Dann kann ich ja packen. Ich kann es immer noch nicht glauben." Sagte Berry mit einem strahlenden Lächeln im Gesicht.

„Ich bräuchte noch die Kopie von Cherrys Tagebuch." Sagte Kimberly.

Berry ging zu ihren weißen Sekretär und holte die Mappe mit den Kopien und gab sie Indigo. Sie schaute auf die graue Mappe und sagte:

„Genau! Und nun treten wir dieser miesen Bitch so richtig ihn ihren verknöcherten Arsch!"

Kapitel 20

Die letzten zwei Tage waren für Berry wie ein kurzes Fingerschnippen vergangen. Sie hatte die Zeit sinnvoll genutzt, um ihren ganzen Besitz fertig für den Umzug zu verpacken. Dabei hatte sie alles in drei Sparten aufgeteilt. Einmal was definitiv auf den Müll sollte und was eingelagert werden musste. Dazu gehörte fast ihr ganzes Mobiliar. Und dann die Sachen, die sie mit in die Wohngemeinschaft mitnehmen würde. Dazu hatte sie stundenlang mit Jen am Telefon verbracht. Was Berry beruhigend fand, da Jen eine angenehme Telefonstimme hatte und sie beide sich im Vorfeld schon mal ein wenig besser kennen lernen konnten. Zusammen gingen sie Berrys Kücheninventar durch. Dabei lachten sie viel. Und Jen erzählte ihr ein paar witzige Gesichten, die seitdem sie selber in dem Haus lebte, schon alles erlebt hatte.

„Am besten wir fangen in der Küche an. Und dann gehen wir beide genau durch, was du mit in Wohngemeinschaft mitnehmen kannst. Wir brauchen ja manche Dinge nicht doppelt und dreifach. Du kannst ja alles mitbenutzen, was hier schon vorhanden ist. Und den Rest von dir lagern wir einfach ein. Es geht dir ja nichts verloren."

Ein paar Sachen fehlten in der WG Küche. Besonders der Entsafter, den Berry sich mal angeschafft hatte, aber bis jetzt nie gebraucht hatte, sollte sie unbedingt mitbringen.

„So etwas hast du?" Fragte Jen begeistert. „Ich wollte mir schon immer so ein Gerät anschaffen, habe aber es nie geschafft und wieder nach hinten geschoben. Und funktioniert das Gerät gut?"

Berry zuckte kurz mit den Schultern. Das Gerät stand in der Originalverpackung auf einen ihrer Küchenschränke. Sie hatte es dann und wann mal zum Abstauben herunter geholt. Aber das Gerät selber nie ausgepackt oder benutzt. Die Garantie vom Hersteller, die sich auf fünf Jahre beschränkte, war schon längst abgelaufen.

„Das kann ich dir gar nicht sagen. Ich hab den Entsafter nie gebraucht. Aber wir probieren ihn aus, wenn wir unter einem Dach wohnen. Hast du einen Geschirrspüler?" Wollte Berry wissen, als sie sich die Bilder auf der Verpackung genauer ansah. Auf der Verpackung war auf einem Bild eine glückliche Hausfrau, die breit in die Kamera lächelte und dabei die Einzelteile in den offenen Geschirrspüler steckte. Allerdings war ihr weißes Lächeln nach all den Jahren auf dem Küchenschrank zu einem maisgelben Lächeln vergilbt und dadurch wirkten die Bilder von dieser sauberen Hausfrau mit dem gelben Zähnen irgendwie lächerlich. Berry stellte die Verpackung mit dem Gerät zu den Sachen vor dem Küchenfenster, die unbedingt mit in die Wohngemeinschaft sollten. Dazu waren Kaffeevollautomat, eine Küchenmaschine und der Entsafter dazugekommen. Und etliche kleine Küchenutensilien, die Jen gar nicht besaß.

„Natürlich habe ich einen Geschirrspüler. Wer hat denn noch zeit und Lust sein Geschirr mit der Hand abzuspülen?"

„Ja stimmt. Wohl fast keiner." Antwortete Berry und verriet ihr Jen nicht, dass sie noch nie einen Geschirrspüler besessen hatte. Ihre Mutter sagte immer:

„Das ist ein Gerät des Teufels! Darum hat Gott Kinder erschaffen, dass die nach dem Essen das Geschirr abspülen. Und wenn die Kinder sich weigern, dann müssten alle Eltern sich einen Geschirrspüler kaufen, aber vorher den Teufel die

Seelen der Kinder verkaufen, um so ein Gerät zu bekommen."

Die Vorstellung, dass der Teufel ihre Seele holte, damit ihre Mutter einen Geschirrspüler bekam, ängstigte sie als Kind fast zu Tode. Also wusch sie brav das ganze Geschirr ohne zu mucken ab, um ja ihre Seele behalten zu dürfen. Und dabei ist es auch die ganzen Jahre geblieben. Abends nach dem Essen wusch sie immer das Geschirr ab und räumte es sofort nach dem Abtrocknen wieder weg.

Sie hatte ihre ganze Wohnung in dieser kurzen Zeitspanne verpackt, entrümpelt und zusammengepackt. Kimberly hatte ihre Kontakte springen lassen. Ihr kompletter Hausrat war schon unterwegs in eine Lagerhalle, der Indigo selber gehörte, wo ihre Sachen professionell neben ihre Kunstgegenstände trocken eingelagert wurden. Die Kisten für die Wohngemeinschaft würden heute Jen in Empfang nehmen und alles schon mal in ihr Zimmer stellen. Berry saß praktisch auf gepackten Koffern. Sie wohnte die letzten Tage im Hotel, wo auch Kimberly und Indigo abgestiegen waren. Und Morgen um die gleiche Zeit würde sie in einer neuen Stadt in Norddeutschland sein. Eine neue Stadt, mit neuen netten Menschen in ihrem Umfeld und in einem neuen Leben. Ein paar Minuten mit dem Auto nur zur Ostsee. Praktisch war der Strand um die Ecke. Darauf freute sich Berry am meisten. Sich im Sommer dort aufzuhalten und einfach mal die Sonne mit einem guten Buch genießen.

Aber heute musste sie noch Cherrys Sommerparty miterleben. Oder besser gesagt überleben. Als Kellnerin. Aber sie spielte die Rolle nur mit, weil Indigo und Kimberly den Racheplan abgenommen hatten.

„Je weniger du weißt umso besser." Hatte Indigo ihr gesagt.

„Stimmt! Spiel du deine unterwürfige Rolle als Kellnerin und wiege Cherry somit Sicherheit. So wird sie keinen Verdacht schöpfen, dass ihr die ganze Party am Ende noch um die Ohren knallen wird. Und glaube mir, sie wird sich die nächsten Wochen nicht mehr aus dem Haus wagen."

„Ich würde Monate sagen." Gab Indigo mit einem breiten Grinsen hinzu.

„Was genau habt ihr vor?" Berry war schon krank vor Neugier. Und sie hatte Angst, dass man ihr es indirekt ansehen konnte, dass sie mit Indigo und Kimberly die berüchtigte Sommerparty von Cherry sprengen würde und gleichzeitig ihre persönliche Rache für ihre zerstörte Wohnung bekam.

„Lass dich einfach überraschen. Aber eins können wir dir versprechen. Wir werden dieser Person einen Denkzettel verpassen, den keiner so schnell vergessen wird." Versprach ihr Indigo.

*

Ein energisches kurzes Klopfen hinter ihr, riss Berry aus ihren Gedanken. Sie drehte sich zur Tür um und diese wurde im selben Moment aufgerissen. Vor ihr stand eine Angestellte von der Familie Graf. Berry befand sich in den kleinen stickigen Umkleideraum, dass für das Hauspersonal gedacht war. Ein spartanischer eingerichteter Kellerraum ohne Fenster und ohne frische Luft. Ausgestattet an einer Wand mit mehren Eisenschränkchen. An der Seiten Wand war ein kleines Waschbecken mit einem Spiegel. Die flackernde Neonbeleuchtung von der niedrigen Decke tauchte den stickigen Raum in ein kaltes zitterndes Licht. Berry sollte sich am Dienstboteneingang melden, wo sie von der unfreundlichen Hausdame, die Frau Braun hieß, empfangen wurde. Berry wusste, dass die Braun schon seit Jahren den Haushalt der Familie Graf führte. Sie strahlte keinen Funken Menschlichkeit aus. Sie wirkte eine Robottorfrau, die ohne Widerstände jeden Befehl von ihren Hausherren entgegennahm und diese Befehl zu vollster Zufriedenheit erfüllte. Ihre schneeweiße Haut hob sich stark von ihrer Uniform ab, so dass man den Eindruck hatte, dass diese Frau noch nie in ihrem Leben Sonnenlicht abbekommen hatte. Und wenn Frau Braun ungünstig im Licht stand, wirkte ihre Gesichtshaut wie dünnes Seidenpapier, das bei jeder zu starken Gesichtsmimik im Begriff war zu reißen. Ihre weißen Haare waren stets immer zu einem festen Knoten zusammengebunden, Ihre hellen Augen, die wie zwei Kugeln aus Eis tief in ihren Höhlen lagen, fixierten einen kalt und emotionslos. Mit ihrer strengen Stimme wagte keiner, unter der Belegschaft zu unterbrechen, geschweige denn zu hinterfragen. Und ihre dünnen farblosen Lippen lagen immer wie zwei lang gezogene Gummibänder, ständig auf Spannung und gaben ihrem unfreundlichen Gesicht den letzten Schliff. Frau Braun führte sie direkt in den Keller, wo sie sich umziehen sollte. Ihre Uniform hing an einem dünnen Drahtbügel, verpackt in einer durchsichtigen Folie, an einen der Eisenschränke. Frau Braun ließ sie mit den Worten zurück:

„Sie haben genau fünf Minuten zeit, sich umzuziehen!" Sagte sie laut und zog die Tür von außen geräuschvoll ins Schloss. Berry zog die Folie vom Drahtbügel und guckte in die Innenseite der schwarzen Uniformjacke. Diese war drei Nummern zu klein. Sie wusste sofort, dass es von Cherry kam. Denn sie hatte sie im Vorfeld nach ihrer genauen Konfektionsgröße gefragt.

Da würde sie nie im Leben hineinpassen. Aber sie versuchte ihr Bestes. Sie zog ihre Kleidungstücke aus und legte diese ordentlich in den Schrank. Langsam zog sie sich die Uniform an. Überraschenderweise passte sie wie abgegossen. Sie zog die schwarzen Schuhe an, die alle gleich für das Hauspersonal waren, an. Dann schritt sie zum Waschbecken hinüber und schaute das erste Mal seit Jahren wieder direkt in den Spiegel. Die Uniform passte. Sie hatte in den letzten Wochen abgenommen, ohne dass sie es gemerkt hatte. Sie überlegte kurz. Seit ihrem Unfall und dass kennen lernen von Indigo, Jen und Kimberly hatte sie das erste Mal seit Jahren nicht mehr das Bedürfnis ihren Kummer mit Essen zu betäuben. Sie hatte nur das nötigste zu sich genommen, um ihren Hunger zu stillen. Sie erkannte sich kaum wieder. Trotz des hässlichen kalten Lichteinfluss von dem Neonlicht, das immer wieder im Hintergrund aufzuckte, gefiel Berry, was sie da im Spiegelbild sah. Ihr Gesicht wirkte etwas schmaler als sonst. Ihre Haut strahlte und sie hatte eine Taille bekommen. Der kleine Bauch war verschwunden. Selbst ihr Busen wirkte durch das neue Körperverhältnis irgendwie größer.

„Sind *Sie* jetzt endlich fertig?“ Fragte Frau Braun mit einer unfreundlichen Ungeduld in ihrer Stimme.

Berry hatte sich ihre mittellangen braunen Haare zu einem Pferdeschwanz nach hinten gebunden. Frau Braun beäugte sie kritisch von oben bis unten.

„Frau Graf wünscht, dass alle weibliche Angestellten vom Hauspersonal ihre Haare zu einem strengen Knoten gebunden haben.“

Ihre unterkühlte Stimme prallte an Berry einfach ab.

„Tja das würde ich mal sagen, da hat Frau Graf wohl heute Abend mit mir Pech gehabt." Sagte Berry trocken und schritt ohne ein weiteres Wort an Frau Braun vorbei. Die hatte vor erstaunen ihren Mund offengelassen. Sie war keine Widerworte gewöhnt. Aber Frau Braun hatte ihre unterkühlte Mimik schnell wieder im Griff. Sie zog die Tür hinter sich zu und holte Berry auf dem Kellergang mit ihren schnellen Schritten ein.

„Wenn *Sie* unbedingt vor der ganzen Belegschaft von Frau Graf auf ihre deplatzierte Frisur angesprochen werden möchten, werde *ich* ihnen bestimmt nicht im Wege stehen. Außerdem wünscht Frau Graf eine kleine Ansprache gegenüber dem Personal, bevor wir die ersten Gäste mit einem köstlichem Aperitifs begrüßen."

Frau Braun lief kerzengerade und im Stechschritt voraus und Berry folgte ihr schnell. Langsam bekam sie ein ungutes Gefühl. Sie betraten die große Halle, die sich praktisch gleich hinter der großen Diele im Eingangsbereich befand. Berry und Frau Braun waren die Letzten, die dort eintrafen. Alle Hausangestellten standen in einer Reihe und schauten demütig auf den Boden und warteten brav, was Frau Graf vor der großen Sommerparty ihrem Personal noch zu verkünden hatte. Frau Braun machte eine knappe Handbewegung in Berrys Richtung, dass sie gefälligst in die Reihe der Bediensteten einzureihen hatte. Frau Graf stand schon ungeduldig vor ihnen und wippte nervös mit ihren rechten hochhackigen Schuh auf und ab. Demonstrativ schaute sie auf ihre goldene Armbanduhr, die das Sonnenlicht von draußen kurz reflektierte und kurz aufblitzen ließ. Frau Graf hatte sich für diesen besonderen Abend besonders zu Recht gemacht. Sie hatte eine frische Botoxbehandlung hinter sich. Es war unmöglich, irgendeine Gefühlsregung von ihrem

Gesicht abzulesen. Ihre dicken aufgespritzten Lippen waren blutrot geschminkt. Und dank wochenlang des Solariums und der Selbstbräuner, wirkte ihre Haut, in den zu knappen weißen Sommerkleid, wo der gewagte Schlitz bis hoch zu ihrem linken Hüftknochen ging, wie eine dunkle Holzart, die man in alten Schrankwänden von alten Wohnzimmern wieder findet. Dazu hatte sie ihre schwarzen Haare glätten lassen, die streng und glänzend, als wären sie gerade frisch mit Eiswasser übergossen worden, nach unten hingen. Man konnte ihre Augen nicht sehen, da sie eine goldene Sonnenbrille trug, die sie nicht abnahm, als sie anfing, sich zu räuspern, um sich von jedem gehört zu werden.

„Diese Sommernachtsgala liegt mir persönlich sehr am Herzen", begann sie und legte ganz theatralisch ihre rechte Hand auf Dekolletee, wo man für Sekunden ihre blutroten angemalten Nägel, sowie ihr goldenes Armband und mehrere Goldringe, bewundern konnte. Berry schaute vorsichtig nach links. Aber keiner der anderen Angestellten wagte sich, zu bewegen, geschweige denn nach vorne zu schauen. Sie fühlte sich wie in einem schlechten Film. Also tat sie es den anderen gleich und guckte wieder vor sich auf den weißen Boden. „Es werden nur unsere engsten Freunde heute Abend bei uns sein. Einige werden Sie sicherlich wieder erkennen, da wir auch viele berühmte Leute und Künstler in unseren Freundeskreis haben. Darum verbiete ich ihnen mit meinen Gästen zu sprechen oder sie auf irgendeiner Art zu belästigen. Sie werden lächeln und ihre Arbeit stumm erledigen, die Frau Braun für Sie vorgesehen hat. Sie werden nur Antworten, falls einer meiner Gäste ihnen eine Frage stellen sollte. Aber da dass im besten Fall nicht vorkommen wird, verrichten sie ihre Arbeit lautlos und halten sich im Hintergrund. Ich toleriere keine

Unterhaltungen unter dem Personal. Wir haben einen strengen Zeitplan, den wir in der Menüplanung einhalten werden. Ich dulde keine Fehler oder Verzögerungen. Jeder von Ihnen wird von Frau Braun genaue Anweisungen erhalten, damit keine Störungen im kompletten Zeitablauf auftreten werden. Und nun wird Frau Braun sie einteilen. Sie bekommen die nächsten Einweisungen von Frau Braun im Küchenbereich."

Frau Graf machte eine kurze Handbewegung in Frau Brauns Richtung. Das war praktisch der Befehl, der ihre steifen Glieder wieder in Bewegung brachte. Frau Braun führte die Angestellten aus der großen Halle in Richtung Küche. Berry schritt langsam hinter den anderen hinterher und blickte noch einmal kurz auf Frau Graf, die sich theatralisch an ihre linke Schläfe faste, als hätte die Ansprache ihre letzten Kräfte beraubt. Sie stöckelte mit ihren hohen Hacken zurück auf die Sonnenterrasse.

*

Nachdem Frau Braun das ganze Personal für diesen Abend eingeteilt hatte, dass aus dem Personal aus dem eigenen Haushalt und Mitarbeiter von einer Fremdfirma handelte, fand sich Berry hinter der Bar wieder, die sich in der Nähe vom Pool befand. Sie war mit vier anderen männlichen Kollegen für diesen Bereich eingeteilt worden. Sie schwüle Sommerluft macht ihr zu schaffen. Sie hatte das Gefühl, als würde sie in der Uniform zerfließen. Sie wischte sich mit dem Handrücken über ihre Stirn, als hinter sich eine bekannte Stimme hörte.

„Na Brix! Amüsierst du dich schön?"

Berry drehte sich um und guckte in Cherrys Gesicht, die sie mit einem höhnischen Lächeln beäugte. Neben ihr stand einer ihrer Freundinnen, Peggy Wallach. Sie trug laut Cherrys Tagebucheintrag den heimlichen Spitznamen, Peggy die Stute. Dünn, platinblond, gemachte Brüste, wie von einem Pornostar und dümmer wie drei Meter Feldweg. Peggy nahm von Berry überhaupt keine Notiz. Sie glotzte ungeduldig in ihr Smartphone.

„Ach Cherry, vielen Dank für die Uniform. Sie passt perfekt." Sagte Berry mit einer überfreundlichen Stimme. Cherrys Blicke glitten über Berrys Körper. Dann verfinsterte sich ihr Blick.

„Ich glaube nicht, dass das Personal unsere Gäste ansprechen darf." Sagte sie provokant. Berry lächelte ihr entgegen, was Cherry etwas irritierte. Peggy schaute von ihrem Smartphone auf und schaute zu Berry. Sie schnippte mit ihrer linken Hand in ihre Richtung. „Martini!" Befahl sie abfällig.

„Sehr gerne!" Sagte Berry und drehte sich zu den Flaschen um, die hinter ihr im Regal standen. Sie drehten den beiden den Rücken zu und ihr aufgesetztes Lächeln erlosch sofort. Berry bereitete den Martini vor und stellte das volle Glas vor Peggy auf die Bar. Sie schaute auf das Glas. „Und wo ist die Olive? Können Sie denn keinen richtigen Martini machen?"

„Wenn Sie Ihre Bestellung in ganzen Sätzen abgeben würden, dann würden Sie auch ihre Bestellung ordentlich erhalten. Ich bin hier nicht zum Gedankenlesen hier." Berry griff in die Schale mit den Oliven und warf ihr eine in das volle Glas. Peggy schaute schockiert auf ihr Glas und dann eingebildet zu Berry.

„Sie wissen schon, dass ich Sie jederzeit feuern lassen kann?"

Berry zuckte nur kurz mit den Schultern. „Und?" Fragte sie emotionslos. Cherry kam dichter an die Bar.

„Ach Brix, sei brav. Du sollst doch mit ansehen, wie ich dir deine neue beste Freundin Indigo ausspanne. Und wenn du, du nicht nach meiner Pfeife tanzt, wirst du nie irgendwelche Freunde haben."

„Noch ist Sonne nicht untergegangen Cherry." Sagte Berry und griff sich ein Glas, um es mit einem Tuch zu polieren. Dabei lächelte sie Cherry breit an.

„Wann kommt denn diese Indigo endlich?" Nörgelte Peggy herum und nahm einen Schluck von ihrem Martini. Berry schüttelte nur den Kopf. Peggy erfüllte wirklich jedes Klischee einer dummen Blondine. Echt traurig. Kein wunder, dass blonde Frauen es so schwer in Alltag hatten und unter dieses Klischee zu leiden hatten. Peggy war ja nun mal der lebende Beweis dafür.

Immer mehr Gäste trafen auf der Terrasse ein. Berry stand hinter der Bar und erfüllte schon mit ihren Kollegen die ersten Getränkewünsche.

Frau Graf hatte den Pool mit rosafarbenen Magnolienblüten dekorieren lassen. Und am Abend würde noch ein Meer aus Schwimmkerzen hinzukommen.

Im Garten selber war eine Freiluftküche aufgebaut worden, wo jeder Gast sich frisch bekochen lassen konnte. Vom Fisch bis zu jeder gegrillten Fleischsorte. Ein vier meterlanges aufgebautes Büfett wurde vom weiterern Personal betreut, um den Gästen das gewünschte Essen auf die Teller zu legen. Auf Wunsch wurde das Essen an den gewünschten Tisch gebracht. Der ganze Garten war ein Meer aus süßlich duftenden Blumen und indirekter lila Beleuchtung. Und überall standen große Tische mit weißen Leinentischdecken und eine imponierende Blumendekoration. Weiter hinten im

Garten, in der Nähe vom Tennisplatz, war eine Bühne aufgebaut, wo eine Band den ganzen Abend Musik spielte und eine afrikanische Soulsängerin mit ihrer rauchig wunderschönen Stimme dazu sang. Davor war ein Holzpaket aufgebaut, damit die Gäste ausgelassen zur Musik tanzen konnten. Ein Halbes duzend Kellner rannten mit vollen Tabletts umher, um jeden neuen Gast einen fruchtigen Begrüßungscocktail zu reichen. Frau Graf war in ihrem Element. Sie kreischte immer vor Freude auf und stöckelte dann zu der Person, die sie neu in dem Getümmel entdeckt hatte, um sie dann kurz zu umarmen, und die obligatorischen Pseudoküsschen rechts und links auf den Wangen zu verteilen. Berry konnte nur genervt mit ihren Augen rollen, weil jedes Verhalten von den Gästen sich falsch anfühlte. Das meiste war so unecht und aufgesetzt. Und alle spielten bei dieser Charade mit und fühlte sich super, weil sie ja in diesen Kreisen ja verkehrten. Aber unter dem Strich, wer freute, sich denn wirklich hier jemanden zu sehen oder wieder zu treffen? Berry schaute erschrocken auf. Vor ihr stand ein junger Mann und lächelte sie freundlich an.

„Grottenschlechte Party oder?" Sagte er und nickte mit seinem Kopf zu Frau Graf, die wieder mit einem Kreischen einer anderen Frau um den Hals warf.

„Nun ja aus meiner Perspektive betrachtet, definitiv ein klares Ja. Was darf ich Ihnen zu Trinken bringen?" Fragte Berry, weil sie merkte, dass diese dunklen braunen Augen sie langsam in den Bann zogen.

„Einen Wodka on the Rocks, bitte. Und bevor ich es vergesse, darf ich mich kurz vorstellen?" Berry stellte ihm sein volles Glas vor ihm auf eine weiße Serviette. Berry guckte wieder in seine dunklen braunen Augen, das Gesicht umrahmt von schwarzen Bartschatten und die mittel langen schwarzen

Haare, wo ihm immer wieder eine Strähne ins Gesicht fiel, die er mit einer kurzen Geste aus dem Gesicht strich. Er lächelte Berry freundlich an, und war fast geblendet von seinen makellosen weißen Zähnen.

„Mein Name ist Christian. Und Sie sind?"

Berry merkte, dass sie etwas rot wurde im Gesicht. Aber sie versuchte, sich nichts von ihrer aufkommenden Charme anmerken zu lassen.

„Mein Name ist Berry. Einfach nur Berry." Antwortete sie freundlich zurück.

„Wirklich süß. Und nun habe ich einen Grund wieder an die Bar zu kommen, um dich Berry nach einem Drink zu fragen."

Er zwinkerte ihr kurz zu und verschwand wieder zwischen den Gästen. Berry schaute ihn nach. Ihr Herz hämmerte immer noch wie wild in ihrer Brust.

„Wer war denn diese Sahneschnitte?"

Berry guckte in Kimberlys Gesicht und ihr fiel ein Stein von ihrem Herzen. Jetzt fühlte sie sich nicht mehr so verloren auf dieser Party.

„Ich habe keine Ahnung. Er heißt Christian und wollte von mir einen Wodka." Kimberly schaute sie von oben bis unten an.

„Der Typ war jedenfalls auf Flirtkurs, wenn du mich fragst."

„Ach so ein quatsch!"

„Berry nehme es mir nicht übel, aber du siehst erschreckend gut aus in dieser Uniform."

Sie lachte verlegen auf.

„Ja da habe ich mir auch schon gedacht. Aber gleichzeitig ist die auch verdammt unbequem und ich schwitze wie ein Schwein. Wo ist Indigo? Wann startet nun die große Sache? Ich kann es nicht erwarten aus dieser Uniform zu steigen und mich unter die nächste Dusche zu stellen."

„Wir wollen bis Mitternacht warten. Da präsentiert Frau Graf ihre Mitternachtssommerballtorte, die sie extra von berühmten Konditoren für diesen Anlass hat anfertigen lassen."

„Es ist gerade mal zwanzig Uhr. Ich halte das nicht mehr länger aus." Sagte Berry mit einer zerknirschten Stimme.

„Schätzchen, dann geh und ziehe dich einfach um. Was soll Cherry schon groß machen?"

„Sie könnte mich vom Grundstück schmeißen!"

Kimberly lächelte wissend.

„Auch das habe ich bedacht. Sie würde es nicht wagen, dich von der Party auszuschließen, weil sie genau weiß, dass dann Indigo und ich dir sofort folgen würden. Also bist du sicher."

„Ich habe keine richtigen Sachen dabei für so eine Party. Und ich kann ja wohl schlecht in meiner Sklavenuniform mich unter die Gäste mischen und heiter mitfeiern."

„Hallo?! Es steht hier einer der besten Organisationstalente vor dir. Natürlich habe ich dir etwas Passendes zum Anziehen mitgebracht. Du glaubst doch nicht, dass Indigo und ich hier feiern und du die Blöde bist und den Gästen Getränke reichen musst? Außerdem ist es deine kleine Racheparty. Da solltest du schon den Abend in vollen Zügen genießen und live dabei sein, wenn Cherry vor den Augen ihrer Gäste zur Hölle fährt."

„Ihr seid einfach die Besten. Und nebenbei erwähnt, zwei völlig durch geknallte Hühner." Kimberly schippte mir ihrer rechten Hand in die Luft.

„Erzähl mir was Neues! Und nun schleich dich in den Personalraum. Da wartet ein frisches Sommerkleid für dich. Ach ja und eine Tür weiter ist der Duschbereich für das Personal. Da kannst du dich richtig frisch machen. Alles was du benötigst, wird in dem Schränkchen sein unten im Keller."

„Ich bin geschockt und sprachlos. Wie hast du dass nur alles geschafft?"

Kimberly zuckte kurz mit ihren Schultern und grinste breit.

„Ganz einfach! Ich hab das Zimmermädchen bestochen. Und ich habe alle wichtigen Informationen aus ihr ausgequetscht. Und nebenbei erwähnt. Selbst alle Hausangestellten könnten die Grafs nicht ausstehen. Außer diese komische Frau Braun. Aber die scheint demütig und seelenlos in diese Welt geboren worden zu sein."

Berry schüttelte überrascht ihren Kopf über diese ganzen neuen Nachrichten, die ihr Kimberly ihr so nebenbei berichtete.

„Und das hat dir alles dieses Zimmermädchen erzählt?"

„Du glaubst gar nicht wie redselig die geworden ist, als ich ihr ein paar Scheine in die Hand gedrückt hatte. Jedenfalls hat sie ein Auge auf dich und wird dir den Rücken decken, falls du in Schwierigkeiten geraten solltest, wenn du dich im Untergeschoss kurz zurückziehst."

Berry blickte sich verstohlen um. Welche von den Mädchen es wohl war?

„Höre auf, nach meiner Informantin zu suchen. Siehe zu, dass du in das Untergeschoss kommst und dich endlich umziehst."

Berry guckte Kimberly mit einem leicht verzweifelten Gesichtsausdruck an. Sie hatte keine Ahnung, wie sie unbemerkt aus dem Barbereich in das Haus gelangen sollte.

„Und wie soll ich das am besten anstellen?" Berrys Stimme klang etwas verzweifelt. Kimberly lächelte ihr aufmuntert zu.

„Süße, ich glaube, die Barfrau muss mal ein paar schmutzige Gläser in die Küche bringen."

Berry schaute auf ein leeres Tablet, das neben ihr auf dem Tresen stand.

„Und du meinst wirklich das funktioniert, mich unbemerkt ins Haus zu schleichen?"

„Wir werden es jedenfalls nicht erfahren, wenn du hier weiterhin nur hinter der Bar stehst. Vertraue mir. Ich bin auch noch da und werde ein Auge auf dich haben."

Kapitel 21

Berry schnappte sich ein leeres Tablett und füllte es mit benutzten Gläsern. Sie hatte keine Lust mehr in Cherrys Leben, einer von ihren dummen Marionetten zu sein. Wenn sie etwas in den letzten Tagen gelernt hatte, dass ihr Leben und ihre Person wertvoll war. Auch wenn sie nicht den Reichtum vorzuweisen hatte, wie Cherrys Familie. Indigo und Kimberly hatte ihr die Chance gegeben ihrem begrenzten Leben zu entkommen und einmal neu zu beginnen. Ein neues Leben, wo man ihr zuhörte, sie akzeptierte so, wie sie war.

Sie hatte davon gekostet und würde nicht einmal zurückblicken auf diesen Albtraum, in dem sie sich seit Jahren befand. Nur weil sie Angst hatte alleine zu sein. Sie könnte sich immer noch Ohrfeigen, weil sie geglaubt hatte, dass Cherrys vorgetäuschte Freundschaft und das ständige Ausnutzen, ihr Hauptbestand ihres ganzen Lebens war.

Aber man hatte sie aus ihrem Hamsterrad herausgeholt und ihr gezeigt, wie ihr Leben anders aussehen konnte. Und nun wollte sie nicht mehr zurück. Die letzten Jahre hatte sie immer alles für andere Menschen getan oder erledigt. Bis hin zur körperlichen Erschöpfung. Nun hatte sich das Blatt gewendet und sie würde ihr neues Leben in vollen Zügen genießen. Und da würde ihr kein anderer Mensch mehr befehlen, was sie genau zu tun hatte.

Berry trug geschickt das volle Tablett mit den leeren Gläsern durch die Partygäste. Niemand beachtete sie. Sie wusste wo sich die Küche befand und ging mit schnellen Schritten in die Villa hinein. Niemand hielt sie auf. Mit ihrer linken Hand drückte sie die Küchentür auf und hörte schon den Lärm, der aus dem Inneren kam. Fünf Köche waren dabei das nächste Essen vorzubereiten. Der Geräuschpegel war sehr hoch.

Sie stellte die Gläser einfach auf die nächste freie Arbeitsfläche ab und huschte unbemerkt aus der Küche. Die Tür fiel hinter ihr wieder zu. Sofort verstummte der Krach aus der Küche. „Soweit so gut." Dachte sich Berry und lief schnell den langen Flur entlang und bog links ab, wo es durch die große Halle ging.

Diese musste sie passieren, um dann in die Vorhalle beim Hauseingang zu gelangen, wo sich die Treppen befanden, die in das Untergeschoss führte. Berry hatte einen schnellen Schritt und ihr kam es so vor, als würde sich der Raum immer weiter in die Länge ziehen. Ihr Herz pochte, vor Aufregung gegen ihre Rippen und sie wagte es kaum Luft zu holen. Ihre Hand berührte gerade die goldene Klinke der großen weißen Flügeltür als …

„WAS … Genau soll das bitte werden?!" Als Berry plötzlich die hochnäsige Stimme von Frau Graf hinter ihr hörte. Berry musste einen kleinen Schreckensschrei unterdrucken und zuckte innerlich zusammen. Ihre klammen Finger lösten sich von der Türklinke und sie drehte sich langsam um. Frau Graf saß mit zwei anderen Frauen in einer Sitzecke, die sie genauso arrogant anblickten, wie Frau Graf selber. Berry schluckte und durchwühlte in ihrem Kopf nach einer passenden Ausrede. Ihr kam es so vor, als wären ihre Gedanken gelähmt unter den starren Blicken der sechs Augenpaare.

„Ich erwarte eine Erklärung von Ihnen?" Setzte Frau Graf noch einmal mit einem schärfer Ton nach, dass wie ein Zischen einer giftigen Schlange klang.

„Frau Braun schickt mich. Ich soll kalte Umschläge holen, weil einer der älteren Damen einen Schwächeanfall erlitten hat."

Frau Graf blickte in ihre Runde. „Das war bestimmt die Frau von Direktor Winter. Die heiße Sonne und den Bourbon, den sich diese *Person*, schon den ganzen Abend literweise in sich rein laufen lässt. Da wundert es mich nicht, dass ihr Kreislauf schlapp macht."

Die beiden anderen Frauen lachten gehässig los, wie zwei alte meckernde Ziegen. Sie guckte wieder zu Berry, die sich immer noch nicht getraut hatte, sich einen Zentimeter zu bewegen. „Auf was warten Sie bitte noch? Frau Braun hat *Ihnen* einen Befehl erteilt! Sehen *Sie* zu, dass sie sich bewegen!" Schrie sie in Berrys Richtung.

Das ließ sich Berry nicht zwei Mal sagen. Sie riss die Tür auf und lief weiter zur großen Treppe.

„Es ist wahnsinnig schwer gutes Personal zu finden." Sagte Frau Graf und nippte an ihrem Cocktail, um ihm gleichen Atemzug Berry noch etwas hinterherzuschreien:

„Schließen *Sie* gefälligst die Tür hinter sich zu! Und schicken Sie uns einer der Kellner, wir sitzen hier fast schon auf dem Trockenen."

Berry rannte zurück und nickte Frau Graf aus dem Türrahmen zu.

„Sehr wohl Frau Graf." Berrys Stimme klang unterwürfig und baute noch einen kleinen Knicks mit hinein, bevor sie die Tür schloss und sie endlich vor Erleichterung ausatmen konnte.

„Was für ein Dreckstück!" Sagte sie laut und drehte sich um und starrte in das Gesicht von einem Zimmermädchen. Berry blickte sie panisch an und traute sich nicht weiterzugehen. Das Zimmermädchen mit den streng nach hinten gekämmten roten Haare und der blassen Haut, lächelte ihr freundlich zu.

„Ich dachte schon, du schaffst es nicht da raus. Kimberly hatte mich beauftragt, ein Auge auf dich zu haben. Aber du warst so schnell weg, dass ich dir gar nicht folgen konnte." Berry hörte einen leichten osteuropäischen Dialekt in ihrer Stimme.

„Oh Mann! Du hast mich vielleicht erschreckt!" Berry wischte sich den Schweiß aus der Stirn.

„Es ist mir schleierhaft, wie ihr das in dieser Uniform nur aushaltet. Und ich habe noch nicht mal irgendwas Großartiges getan und bin jetzt schon völlig fertig."

Die junge Frau zuckte nur kurz mit ihren Schultern. „Man kann sich an alles gewöhnen. Ich bin Anna und bin heute dein Schutzengel."

„Ich bin Berry."

„Ich weiß. Aber ich soll dich nach unten bringen. Hier ist es nicht sicher. Frau Braun macht gleich einer ihrer berühmten Kontrollrunden durch das Haus. Allerdings lässt sie das Untergeschoss immer aus, wenn so eine große Hausparty im Gange ist."

Anna führte sie schnell die Treppen runter und durch die langen Gänge durch das Untergeschoss der Villa.

„Ich weiß nicht, wer von den beiden Schlimmer ist. Diese Frau Braun oder Frau Graf selber." Sagte Berry, als sie erneut links abbogen und Berry den nächsten langen Gang hinterherging.

„Sie sind beide sehr schlimm. Sind wie zwei böse Hexen." Lachte Anna und öffnete eine Zwischentür und zeigte auf die Tür.

„Hier sind die Duschen und gleich daneben der
Schrankraum, wo deine Kleidung schon auf dich wartet."

„Oh ich danke dir Anna. Ohne dich hätte ich das nicht gefunden." Berry strahlte über das ganze Gesicht.

„Ich weiß. Genau dasselbe hat auch Kimberly zu mir gesagt. Du machst dich fertig. Und ich warte auf dich hier. Dann führe ich dich wieder nach oben. Es gibt noch einen anderen Weg. Einen sicheren Weg, durch das Poolhaus."

„Ich danke dir! Ich beeile mich."

Berry lief in den Raum mit den Duschen und riss sich buchstäblich die Uniform von ihrem Körper. Sie fand alles vor, was sie brauchte. So wie es Kimberly ihr versprochen hatte. Sie kam sich vor wie im Märchen und Kim, die gute Fee, hatte alles für sie schon bereitgelegt. Sie genoss die erfrischende Dusche und schlüpfte in einen weißen weichen Frotteebademantel. Dann griff sie nach dem schwarzen Kleidersack und öffnete diesen. Sie zog ein dunkelviolettes Sommerkleid heraus, das mit einem breiten schwarzen Gürtel getragen wurde. Und dazu die passenden schwarzen Lederpumps. Kimberly hatte Geschmack. Selbst passende schwarze Spitzenunterwäsche lag für sie bereit. Berry stieg in das Kleid und Anna half ihr den Reißverschluss zu schließen. Der schwarze Gürtel brachte ihre Taille mehr in Form. Berry föhnte sich schnell ihre Haare und steckte ihre langen Haare gekonnt zu einer hübschen Friseur zusammen. Danach legte sie ein wenig Make-up auf und endete bei ihren Lippen, den sie mit einem leichten rosa Ton etwas mehr Farbe verlieh. Anna reichte ihr eine kleine runde schwarze Handtasche.

„Du kannst in diesem Kleid nicht mit diesem Kartoffelsack loslaufen."

„Aber, da sind meine ganzen wichtigen Sachen drinnen!"

„Ich bringe dich jetzt hoch zur Party. Und danach bringe alle deine Sachen zu Kimberlys Auto. So war es abgemacht, mit Kimberly."

„Okay." Berry war erleichtert. Und gleichzeitig erstaunt, dass Kimberly an jedes kleinste Detail gedacht hatte.

Sie hörten eine Tür aufgehen und wieder zuklappen.

„Oh Mist! Das ist Frau Braun! Wir müssen uns beeilen!" Flüsterte Anna und griff nach Berrys Hand und riss sie mit sich. Sie zog Berry den Flur entlang und riss eine andere Tür auf, die in einem nächsten Gang führte. Berry hatte völlig die Orientierung verloren. Sie hoffte nur, dass Anna genau wusste, wo sie beide überhaupt flüchteten. Mit wackeligen Schritten folgte Berry Anna, die sie fast schon hinter sich her schleifte, weil Berry nicht gewöhnt war auf so hohen Absätzen zu laufen. Anna hielt plötzlich vor einer Eisentür an.

„Wir müssen hier rein!" Sagte Anna und suchte an ihrem großen Schlüsselbund nach dem passenden Schlüssel.

„Das ist der Heizungskeller! Bist du dir sicher, dass wir da durch müssen?" Berrys Stimme war leise aber leicht panisch. Sie hörten wieder eine Tür zuknallen und wieder diese ernergischen Schritte näher kommen.

„Ja da müssen wir rein. Frau Braun hat angst vor Ratten!" Sagte Anna und steckte einen Schlüssel ins Schloss, der aber nicht passte und versuchte sofort einen anderen. Die Schritte wurden immer lauter.

„Sagtest du Ratten? Ich gehe da bestimmt nicht rein, wenn sich in dem Keller Ratten aufhalten." Sagte Berry leicht panisch.

„Nur in unseren Geschichten, damit Frau Braun nicht diesen Raum betritt. Sie hat Angst vor Ratten. Und wir alle nutzten diesen Raum um heimlich zu rauchen oder mit Herrn Graf Liebe zu machen." Erklärte Anna und steckte den nächsten Schlüssel rein und öffnete im selben Moment das Schloss und riss die schwere Eisentür auf.

Sie zog Berry hinter her und drückte die Tür genau in dem Moment zu, als die andere Tür, die zum Gang führte aufgerissen wurde. Anna lehnte sich erschöpft gegen die Tür und Berry wagte kaum zu atmen, als die Schritte langsam den Flur verhalten und eine weitere Tür zugeworfen wurde und dann endgültig verstummten.

Berry atmete erleichtert aus und blickte rechts zu Anna.

„Ihr treibt es hier unten mit Herrn Graf? Hab ich das gerade richtig verstanden?" Anna grinste verschmitzt.

„Ja ab und an. Er kann gut lecken und hat einen riesigen …"

„Okay schon verstanden!" Sagte Berry und unterbrach Annas angefangen Satz. Sie wollte sich das anhören, geschweige denn vor ihren geistigen Augen auch noch vorstellen müssen. „Okay Anna, wie kommen wir hier jetzt raus?"

„Dahinten führt eine Treppe nach oben in den Technikraum zum Poolhaus. Und dann sind wir auch schon fast da." Anna ging voran und führte Berry aus den stickigen Kellerraum der heimlichen Gelüste.

Kapitel 22

Berry war zwar noch aufgeregt, aber langsam löste sich ihre innere Anspannung, die sich in den letzten Minuten sich in ihren Körper aufgestaut hatte. Sie schritt langsam über die Sonnenterrasse und erblickte einen herrlichen Sonnenuntergang. Ein Kellner kam an ihr vorbei und blieb stehen und sie nahm sich ein Glas Champagner.

„Vielen Dank. Sehr aufmerksam von Ihnen." Sie nahm einen großen Schluck und genoss das prickelnde Gefühl auf ihrer Zunge. Sie sah Indigo in der Nähe von der freien Küche, wo sie von einer Traube von Gästen in beschlag genommen wurde. Kimberly stand direkt neben ihr und schaute immer wieder durch die Leute zur Terrasse, bis ihr Blick an Berry hängen blieb und sie breit lächelte. Sie winkte ihr kurz zu. Und gab ihr ein kurzes Zeichen, dass sie zu ihnen rüber kommen sollte. Berry nickte kurz und prostete ihr kurz mit ihrem Glas zu.

Jemand packte Berry an die rechte Schulter und drehte sie um. Cherry.

„Ich glaube, ich träume! Was zur Hölle hast du hier zu suchen? Solltest du nicht hinter der Bar stehen und die Gäste bedienen?"

„Ach Christina!" Das erste Mal seit Jahren sprach Berry sie mit ihrem richtigen Vornamen an. Das brachte sie offensichtlich völlig aus dem Konzept. „Sei lieber ein wenig netter zu mir."

Cherry verschenkte ihre Arme und blickte sie herausfordert an.

„Nenn mir nur einen Grund, wieso ich das tun sollte? Ich könnte sofort den Sicherheitsdienst bescheid sagen und dich von unserem Grundstück schmeißen lassen." Ihr Gesicht war verzogen zu einer hässlichen zornigen Grimasse.

„Ja das könntest du tun." Berry nahm einen kleinen Schluck aus ihrem Glas.

„Aber als alte Freundin werde ich dir sogar drei gute Gründe nennen."

Cherry zog ihre rechte Augenbraue hoch und blickte Berry selbstgefällig an.

„Ich kann es kaum erwarten *die* zu hören, alte Freundin!"

„Das habe ich mir schon gedacht. Und ich überhöre einfach mal deinen hässlichen Hohn in deiner Stimme." Berry drehte Cherry in Indigos Richtung.

„Sagen wir es mal so. Wenn du mich aus dieser Party ausschließt, gehen Indigo und Kimberly auch. Das wäre Grund Nummer eins. Grund Nummer zwei ist, du wirst nie wieder in den Genuss kommen auch nur ein Wort mit ihr zu reden, oder geschweige denn in ihrer Nähe sein, wenn die Presse davon mitbekommt, dass sie hier ist und eure snobistische Party mit ihrer Anwesenheit aufwertet. Und Grund Nummer drei ist, dass ich persönlich dafür sorgen werde, dass du nie wieder einen Fuß auf einen ihrer Ausstellungen setzten, solltest du auch nur ansatzweise wagen, mich hier von dieser Party zu entfernen."

Berry kniff ihr in ihre rechte Wange und tätschelte diese ganz leicht.

„Also sei lieber nett zu mir, denn wir haben noch eine ganz andere Rechnung offen, die wir sehr bald begleichen werden." Berry schenkte Cherry ein breites Lächeln, nahm den letzten Schluck aus ihrem Glas und drückte es ihr einfach in ihre freie Hand.

„Und nun entschuldige mich. Ich werde da unten erwartet."
Berry ließ Cherry einfach stehen und schritt vorsichtig die
paar Steinstufen hinunter in den Garten.

*

Kimberly schaute nach links, als Berry wie aus dem Nichts
neben ihr auftauchte. Sie umarmte sie stürmisch.
„Endlich bist du hier." Sie löste sich wieder aus der
Umarmung und grinste Berry an.
„Und wie läuft die Party bis jetzt?" Kimberly verdrehte kurz
die Augen, als sie ihre Frage hörte.
„Stumpfsinnig, wie du selber schon gemerkt hast. Wenn wir
nicht etwas Wichtiges zu tun hätten heute Abend, würde ich
mir die Kante geben, um diesen langweiligen Leuten
wenigstens auf dieser Ebene zu entkommen."
„Kann ich gut nachvollziehen." Berrys Blick blieb an einer
aufgetakelten Frau mit einem übertriebengroßen
Sommerhut hängen, die wie eine Hyäne laut auflachte, als
Indigo etwas sagte.
„Hattest du eben noch Probleme mit Cherry? Ich hab euch
oben auf der Terrasse gesehen?"
Berry schüttelte kurz ihren Kopf.
„Nein alles gut. Ich konnte sie höflich in ihre Schranken
weisen. Allerdings wird sie wohl in den nächsten Stunden
alles dafür tun, um euch beiden näher zu kommen, um mich
praktisch schlecht da stehen zu lassen."
„Darüber würde ich mir keine Gedanken machen. Schaue dir
doch diese vielen Fans an. Indigo hat schon wieder ein paar
neue Aufträge an Land gezogen. Die nächsten Wochen
werden wieder für mich arbeitsreich werden."
„Aber das ist doch gut, oder?"

„Natürlich ist das gut! Und später wird es heiß her gehen. Wenn unsere besondere Überraschung nachher die Party buchstäblich sprengen wird."

„Gut dass du davon anfängst. Ich habe ehrlich gesagt immer noch keinen Schimmer, was ihr beide eigentlich genau geplant habt."

„Das tolle an dieser Gesellschaft ist, die sind alles so durchschaubar." Erklärte Kimberly kurz. „Ich verstehe nicht so ganz."

„Ganz einfach. Es ist wie Domino. Wenn du weist, welchen Stein du zuerst umschmeißen musst, dann kannst du dich zurücklehnen und die Kettenreaktion entspannt beobachten. Nach diesem Prinzip werden wir heute auch handeln."

„Okay. Da bin ich mal gespannt." Berry guckte hoch zur Terrasse, wo Cherry mit ihrer Mutter sprach und in ihrer Richtung zeigte.

„Achtung Höllengewächs ist in Anmarsch!" Sagte Berry halblaut und deute kurz in Richtung Terrasse, wo Frau Graf gerade auf sie zu schwebte.

„Was sollen wir jetzt tun?" Berry blickte verstohlen in ihre Richtung. Kim war die Ruhe in Person.

„Gar nichts. Sie ist gar nicht an uns interessiert. Sie will zu Indigo."

Kimberly sollte Recht behalten. Frau Graf ging direkt auf Indigo zu und begrüßte sie mit einem breiten Lächeln, sofern dass überhaupt möglich war, dank ihrer starken Botox Injektionen.

„Indigo! Meine Liebe! Ich bin so froh dass du kommen konntest!" Flötete sie Indigo entgegen und alle Gäste in ihrem Umfeld verstummten sofort.

„Aber natürlich! So ein schönes Fest konnte ich mir doch nicht entgehen lassen, meine Liebe." Strahlte Indigo gekonnte zurück.

„Würdest du uns die Ehre erweisen und mit mir die Sommernachtsballtorte enthüllen und anschneiden?"

„Nichts lieber als das. Diese Ehre versüßt mir noch den Abend und macht dieses wunderschöne Fest für mich unvergesslich."

„Gottnee! Das ist alles so etwas von geheuchelt, dass mir davon schlecht wird."

Hörte Kimberly Berry in ihre Richtung flüstern.

„Wem sagst du dass?! Wir sollten unbedingt etwas zu trinken besorgen. Nur im Suff, kann man diese snobistischen Schlampen ertragen."

*

Berry und Kimberly hatten einen gemütlichen Platz in einer Loungeecke gefunden, der in der Nähe von der Bar war. Auf dem cremeweißen dicken Polster saß man wie auf Wolken und hatte einen guten Überblick über die ganze Partygesellschaft. Auch in diesem Bereich war ein Kellner bereitgestellt und brachte die bestellten Cocktails, die Kimberly geordert hatte.

„Nun können wir endlich mal zusammen anstoßen und den Abend genießen."

Beide stießen sanft die Gläser zusammen und nahmen jeder einen Schluck aus ihren Trinkhalmen.

„Die sind verdammt stark!" Kimberly stellte ihr Glas vor sich auf das runde Tischen ab.   „So meine Liebe. Jetzt ist es aber wirklich mal an der Zeit, dass du mir euren Plan offenbarst. Ich bin schon den ganzen Tag gespannt."

„Sehr gerne!" Kimberly lehnte sich entspannt zurück. Berry nahm noch einen Schluck von ihrem Cocktail und tat es ihr gleich.

„Nun spanne mich bitte nicht mehr so lange auf die Folter."

„Fangen wir mal so an. Wir nutzten praktisch deine Kopie von Cherrys geklauten Tagebucheinträgen und Indigos Pressemagneten. Das waren mal unsere Ausgangspunkte. Jetzt musste wir beide das noch irgendwie zusammenpacken, damit dieser Abend auch wirklich eine Bombe werden kann."

Berry lauschte gespannt Kimberlys Worte. „Und weiter?"

„Wir mussten dich ja erstmal hier irgendwie auf die Party bringen. Da hatte Indigo Cherry vorgeschlagen, dass du ja als Barfrau arbeiten könntest, dann wärst du ja schließlich auch auf der Party. Natürlich schluckte Cherry den Köder, weil sie dich ja auf einer perversen Art hasst und dich seit Jahren schon irgendwie als eine Art persönlichen Sklaven sieht.

Um dich da rauszuholen, habe ich das Zimmermädchen Anna am Dienstboteneingang abgefangen und sie bestochen ein paar Sachen für mich zu erledigen. Das beinhaltete auch, dich nach unten zu führen und dich als normalen Gast auf die Party zu schleusen. Dass du Cherry geschickt in die Schranken gewiesen hast, war ein genialer Schachzug von dir."

„Ja aber der Plan an sich, ist ja da noch nicht so richtig ausgeführt. Da fehlt doch noch ein ganz wichtiger Teil. Und mir sind ja immer noch nicht alles Details bekannt."

„Aber natürlich fehlt da ein wichtiger Teil. Dazu komme ich ja jetzt gerade. Anna war so freundlich mir die Gästeliste zu faxen, damit wir genau wissen, wer heute Abend überhaupt anwesend sein würde auf dieser Sommerparty. Als wir die Gästeliste hatten, haben Indigo und ich die gefühlten tausend Seiten Tagebuch von Cherry studiert, um genau die Einträge zu nutzen, wo genau die Leute namentlich erwähnt werden, die heute hier auf der Party anwesend sein werden. Darüber hinaus, habe ich im Vorfeld ein paar anonyme Telefonate bei der Presse und beim Fernsehen getätigt, Indigos Promistatus ausgenutzt, und denen erzählt, dass sie heute Abend hier als Gast sein würde. Man braucht nur ein paar Reporter zu benachrichtigen. So eine Nachricht spricht sich wie ein Lauffeuer herum, wenn eine gute Story in der Luft liegt. Und man das Wort Skandal des Abends nebenbei im Gespräch mit einfließend lässt. Danach habe ich einen guten Freund von mir gebeten, der mir ein Gefallen schuldig war, alles Tagebucheinträge, die Indigo und ich markiert hatten so abzudrucken, dass wir praktisch eine Art Sonderzeitung haben. Mit Cherry auf dem Titelblatt, wie sie praktisch ihr Tagebuch der Öffentlichkeit enthüllt. Und glaube mir, die hat fast über die gesamte Partygesellschaft, die heute Abend hier vertreten ist, richtig gehässige Texte geschrieben. Dazu haben wir von jedem Gast, der in dieser Zeitung ist ein Bild mit hinzugefügt, um das praktisch noch mal so richtig zu unterstreichen. Unter anderem sind es wichtige Geschäftsfreunde und Klienten von ihrem Vater dabei. Dazu die Gattinnen, mit der Frau Graf persönlich *befreundet* ist. Und nun kommen wir wieder zu dem Dominoeffekt. Was würde wohl passieren, wenn diese gedruckten Zeitungen heute Abend hier auftauchen, und die Gäste diese Texte, vor der Presse und Fernsehen, in die Finger bekommen würden?"

Berry blickte erstaunt zu Kimberly und nahm einen kräftigen Schluck von ihrem Cocktail. „Das würde ziemliche große Wellen schlagen."

„Nicht nur das. Das würde Cherry praktisch den Arschtritt ihres Lebens werden." Berry hielt kurz inne.

„Aber was passiert, wenn das alles auf uns zurückzuführen ist? Können die uns nicht verklagen?"

„Ja könnten Sie, wenn sie beweisen könnten, dass diese Zeitung von uns wäre." Sagte Kimberly völlig neutral.

„Können Sie nicht?"

Kimberly beugte sich rüber zu Berry.

„Nicht wenn das Zimmermädchen, uns sehr viel Kopierpapier, mit dem Namen der Graf Kanzlei, heimlich zur Verfügung gestellt hat, und dieser Briefkopf befindet sich auf praktisch auf jeden Blatt befinden, was durch die Druckerpresse gejagt wurde. Und unter uns gesagt, wo liegt den Cherrys Tagebuch? Es liegt nicht bei uns. Wir hatten nur eine Kopie davon."

„Unter ihrer Matratze in ihrem Schlafzimmer." Stellte Berry ernüchtert fest.

„Es ist schwer, jemanden so etwas in die Schuhe zu schieben, wenn alle Beweise sich auf dem eigenen Grundstück befinden. Und ich denke, das ist die gerechte Rache, dass sie dich praktisch fast dein ganzes Leben gepiesackt und ausgenutzt hat. Jetzt wird sie mal am eigenen Leib erfahren, wie es ist, wenn andere Leute auf sie missbilligt hinabschauen und sie, wenn du mich fragst, zu Recht verurteilen werden."

„Wie sollen diese Zeitungen verteilt werden?" Fragte Berry vorsichtig nach. Kim schaute nach oben, wo sich langsam der Nachthimmel mit ein paar Sternen abzeichnete.

„Es lebe das Internet. Oder besser gesagt das Darknet. Ich kenne da ein paar Hacker, die mir das eine oder andere schuldig waren."

„Gott was kennst du alles für Leute?" Berry blickte sie erstaunt an. Kimberly lachte erheitert auf.

„Schon der Wahnsinn oder? Aber nicht vom Thema abzuweichen. Die Zeitungen werden per Drohnen über die Party abgeworfen, wenn zeitgleich die Presseleute und die Fernsehteams hier auftauchen."

„Und wie sollen die Presseleute hier auf das Grundstück kommen? Das ist besser geschützt, als jedes Staatsgefängnis."

„Ich könnte mir denken, dass ein Zimmermädchen vergessen wird, das Tor zur Einfahrt, sowie die Haustür zur Villa abzuschließen. Oder besser gesagt, sie werden einfach offen sein."

*

Indigo klammerte sich an ihren neuen Drink. Sie war so genervt von den Leuten um sie herum, die sie immer wieder so dämliche Fragen stellten, dass sie am liebsten schreiend davon gelaufen wäre. Jetzt kam die Gastgeberin auf sie zu und versuchte ihre Wachspuppengesicht zu einem verkrampften Lächeln zu verziehen.

„Meine Tochter Christina ist ihr größter Fan. Und ich würde mich freuen, wenn Sie sie als ihre Mentorin fungieren würden. Denn Christina möchte auch so gerne eine berühmte Künstlerin werden."

Indigo musste sich schon fast die Zunge abbeißen, um nicht einen gehässigen Kommentar loszulassen, dass ihre Tochter in ein paar Minuten durch ihre spezielle eigene Kunst berühmt werden würde. Sie wusste, dass Cherry alles dafür tun würde, um in der Presse zu sein, nur um mit Gewalt ein Medienstar zu werden, dass die Klatschblätter zieren würde.

„Das wäre mir eine Ehre." Presste Indigo mit meinem schwachen Lächeln in Frau Grafs Richtung. Frau Graf schaute sich zu allen Seiten um. Dass sie um diese Uhrzeit noch ihre Sonnenbrille trug, machte ihre Erscheinung noch lächerlicher.

„Ich weiß gar nicht, wo meine Cherry schon wieder steckt. Wahrscheinlich macht sie sich wieder ein paar Notizen. Sie ist ja so talentiert und hat den Kopf voller Ideen."

„Wie schön! Entschuldigen Sie mich bitte für einen kleinen Augenblick." Sagte Indigo und kämpfte sich aus der Menschentraube ihrer ungewollten Groupies. Es dauerte nicht lange, und sie entdeckte Kimberly und Berry.

Sie ließ sich stöhnend in den freien Sessel fallen. Berry und Kimberly blickten in ihre Richtung.

„Wie spät ist es? Ich halte das hier keine Sekunde mehr aus. Ich will einfach nur weg hier." Kimberly guckte auf ihre Armbanduhr. „Es ist jetzt genau halb zwölf." Verkündigt sie in die Runde. Berry war überrascht. Die letzten Stunden waren wie im Flug vergangen und sie war schon bei ihrem dritten Cocktail. Sie hatte einen leichten Schwips.

„So bald wir können, hauen wir ab." Sagte Kim und winkte den Kellner heran, damit Indigo sich etwas zu trinken bestellen konnte.

„Möchten Sie etwas?" Fragte der Kellner Berry freundlich.

„Nur noch Wasser. Ich habe genug für heute."

„Für mich bitte ein eiskalte Cola light bitte."

„Ja für mich bitte auch", Rief Kimberly den Kellner hinterher, der schon wieder die Bar ansteuerte, um ihre neue Bestellung zu bringen.

„Und hast du Berry jetzt schon in unserem Plan eingeweiht?"

„Ja das habe ich. Und das um Mitternacht hier die Party so richtig losgehen wird."
Berry hatte einen leichten Schluckauf bekommen.
„Ich wollte nur einmal danke sagen. Noch nie hat sich jemand so kreativ eingesetzt und so etwas für mich gemacht."
„Keine Ursache, Süße. Aber ich werde nie wieder in meinem Leben anderer Leute Tagebücher in so kurzer Zeit lesen. Das war wie ein Zeitrafferalbtraum eine verwöhnte Mistgöre." Lachte Indigo und nahm ihre kalte Cola in Empfang, die der Kellner ihr gerade reichte.
„Das kann ich gut verstehen. Ich habe immer schlaflose Nächte von diesem geistigen Abfall." Warf Kim in die Gesprächsrunde und hob ihr volles Glas.
„Dann kann der Abend ja nur noch besser werden." Auch Indigo erhob ihr Glas.
„Nicht unbedingt! Ich bin der Ehrengast, der mit Frau Graf die Supertorte um Mitternacht anschneiden darf."
Kimberly verschluckte sich fast, als sie das hörte. „Nicht dein ernst?"
„Ich befürchte doch."
„Wenn man vom Teufel spricht ..." Sagte Berry mit gedämpfter Stimme und machte keine kurze Kopfgeste hinter Indigo.
Frau Graf schwebte zu ihnen herüber. Immer noch diese Sonnenbrille im Gesicht, obwohl es bereits stockdunkel war und das komplette Grundstück künstlich erhellt wurde. Frau Graf kam an Indigos rechte Seite zum Stehen.
„Meine Liebe, würden Sie ein paar Minuten früher mit mir die Bühne besteigen? Ich würde gerne noch ein paar

wertvolle Worte an meine Gäste richten, bevor Sie die Ehre haben unsere Sommerballtorte anzuschneiden."

„Aber liebend gerne. Ich bin in drei Minuten bei Ihnen und stehen Ihnen zur Seite." Flötete Indigo zurück. Frau Graf entfernte sich wieder ohne auch nur Kimberly oder Berry eines Blickes zu würdigen.

Es piepte plötzlich in Kimberlys Tasche. Blind griff sie hinein und holte ihr Smartphone heraus. Sie schaute kurz auf den Display und warf das Gerät zurück in die Tasche.

„Die Drohnen sind startbereit!"

Kapitel 23

Die Band spielte einen Tusch und viele bewegliche Lichtkegel schwenkten aufwändig in Richtung Bühne, wo vier kräftige Männer bereits dir fünfstöckige Sommerballtorte hinaufgeschleppt hatten. Neben dieser herausragenden Konditorenkunst stand Frau Graf an einem Mikrophone und tippte mit ihren langen Fingernägeln darauf rum. Indigo stand direkt daneben und verzog schmerzhaft ihr Gesicht, als ein quietschendes Störgeräusch durch die Lautsprecher geschickt wurde. Jetzt hatte Frau Graf ihre komplette Aufmerksamkeit der gesamten eingeladenen Gäste. Frau Graf winkte sie alle zu sich in Richtung Bühne. Langsam kamen die Partygäste näher. Bewaffnet mit ihren vollen Gläsern.
Wie besoffene Alkoholzombies kamen sie in Richtung Bühne.

„Liebe Freunde!" Begann Frau Graf in das Mikrofon zu säuseln. Im gleichen Augenblick, kamen von beiden Seiten Reporter und Fernsehteams angelaufen. Blitzlichtgewitter erhellten den warm erleuchteten Garten und die Teams von dem Fernsehsender zielten mit ihren Kameras auf eine Nahaufnahme von Frau Graf. Ihr verwirrter Blick glitt zu Indigo hinüber, die nur unschuldig ihre Schultern hob und so tat, als wüsste sie von nichts.
„Liebe Freunde!" Begann Frau Graf erneut. „Ich wollte diese wunderschöne Party mit unserer berühmten Sommerballtorte ausklingen lassen und mich noch mal bei Euch allen bedanken, dass ihr heute meine Gäste seid. Unsere besten Freunde und nur engste Begleiter, die wir

dankend in unseren Leben haben. Mein Mann und ich, wollte nur einmal danke sagen, dass ..."

Weiter kam Frau Graf nicht, da ein lautes Surren den Nachthimmel erfüllte. Frau Graf blickte verwirrt auf, konnte aber durch ihre Sonnenbrille nichts erkennen. Alle Gäste raunten laut auf, als die ersten von ihnen in Richtung Himmel zeigten. Die Fernsehteams sowie die Reporter filmten und fotografierten die herankommenden Drohnen.

„Was zum Teufel geht hier vor?" Schrie Frau Graf hysterisch und vergas völlig, dass sie von den Fernsehkameras erfasst wurde und das ihre Stimme wie ein Echo aus den Lautsprecherboxen über das Grundstück hallte. Die ersten Drohnen warfen ihre Fracht ab und drehten ab und verschwanden in der Dunkelheit. Die eingerollten Zeitungen segelten nach unten und fielen den Gästen buchstäblich vor die Füße. Manche von ihnen wurden auch damit bombardiert. Es kamen immer mehr Drohnen und warfen ihre eingerollte Fracht ab. Eine Zeitung flog direkt in die Torte und Frau Graf kreischte vor Schreck auf und warf das Mikrophone um, dass mit einem lautend Krachen zu Boden ging, was von den Lautsprechern noch verstärkt wurde.

Frau Graf stolperte von der Bühne und rief panisch nach ihrem Mann.

„Hans-Peter! Was geht hier vor?"

Die ersten Gäste hatten die Zeitungsrollen aufgehoben und waren vertieft in die Texte, die dort abgedruckt waren.

Frau Graf versuchte sich einen Weg durch die Menge, zu ihrem Mann zu kämpfen. Bis eine ältere Frau, Frau Graf aufhielt. Sie hielt ihr die aufgeschlagene Zeitung direkt vor ihr Gesicht, wo sie auf einem Bild deutlich zu erkennen war, mit der Schlagzeile darüber.

Der faltige Truthahnhals hat nach einer verpfuschten OP wieder Schlagseite!

„Inken Graf! Was hat das bitte zu bedeuten?" Keifte sie ihr wütend entgegen. Inken Graf war völlig überfordert. Ihr ganzer Garten wurde von den Drohnen mit eingerollten Zeitungen bombardiert. Sie stand mitten auf der großen Rasenfläche und mittlerweile hatte jeder Gast sich so eine Zeitung gegriffen und blätterte diese bereits durch. Ab und an hörte Frau Graf jemanden wütend aufschreien und sich einen Weg durch die Menge zu ihr durch kämpfen. Viele Leute brüllten vor Empörung.
Das erste Fernsehteam hatte Frau Graf erreicht und sie wurde von einer hellen Leuchte geblendet. Die Reporterin hielt ihr aufgeregt ein Mikrophon unter die Nase.
„Frau Graf, was hat dieser Drohnenangriff zu bedeuten? Haben Sie Feinde? Und hat wirklich ihre Tochter, diese Texte verfasst, so wie es auf der Titelseite beschrieben steht?"
Der nächste Reporter stand vor Frau Graf und bedrängte sie mit einem Mikrophon.
„Frau Graf, geben Sie doch mal ein Statement zu diesem Vorfall ab!"
Sie riss sich die Sonnenbrille ab und blickte hektisch in alle Richtungen. Das Blitzlichtgewitter verfolgte sie.
„HANS-PETER!" Schrie sie so laut wie sie nur konnte und wollte sich einen Weg durch die Menschen kämpfen. Aber immer mehr Gäste kamen auf sie zu und beschimpften sie und eine ältere Dame fing an, sie mit der Zeitungsrolle zu verdreschen.
Cherry erging es nicht anders. Ein Mob von Partygästen hatte sie auch bereits eingekesselt und machte ihr die Hölle heiß.

Indigo schlich sich von der Bühne. Ein Reporter drehte sich kurz zu ihr um und machte rasch ein Foto von ihr. Indigo zeigte lächelnd ein Peacezeichen mit ihrer rechten Hand und ging dann weiter zu Berry und Kimberly hinüber.

„Ich glaube, wir sind hier fertig!" Sagte Indigo und zu den beiden Mädels, die mittlerweile an der Bar standen und den wütenden Mob beobachten, wie sie die Familie zusammen getrieben hatten. Alle schrien und schimpften auf sie ein. Und mitten in dem Gewühl die Reporter und die Fernsehteams.

„Gute Idee! Es zeit, um zu verschwinden!" Sagte Kimberly und schnappte sich ihre Handtasche und folgte Indigo in Richtung Gartentor.

Indigo drehte sich am Gartentor noch einmal um.

„Berry! Nun komm schon! Dein neues Leben wartet auf dich!"

Berry beobachtete die verrückte Szenerie und wie Cherry von einer ältern Frau mit der Zeitung ins Gesicht geschlagen wurde.

Sie lächelte plötzlich und drehte sich zu Indigo und Kimberly um. Ihre neuen Freundinnen. Dann lief sie los. Ihr neues Leben wartete bereits auf sie. Und sie wollte nicht mehr darauf warten.

Willkommen in der Freakstreet!

Jennifer erbt von ihrer Tante Rosa ein Haus und ahnt noch nicht, dass die halbe Nachbarschaft völlig bekloppt ist.

Mit ihrer schrägen Freundin Indigo, die gerade als blauhaarige Künstlerin ihren persönlichen Durchbruch hat, schauen sie sich das Haus genauer an.
Auch wenn die beiden Freundinnen in ihrer Kindheit, fast jeden Sommer dort verbracht hatten, stoßen beide auf die skurrilsten Nachbarn, die auch in dieser ruhigen Seitenstraße leben.
Die ökologisch denkende Nachbarin, die sich Moonlight nennt und mit ihren Kindern berühmte Musicals in ihren Garten aufführt, um die Nachbarn damit zu erfreuen.
Der fiese Fettsack, der jeden Abend ein lautes Rülpskonzert von seiner Terrasse aus startet.
Der dicke Günter, der sich wie ein Vogel fühlt.
Dann die unterkühlte Nachbarin, die es sich zur Lebensaufgabe gemacht hat, jeden Garten zu benoten und alle Bewohner zurechtzuweisen, wenn deren Vorgarten nicht zu ihrem persönlichen gegründeten Gartenclub passt.
Dann wäre noch der junge Mann, der sich heimlich im Haus von Jennifers Tante eingenistet hat und sich nackt im Garten sonnt.
Dazu Franky der Zuhälter und ein paar Spaßnutten.
Und die neue Mitbewohnerin Bianca, die gerade selber mit ihrem Privatleben zu kämpfen hat, weil ihr Exfreund seinen krankhaften Sexfetisch heimlich auslebt.
Dann wäre noch Chantal am Start, die versucht Biancas neuen Chef zu verführen, der wiederum aber auf Bianca steh

Stadthexen

Jane Twesten staunt nicht schlecht, als sie an ihrem dreißigsten Geburtstag erfährt, dass sie eine Hexe ist.

Eine Hexe mit magischen Kräften, die sie in kurzer Zeit unter Kontrolle bringen muss.
Kaum hat sie mit ihren neuen magischen Kräften ihre halbe Wohnung verwüstet, ist auch schon die halbe magische Gemeinschaft hinter ihr her.

Ein Mord an einer mächtigen Stadthexe, eine machthungrige Oberhexe, einen Hexenzirkel, dem Jane auf keinen Fall beitreten will, ein Auftragskiller, Dämonen und andere Monster, gegen die Jane sich nun in ihrem neuen Leben als Hexe behaupten muss.

Stadthexen ist das erste aufregende Abenteuer von Jane Twesten.

Über den Autor

Daniel Grow lebt in der Hansestadt Lübeck.
Sein neuer Urban Fantasie-Roman spielt in der Lübecker Altstadt.
Stadthexen ist das erste aufregende Abenteuer von Jane Twesten.

Herstellung und Verlag:
BoD – Books on Demand, Norderstedt
ISBN: 97-8-3750-41501-0